화이트 밸런스

김민주
소설집

화
이
트 밸
런
스

강

차 례

너의 목소리

안개가 축축하게 옷 속으로 파고든다. 베이지색 코트를 여미고 가방 속에서 담배를 꺼내 든다. 라이터는 불꽃이 일다가 이내 꺼져버린다. 서너 번 만에 겨우 불이 붙는다. 한 모금 깊게 들이마시면서 눈을 감는다. 천천히 내뱉으면서 눈을 뜬다. 허공에 담배 연기와 안개가 뒤섞인다. 벨을 눌러도 인기척이 없다. 같은 골목을 세번째 도는 것 같다. 아침인데도 안개가 낀 골목은 낯선 외지의 저녁 같다. 한옥과 양옥이 섞여 있는 골목은 개발되지 않은 옛길 그대로다. 그래서 비슷한 골목을 지나치기도 하고, 다른 골목으로 빠지기도 했다. 담벼락 너머로 보이는, 서리 맞은 나무의 홍시와 그 홍시를 둘러싼 뿌연 안개마저 모퉁이 돌 때마다 보는 풍경이다. 세상이 신기루처럼 느껴진다. 희뿌옇게 내려앉은 안개의 무게감이 어깨를 내리누른다. 앞을 막막하게 가리는 안개를 손으로 걷어치우기라도 하듯 휘젓는다. 전화기에서는 계속해서 림스키코르사코프의 피아노곡이 계속되고 있다.

오늘 만나기로 했던 저자는 물리학 교수로 우리 출판사에서 책을 낸 지 5년이 넘었다. 강의 교재며 논문 등 꾸준히 거래를 해오고 있는 고객으로 오늘 최종 원고를 넘겨주기로 했다. 이 저자도 믿을 수 없는 사람인가? 사람은 역시 믿을 수 없다. 그가 그랬던 것처럼. 피아노 소리에 기타 소리가 섞인다. 소리를 좇아 눈을 든다. 골목 건너편 집에서 기타 소리가 흘러나온다. 연습 중인지 연주는 중간에 끊기기도 하고, 같은부분을 두어 번 반복하기도 한다. 매끄럽지 않은 트레몰로가 귀에 익다. 애써 그 소리를 외면하고 돌아서 골목을 빠져나간다.

충무로 출판사 쪽으로 가는 버스가 눈앞에 선다. 버스 문이 열리고 몇 명은 앞으로 오르고 몇 명은 뒤에서 내린다. 머뭇거리는 사이 버스는 떠난다. 출판사로 들어가지 않으면 무슨 일이 생길까? 하늘이 무너지진 않을 것이다. 단지 며칠 동안 밤을 새며 밀린 작업을 해야 될 것이고, 눈총을 좀 받을 것이고, 인사 고과에서 불이익이 있을지도 모르고, 좋은 프로젝트를 맡을 수 없을지도 모르고, 최악의 경우 구조 조정에서 안전하지 않을 것이다.

안개는 여전히 자욱하다. 마르지 않은 시멘트 반죽 속에 두 발이 빠진 것같이 발은 붙박여 있다. 다시 충무로로 가는 버스가 선다. 운전사는 문 앞에서 머뭇거리는 여자를 기다리다 문을 닫는다. 터미널 표지판이 있는 버스가 정류장에 들어온다. 버스에 오르며 휴대폰 배터리를 뺀다. 나 역시 믿을 수 없는 사람인지도 모른다.

터미널 대합실 빈 의자 등받이에 손을 얹고 매표소를 바라본다. 목적지도 없이 버스 시간표를 올려다본다. 여수 순천행이다. 새로 개축된 터미널은 공항처럼 넓은 대합실을 가지고 있다. 길을 잃기도 좋은 곳이다. 대형 모니터에서 축구 경기장의 함성이 전해진다. 흰색 유니폼과 파란색 유니폼이 지그재그로 움직인다.

"자네 어데 가나?"

누군가 팔을 잡는다. '자네 어데 가나?' 그 말에 온몸이 공중에 뜬 것같이 무게감이 없어진다. 나를 불러 세운 사람은 깡마른 노파다. 허름한 차림에 한 손에는 큰 보따리를 들었다. 기억을 더듬는다. 내가 아는 사람인가? 나를 바라보는 노파는 내가 모르는 사람이 분명하다. 무슨 말을 해야 할까. 생각도 말도 증발된다. 모르는 사람에게 내가 어디 가는지 밝혀야 할 이유가 없다. 얼른 자리를 피해 화장실로 들어간다. 라이터가 헛돌아 서너 번 만에야 불이 붙는다. 담배를 크게 한모금 깊게 들이마시고 천천히 심호흡을 한다. 허공에 뜬 담배연기를 바라보다 창밖을 본다. 오늘따라 진한 안개가 도심까지 내려와 있다. 차라리 출판사로 들어갔어야 했을까. '자네 어데 가나?' 낯선 목소리가 천둥소리처럼 귀를 때린다. 익숙한 일들 사이에 익숙하지 않은 일이 끼이면, 익숙했던 일까지 낯설어진다는 걸 2년 전에야 알았다. 다시 안개에 휩싸이듯 시야가 막막해진다. 내가 내 발의 주인이 아닌 듯, 누군가 등을 떠미는 대로 밀려간다.

이렇게 훌쩍 떠날 줄 알았다면 차를 갖고 나왔어야 했나.

명지 씨, 왜 갑자기 운전 안 해?

오늘 만나기로 했던 교수가 물은 적이 있다. 언젠가부터 운전을 하면 눈앞으로 강물이 쏟아져 들어왔다. 시야 앞으로 닥친 물은 눈 안으로, 콧속으로, 목구멍으로 밀려들어왔다. 그렇게 들어온 물은 폐를 채우고 위를 채우고 땀구멍을 채웠다. 호흡이 부자연스러워졌고, 가끔 무호흡증이 오기도 했다. 그때마다 손톱자국이 나도록 주먹을 쥐었다.

화장실에서 나와 반대편 건물로 들어가 충주행 매표소 앞에 앉는다. 충주는 언젠가는 꼭 한 번 가보아야 하는 곳이다. 그게 오늘이어야만 하는 것은 아니다. 언젠가 갈 수도 있을 것이라고 이제껏 미루어온 곳이다. 사람들은 분주히 스치고 지나간다. 무언가 다가온다. 그 무언가는 사물인지 사람인지 모른다. 그러지 말아야지, 머리는 소리를 치지만 어느새 보이지 않는 갈고리에 목이 낚인 것처럼 휙 돌아보고 만다.

"자네 어데 가?"

그 노파다. 팔의 소름을 쓰다듬는다. 자.네.어.데.가. 그 말이 왜 저 노파의 입에서 나오는지 이해할 수 없다. 못 볼 것을 본 사람처럼 심장이 두방망이질한다.

"뭔 놈의 안개가 이 난리여? 워메 징한 거. 이러다 일 나부러."

서울에 다니러 온 시골 노파 같다. 시골 완행버스를 타야 만날 수 있을 것 같은 차림이다. 털실로 짠 갈색 목도리를 둘둘 감고 있는 얼굴은 퀭하니 해골처럼 말랐다. 케테 콜비츠의 그림에서 금방 빠져나온 듯한 낡고 오래된 여인, 어두운 흑백사진처럼 창백한 무채색의 노파다. 고개를 돌린다. 노파로부터 벗어나고 싶을 뿐이다. 가방을 끌어안고 노파를 피해 밖으로 나간다. 택시 정류장이 보인다. 몇 발자국 걷다 뒤돌아본다. 사람들에 가려 노파는 보이지 않는다.

정류장에는 긴 택시 줄이 기다리고 있다. 줄 끝에 서서 손톱으로 손바닥을 긁기 시작한다. 손바닥은 피가 맺힌 것처럼 불그스름하다. 딱지가 생긴 곳도 있고, 새로 살갗이 벗겨진 곳도 있다. 기어이 딱지 하나를 뜯어낸다. 동그란 핏방울이 손바닥 한가운데 맺힌다. 택시 줄은 줄지 않는다. 주먹을 쥐고 다시 대합실 쪽을 바라본다. 노파는 보이지 않는다. 서둘러 대합실로 들어가 충주행 표를 끊고 버스에 오른다. 경혜를 만날 수 있을까? 눈을 감고 버스가 떠나기를 기다린다. 이럴 때 경혜라도 있다면 도움이 되었을 것이다. 장례식장에서 경혜는 금강경을 읽어주었다. 벌써 2년이 훌쩍 지났다.

누군가 버스 밖에서 소란을 피운다. 이런 안개 속에서 운전

은 어떻게 하느냐, 이런 날도 일을 시키는 썩을 회사가 다 있
느냐, 큰소리친다. 탁하고 낮은 음색이 귀에 익은 목소리다.
긴장으로 무거워진 눈을 들어 올린다. 겨우 현실로 되돌아오
려는데 누군가 어깨를 건드린다.

"오메, 이 처자 여기 탔소?"

무방비하게 눈을 뜨다가 무릎 위에 아슬아슬하게 걸치고
있던 가방을 떨어뜨린다.

"내가 저승사자여? 나만 보면 도망가더니 멀리도 못 갔소."

노파는 그것이 통쾌한 일이라도 되는 듯 몸을 뒤로 젖힌 채
호탕하게 웃는다. 나는 가방을 주워 자리 주인이라도 있다는
듯 옆자리에 올리고 창으로 고개를 돌린다.

"저놈의 안개…… 저건 아닌디."

혼자서 구시렁거리던 노파는 다행히 뒤로 비척비척 걸어
간다.

나는 억지로 잠을 청한다. 새벽까지 일한 탓에 기절 같은
잠을 바라지만 잠은 좀체 오지 않는다. 노파의 목소리가 귀를
어지럽힌다. 깜박 졸았는지도 모른다. 뒷자리가 소란스러워
눈을 떠 고개를 돌린다. 노파가 앞에 앉은 아기 엄마를 나무
란다. 핫팬츠에 후드티를 입은 내 또래의 여자는 당황해하며
칭얼거리는 아기를 달래느라 팔을 아래위로, 양옆으로 흔들
어댄다. 아기는 조막손으로 눈을 비비며 날카롭게 울음을 터
뜨린다. 아기의 두 눈은 질끈 감겨 있다.

"워째 워째, 애가 저렇게 울어쌌는데 애 엄마는 단도리 안 하고 뭐하고 있소? 언능 이리 줘보시오. 애 숨 넘어가겄소."

노파는 아기를 받아 뒤로 돌려 업는다.

"애도 하나 키울 줄 모름시롱 자식은 왜 낳당가."

아기 엄마가 건넨 포대기를 허리에 감고 아기를 향해 혼잣 말처럼 중얼거린다.

"너도 참 복도 없쟤. 어째 저리 미련한 엄마를 만난겨? 엄 마가 착하다고 다가 아니제. 엄마는 자식 하나는 끝까지 지켜 야 엄마재. 안 그랑가?"

노파는 사람들을 둘러본다. 사람들은 무심히 창밖으로 고개 를 돌린다. 아기 엄마는 노파에게 우유병을 내민다.

"요새 것들은 애덜 키울 줄을 모르제. 애가 애를 키운다니 께."

아무도 대꾸하지 않는다. 우유병을 빨던 아기가 잠들자 노 파는 옆에 앉아 창밖을 보는 중년 남자의 팔을 잡는다. 한 손으 로 바닥에 있는 쇼핑백을 뒤적거려 비닐봉지 하나를 꺼낸다.

"요고 한번 잡숴봐. 딸이 쪄준 강원도 찰옥수수여."

노파는 축축한 옥수수 봉지를 남자의 무릎에 놓는다. 남자 의 인상이 구겨진다.

"거시기 어제는 오촌 당숙 병문안을 안 갔소. 근디 거기서 지지리도 복도 없는 여자를 봤제. 어쯔믄 그런 일도, 쯧쯧쯧. 다른 병실에서 곡소리가 나서 가봤더니 오매 시상에, 웬 새댁이 눈이 통통 붓도록 울고 있는 게 아녀? 졸지에 부모상을 당했나 생각했소. 근디 고개만 젓고 대답을 안 허길래 간호사를 붙들고 물어봤소. 뭐란 줄 아요? 새댁이 시험관 아기 시술을 받았는데 그게 자궁 외 임신이 돼서 그런다고 안 하냐. 쯧쯧쯧, 고것이 다리가 달린 것도 아닌데 왜 지 집을 못 찾고 엉뚱한 데 드갔나 밸여. 복도, 복도 어쯔믄 지지리도 없는지, 시상에 벨일이 다 있소, 벨일이 다."

　시골 노인네의 입에서 나오는 인정머리 없는 말투에 손님들은 황당한 표정으로 고개를 젓는다. 이상한 노파다. 그러다 문득 머리 귀퉁이에서 어떤 호통 소리를 듣는다. 지금과 비슷한 어떤 기억이 가물거린다. 저런 말투, 저런 느낌. 기시감이 든다.

　버스 안의 사람들은 이상한 노파를 목을 빼고 구경한다.

　"그렇게 말씀하시면 안 되지요. 나잇살이나 잡순 양반이 참."

　누군가 구시렁거리는 말에 노파는 너 잘 걸렸다, 하는 표독스럽고 매운 눈을 한다.

　"그라요. 난 아들도 낳고 딸도 낳고 잘살았소. 나만큼 복 있는 여자 있으믄 어디 나와보시요."

　노파는 허공을 향해 삿대질을 하고는, 퀭한 눈을 크게 뜨고 끔쩍인다. 노파의 눈을 보자 희미한 기억이 되살아난다. 2년 전 구청에서다. 3층 복도에서 휠체어를 타고 있던 노인의 고성이 꼭 그랬다. 야멸차고 인정머리 없는 말투 끝이 왠지 축축했다.

차 안의 소란과는 상관없이 창밖은 평화롭다. 겨울 들판 위에 마시멜로처럼 뭉쳐놓은 원통형 건초 더미들이 군데군데서 있고, 그 위에 떨어지는 햇볕이 따사롭다. 까마귀들과 백로들이 낟가리를 쪼고, 갈대들이 황금색으로 물결친다. 누런 벼가 익어갈 때마다 그는 할머니 댁 감나무 이야기를 했다. 목을 기역자로 젖히고 장대로 감을 따는 게 중노동이어서 홍시는 보기도 싫었다는 그. 그 감나무를 팔고 나니 그제야 갑자기 홍시가 먹고 싶어졌다고 그는 말했다. 왜 사람은 이렇게 간사하냐고.

충주에 도착하자마자 사람들이 많이 나가는 방향이 아닌 화장실 가는 길로 얼른 빠져나온다. 담배 두 대를 천천히 연이어 피운다. 터미널의 화장실 창문 너머로 가로수의 앙상한 가지들이 보인다. 노파의 손 갈퀴 같다. 버스에서 노파를 다시 만나다니 어이가 없다. 불길한 일들이 지나가기를 기다리는 마음으로 한참을 더 서성이다 밖으로 나간다.

회사를 그만두고 승가대학에 들어간 경혜는 얼마 후 서충주 쪽의 암자에 있다고 연락이 왔다.

행복하니?

그녀는 물었고, 그를 만나고 있던 나는 조심스럽게 고개를 끄덕였다.

넌 행복해야 돼.

경혜는 말했고, 우리는 나란히 벚나무 가로수가 길게 뻗은 호반 도로를 걸었다.

이 길 끝에 뭐가 있을까?

또 다른 길이 있겠지.

나는 대답했다.

누군가에게는 막다른 길이 되기도 하겠지.

경혜는 말했다. 경혜가 만나던 남자의 아내가 임신을 하자 경혜는 그를 떠났다. 아이에게 죄를 지어서는 안 될 것 같다고 말했다. 한동안 마음을 잡지 못한 경혜는 비구니가 되었다. 이젠 누구도 경혜의 치렁치렁한 검은 머리를 보지도 만지지도 못할 것이다. 그녀가 아름다운 머릿결을 가졌다는 사실조차 모를 것이다. 다행히 내가 탐내던 짙은 눈썹만 남아 내가 알던 경혜로 기억할 수 있을 뿐이다.

버스 정류장으로 가는 내 앞으로 다시 낯익은 얼굴이 다가온다. 노파는 반가운 웃음기를 가득 머금는다.

"자네, 어데 가는데 여서 또 만난겨? 오호, 그러고 보니께, 자네가 나를 따라다니는겨."

아까와 마찬가지로 호탕한 웃음이다.

어디에 가느냐는 노파의 물음에 나는 더는 피할 수 없을 것 같은 생각이 든다. 충주의 호수 유원지에 가는 길이라고 말한다. 절대로 노파가 혼자 갈 만한 곳이 아니다. 커다란 짐 보따리를 든, 누가 봐도 시골 노파 같은 사람이 이 겨울에, 더구나 혼자서 관광지에 갈 일은 없다. 나는 자신만만하게 말하고 뒤돌아서려다 노파의 반응에 발걸음을 멈춘다.

노파는 붉은 잇몸을 훤히 드러낸 채 웃는다.

"나도 시방 거기 가는디."

놀란 나와는 반대로 노파는 이번에는 놓치지 말아야지, 하는 표정으로 내 옆에 바싹 붙어서 팔을 휘감는다.

버스가 도착하자, 앞의 빈 좌석에 노파를 앉히고 짐을 내려놓는다. 슬그머니 뒷자리로 가 앉으려는데 노파가 팔을 잡는다. 더 이상 도망가는 것이 무의미하다. 나는 체념한 강아지처럼 노파 옆에 가 앉는다.

"나는 순천에서 평범하게 농사짓고 사는 사람이제. 막내아들 위로 딸들이 다섯인겨. 글고 여기가 본시 내 고향이제. 서울 사는 딸네 갔다가 순천 집으로 가려다 갑자기 아들 생각이 나서 여기로 온겨."

호남선 매표소 앞에서 부딪친 건 그래서였다.

"내가 자식 복은 있는겨. 내리 딸을 다섯 낳고 마지막에 아들을 낳았제. 4대 독자라고 집안 어른들 귀염을 어찌나 받았는지 몰러. 갸를 낳고서는 머리에 왕관을 쓰고 댕기는 것 같았구먼. 또 어찌나 착한지. 이것도 우리 아들이 사준겨."

노파는 호주머니에서 핸드폰을 꺼낸다. 쩍쩍 갈라진 두툼한 손가락으로 조심스럽게 버튼을 몇 개 누른다.

"요고를 요로코롬 누르믄 노래가 나오는겨."

이어폰 한쪽을 내 귀에다 대어준다.

"요것도 갸가 준 것이제."

그 안에서 구성진 목소리가 흘러나온다. '지금은 어데로 갔나— 찬비만 나—린—다.' 구성진 옛 가요를 듣자 갑자기 방심한 듯 웃음이 풉 쏟아진다.

"이제야 웃는구먼. 젊은 처자가 그렇게 웃으니 겁나게 이쁘요."

노파는 내 밤색 블라우스와 검정 스커트를 가리키며 고개를 젓는다.

"옷도 그기 뭐시여. 앞길이 구만리 같은 처자가 칙칙하게스리. 그라고 세상에 못 견딜 일이 뭐 있었냐. 그렇게 세상 불행다 짊어진 얼굴로 살믄 오던 복도 도망가제."

오지랖 넓은 노친네의 눈에 내가 어떻게 보였던 것일까. 노래가 끝나자 잠시 잡음이 나더니 기타 소리가 난다. 놀란 표정으로 노파를 본다.

"이거 우리 아들이 배웠다고, 나보고 들어보라고 안 한가요."

익숙한 기타 소리가 낯설게 귓가를 맴돈다. 나는 피가 났던 손바닥을 내려다본다. 언제부턴가 손톱을 자르는 게 큰일이 되어버렸다. 길게 자라 휘어지고 구부러진 손톱은 손바닥에 생채기를 내었다. 손톱은 제멋대로 길다가 부러지고 말아 손톱을 깎을 일이 없어졌다. 초조해지면 그 손톱으로 손바닥을 후볐고, 그러고 나면 피가 나고 딱지가 앉았다.

"손톱은 왜 부러진겨?"

노파가 묻는다. 나는 못 들은 척 노파에게 되묻는다.

"유원지에는 무슨 일로 가세요?"

"으응, 거기 우리 아들이 있제."

"아드님이 유원지에서 일하시나 봐요?"

"우리 아들은 거기보다 더 좋은 회사에 다니요. 저거 큰아부지가 있는 회사어. 유원지 가다 보면 큰 회사가 보이는디 거기가 우리 아들 회사제."

그 말을 하는 노파의 얼굴에서 오랫동안 못 만난 애인을 만나는 것 같은 설레는 마음이 드러난다.

"갸가 누구를 닮았는지 참말로 잘생긴겨."

또 그 호탕한 웃음을 보인다.

"그 잘생긴 아들을 내 배로 낳았제. 동네 가시내들이 얼매나 쫓아다니는지, 지금도 갸를 보고 싶어 하는 가시내들이 수두룩하제."

그랬을 것이다. 누군가의 아들은 대부분 그럴 것이다. 노파는 아주 순하게 생긴 남자 사진을 한 장 내민다. 눈앞에 그 아들이 있는 것처럼 눈웃음이 그치질 않는다. 모자는 눈매가 닮았다.

"요즘은 주말마다 도로가 꽉꽉 맥혀서 다니기가 얼마나 힘드요. 전화 한 번이면 한 번 왔다 가는 것과 진배없다고 하는

데도 주말마다 내려오질 않소. 또 첫 월급 타면 참한 애인 데리고 내려오기로 안 했소."

그 아들을 만나러 간다고 한다. 노파의 얼굴에 자랑스러움이 번진다.

"처자는 애인 없소?"

나는 고개를 숙여 펌프스에 묻은 먼지를 털어낸다. 어느새 앞코의 가죽이 벗겨져 있다.

"그리 울상하고 있으믄 오던 남자도 도망가는겨. 괜찮여. 남자는 많으니께."

댐으로 가는 길에 보이는 큰 바위와 그것을 올라탄 나무, 그 아래로 뻗은 물길이 희미하게 빛을 낸다. 가로수 가지는 바람에 흔들리고 있지만, 차 안은 따뜻해서 찬기를 느낄 수 없다. 눈을 돌리면 무엇을 품은지도 모르는 수면이 물안개 사이로 철없이 반짝인다. 그를 만날 수 있을까? 2년 전 이맘때 같은 길을 간 적이 있다. 변한 것은 없다. 안개도 여전하다. 둥실 뜬 채로 세상을 사는 듯한 비현실감. 2년의 시간이 그랬다.

"그런데 이 동네는 사과가 더디 익어부러. 그게 저 안개 때문에 그렇댜."

노파는 어두운 안색을 하고 말한다. 나는 고개만 끄덕인다.

"댐만 만들면 뭐 하는겨. 안개 땜시 사과도 안 익는다는디…… 콩도 안 익는다는디…… 앞도 안 보이고…… 이놈의 안개 땜시……"

버스는 유원지 입구에 두 사람을 내려놓고 사라진다. 겨울의 앙상한 나뭇가지에 둘러싸인 호수는 을씨년스럽다. 철지난 유원지에는 고등학생으로 보이는 아이들이 오토바이 뒷자리에 여자애를 하나씩 태운 채 달리고, 중국인 단체 관광객들이 두꺼운 외투 깃을 세워 바람을 막아내며 단체 사진을 찍는다. 잔광이 남아 반짝이는 물결과, 길가의 번데기장수 포장마차에서 나는 연기가 그나마 온기를 전해준다.

서울에서 근무하던 그가 이곳으로 내려온 것은 3년 전이다. 새벽 물안개를 보며 우리는 탄성을 질렀다. 호수 주변은 눈꽃이 핀 나무들이 만든 은세계였다. 수많은 물방울들이 만들어내는 세상이 비현실적이었다. 안개는 추억이 되었다가 재앙이 되었다. 삶이 점점 더 안개처럼 희미해지는 것 같다. 저 뿌연 미지의 세계 건너 누가 그의 손을 잡아줄 수 있을까. 스산한 바람이 목덜미를 스친다.

이제껏 웃고 있던 노파가 호수 가까이로 천천히 걸어간다. 노파의 얼굴이 갑자기 으윽, 일그러지더니 고개를 젓기 시작한다. 새끼 잃은 어미 소처럼 신음 소리가 노파의 목구멍에서 흘러나온다. 노파는 급기야 슬금슬금 눈물을 보이기 시작하더니 관리실에 도착해서는 거의 소리 나게 운다. 이유도 모른 채 노파를 따라오긴 했지만 뭘 어떻게 해야 할지 모르겠다. 노파는 직원에게 충주댐 가는 길을 묻는다. 젊은 남자가 오르

막길을 가리킨다. 노파가 그리 쭉 가면 화장터도 있냐고 묻는다. 젊은 남자가 그렇다고 하자 노파의 비장한 표정이 한순간 무너지며 울음이 터진다. 남자는 의아해하며 내게 충주댐에 가는지, 화장터에 가는지 묻는다. 나는 고개를 젓는다. 아무 말도 못하고 노파를 안타깝게 보던 남자는 내게 딸이냐고 묻는다. 다시 고개를 젓는다.

"지금은 비수기라 택시 잡기도 힘들어요."

남자가 목적지까지 태워다 주겠다고 차를 꺼내온다. 나는 이제 발을 빼고 싶다. 지금 가면 경혜를 만날 수 있다. 여기까지 와본 것만으로도 충분하다. 더 가는 것은 두렵다. 차에 타는 노파에게 인사를 하고 문을 닫으려 하자 노파는 내 코트 자락을 붙든다.

호수를 끼고 달리다보니 새로 칠해진 블록과 가드레일이 보인다. 당시 다목적댐의 안개 때문에 사고가 나 새 가드레일을 설치했다는 뉴스가 나온 적이 있다. 어쩌다 여기까지 오게 되었을까. 노파는 가제 손수건으로 눈을 훔치며 호수의 무심한 수면을 응시한다. 목적지에 가까워지자 노파의 오열은 커진다. 걱정이 된 남자는 더 이상은 안 되겠다는 생각이 들었는지 기름이 없다고 둘러댄다. 노파는 여기까지만도 고마웠다고, 걸어서 가겠노라고 하며 차에서 내려 앞으로 비척비척 걸어간다. 남자는 난감한 표정으로 노파를 다시 차에 태운다.

댐을 끼고 가다 남산 반대편으로 방향을 꺾으니 화장터가 나온다. 경혜가 말한 막다른 도로가 이런 곳일까. 길에서 벗어나 화장터까지 올라간 노파는 마침내 바닥에 주저앉아 울기 시작한다.

"창수야, 창수야."

마치 이곳에 온 목적이 그것이라도 되는 양 돌바닥에 다리를 벌리고 앉아 통곡하기 시작한다.

"이제아 니를 보러 온거. 많이 기다렸제? 임마도 많이 보고 싶었제. 느이 누나들이 어찌나 말리는지 여적 못 와본 것 아니더냐."

화장터의 하늘은 호수 주변과는 다르게 어찌나 맑고 푸른지 무색하고 무렴해진다.

"물은 얼매나 깊으냐? 이 엄동설한에 또 얼마나 춥냐?"

문득 그의 어머니를 떠올린다. 내 손을 잡고 목 놓아 울던 교장 선생님. 모든 어미는 똑같았다. 아들의 죽음 앞에 직함은 아무 소용이 없었다.

한참을 울던 노파는 주머니에서 가제 손수건을 꺼낸다.

"이제 와봤으니 된겨. 창수야, 이제는 암 생각 말고 편히 쉬어, 이 엄마도 다시는 안 올 거제."

마지막으로 노파는 눈물을 훔치며 코를 힘 있게 푼다.

"오래전에 고향을 떠난겨. 다시는 안 와볼라고 했는디. 죽기 전에는 한번 와봐야 혀서. 내가 기절하는 통에 딸들이 화장터 근처도 못 오게 막아서 아들 가는 것도 못 봤제. 이제 죽어도 여한이 없소."

나는 의혹 담은 눈으로 노파를 바라보며 묻는다.

"아드님이 여기 계시는군요."

노파는 그제야 아들의 사고 이야기를 자분자분 털어놓는다. 익숙한 이야기가 노파의 입에서 흘러나오자 머릿속이 하얘진다. 설마, 하고 생각했던 일이 무심히 일어난다는 사실이 놀랍다. 창수, 그 남자 이름이 창수였구나. 창수. 죽음을 같이 하는 운명은 어떻게 타고나는 것일까. 묵묵히 이야기를 듣고 있던 관리소 직원은 무심히 고개를 끄덕인다.

"여기는 여름에도 안개가 지독합니다. 그날은 전국적으로 안개주의보까지 내린 날이었습니다."

관리소 직원은 그 사고에 대해 비교적 자세히 알고 있는 것 같았다. 당시 다목적댐 관련 사고로 사회적으로 문제가 많이 된 일이었다고 한다. 더구나 그 차에는 갓 스물이 된 신입 사원과 그 남자의 직장 상사가 타고 있었다. 차도에 스키드마크와 나뭇가지들이 꺾인 것 외에는 어떤 흔적도 남아 있지 않았다고 했다. 자정 무렵 안개 자욱한 도로에서 안전장치 허술한 호수로 차가 떨어진 건 한순간이었을 것이다. 큰 사고이기도 했고 그 사고가 있은 후 새 가드레일을 설치한 일이 있어서 남자도 사고에 대해 자세하게 기억하고 있다고 했다.

남자는 운전한 사람이 아들이었는지 아니면 동승자였는지

노파에게 묻는다. 노파는 고개를 절레절레 흔든다.

"차 사믄 돈 모으기 힘들다고 갸는 회사 기숙사에 살았소."

"그 20대 청년이…… 그렇군요. 운전은 30대 가장이 했다고 나왔지요."

남자가 말한다.

"가족들이 많이 원망했겠군요."

나는 조심스레 끼어들어 노파에게 묻는다.

"사고 낸 운전자, 아드님의 회사 선배, 그 사람을……"

"나도 사람인게…… 그때는 누구 멱살이라도 끌고 같이 빠지고 싶었제. 살아 있었으믄 살려내라고 달겨들었겠제. 살아 있었으믄……"

노파는 모든 걸 다 내려놓은 것 같은 깊은 한숨을 쉰다.

"근디 죽은 사람을 어떻게 원망허요. 전들 그 물이 좋아서 뛰어들었겠소. 이넘의 안개가 그 사단을 내브렀제. 그라고 그 사람을 우리 아들이 참 좋아했소. 석기라고 하든가 석규라고 하든가 여튼 선배라고 부름서 잘 따르고…… 회사 생활도 그 선배가 챙겨줘서 할 만하다고 안 혔소."

나도 모르게 노파의 손을 움켜잡는다. 그의 이름을 듣자 마치 그가 지금도 살아 있는 사람 같다. 노파는 영문도 모른 채 내 손을 다독인다.

"그 사람은 시신도 찾지 못했다지요."

남자가 끼어든다.

"결혼한 지 얼마 안 되었다고 했던 것 같은데…… 그러고 보니 벌써 2주기쯤 되어갈 것이네요. 딱 이맘때였으니까."

남자는 묵묵히 하늘을 본다.

내려가는 길에 남자는 사고 지점과 새로 칠해진 블록에 다시 눈길을 준다. 울음을 감추며 노파는 말한다.

"내 어제 병원에서 봤던 그 새댁이 안됐으면서도 쫌 부러웠던겨. 젊었잖여. 복 없는 년은 바로 나여. 차라리 감옥소라도 가 있으면 찾아가보기라도 하제. 갑자기 어디서 튀어나와 와락 품에 뛰어들 것만 같은데…… 지금도 믿을 수가 없소."

첫 월급 탔다고, 여자 친구와 같이 내려가겠다고 전화한 게 아들의 마지막 기별이라고 한다.

2년 전 그의 사망 신고를 하러 구청에 갔다 본 일이 떠오른다.

복 없는 것들은 모두 죽어야 혀.

순간 잘못 들은 것인가 했다. 소리 나는 쪽으로 고개가 절로 돌아갔다.

개새끼나 노인이나 할 것 없이 복 없는 것들은 확 다 죽어야 혀.

노인은 복도에서 소리를 지르며 휠체어를 벽으로 밀어붙여 머리를 찧었다.

오래 살아서 뭐 혀. 너무 오래 살았어. 살아 있는 게 죄여, 죄.

노인의 울음소리는 계속되었고, 노인을 벽에서 떼어내느라 여러 사람이 매달렸다. 자식의 사망 신고를 하러 와 저러고 있다고 직원은 난감해했다.

시원하게 쏟아낸 울음 덕분인지 한층 말개진 노파의 얼굴이 천진스럽게도 보인다. 노파는 아들을 품었던 호수를 무심히 내려다본다.

"정말 고맙소, 당신들이 내 은인이요. 자식 기일이 다가오는데 아직도 자식 가는 길을 못 봐서 원통하였소. 딸자식들이, 살아 있는 자식보다 죽은 자식이 더 좋으냐고 해서, 보고 싶다 말도 못 꺼내보고 혼자 왔는데, 내가 정말 복이 많소."

노파의 손 위에 내 손을 얹는다. 작별 인사를 하고 돌아서려는데 이젠 정말 마지막이라는 생각이 들었는지 노파는 한없이 울기만 한다. 내 손에 아들의 흔적이 묻어 있는 듯 손을 쓸어내리다 마지못해 돌아선다.

충주의 안개를 경혜는 지독하다고 표현했다. 스님이 그런 말 써도 되니? 내가 물었다. 지독한 건 지독한 거야. 경혜가 말했다. 안개 때문에 사고가 잦은데도 가드레일이 부실한 건 지금도 여전하다. 운전을 한 것은 그였다. 신기루 같은 안개가 그에게 어떤 손짓을 했을까. 실체 없는 신기루 같은 것, 무형의 눈에 보이지 않는 어떤 것이 우리를 어느 순간 다른 곳으로 데려다놓았다. 그의 시신은 끝내 찾지 못했다.

얼마 후 안개에 파묻히듯이, 뱃속의 작은 씨앗도 생명이 되지 못하고 양수와 함께 사라졌다. 그의 어머니는 장례를 거부했다. 결국 영정 사진으로만 치른 장례식이 되었다. 경혜가 그의 마지막 길에 독경을 해주었다. 아직도 그의 이름을 부르면 "명지 너 어디 가니?" 하고 다가올 것 같다.

서울로 올라오는 버스 안에는 통학하는 대학생들로 가득하다. 그들은 함께 마주 보고, 함께 웃는다. 누군가와 눈을 마주치고 누군가와 손을 잡고 누군가와 이야기하고 싶다. 그는 같은 과 선배였지만 엠티에서 인사를 한 것 외에는 따로 이야기해본 적이 없는 조교였다. 학생증 발급을 위해 학생과를 찾고 있었다. 복도에서 두리번거리고 있을 때 문을 열고 나온 그는 내게 물었다. "명지, 어디 가니?" 그가 내 얼굴을 알고 있다는 사실이 신기했다. 내 이름을 알고 있다는 게 더 놀라웠다. 그는 만날 때마다 물었다. "너 어디 가니?" 인사말치고는 촌스럽다고 놀리면서도 친구들도 그를 따라 내게 그렇게 물었다. "명지 어디 가?" 그는 내가 가는 길에 기꺼이 동행해주었다.

너 어디 가? 우리 어디 가? 그것은 함께 어디론가 같은 방향으로 향한다는 의미였다. 너와 내가 함께 걷고 싶다는 의미였다. 너와 나만의 구조 신호 같았다. 네가 어디를 가든 너를 지켜줄 거야, 하는 눈빛으로 나를 바라보던 그의 얼굴이 이제는 기억 속에 가물거린다.

그는 손톱 물어뜯는 내 버릇을 고치기 위해 클래식 기타를 배우자고 했다. 경혜와 나는 그와 함께 동아리에 가입했다.

우리는 회사 일로 야근한 날에도 돌아와 기타 연습을 했다. 아르페지오 연주를 위해 애지중지 길렀던 손톱, 영양제로 잘 관리됐던 손톱이 떠오른다. 그는 그 손톱 대신 빈 안경집과 다 해진 '알함브라 궁전의 추억' 악보를 남기고 떠났다.

네 생일에 연주해줄게.

그는 지키지 못할 약속을 했다. 생일이 두 번 지났다.

"열 개 중에 한 개가 없어지면, 나머지 아홉 개로 살아야 혀. 대합실에 들어서는데 처자 얼굴만 눈에 들어온겨. 처자 얼굴이 얼음장처럼 차가워 보이는데 뜨신 밥이라도 한 끼 사멕이고 싶었던겨."

순천행 대합실에서 노파는 내 손을 잡았다. 눈이 뜨거워졌다. 손톱을 자르면 그의 기억도 잘려 나갈까?

그날 만나기로 했던 저자는 집을 비우지 않았다고 한다. 아무리 기다려도 연락이 오지 않아 오후에 출판사로 전화까지 했다고. 내가 그렇게 초인종을 눌러도 대답 없던 집이었는데 다음 날 안개가 걷힌 길은 달라 보였다. 아마도 경혜를 다시 만나 그날 일을 이야기하면 노파와 나는 연기설로 이어진 관계라고, 스님이 할 법한 이야기를 해줄 것이다. 일면식도 없는 사람인데 고맙다고 노파는 내게 말했지만, 정말 일면식도 없는 사람이었을까?

경혜는 모든 것이 자연스럽게 흘러가도록 남자의 인생에서 조용히 빠졌다. 물 흐르듯이 인생도 그러해야 한다는 듯. 경혜와 헤어진 그 남자는 어떤 인연으로 뒤늦게 만나 서로 상처를 안게 되는 것일까?

그가 마지막으로 나를 불렀던, 그 하루 동안의 일이 한낮의 짧은 꿈 같다. 그와 나 그리고 경혜, 이제는 서로 다른 방향으로 깊은 강을 건너는 중이다. 어쩌면 지금은 아침의 반짝이는 햇살의 순간을 지나 아주 긴 땡볕과 해 저문 오후를 기다리는 것인지도 모른다. 짙은 운무 같은 세상 속으로 손을 뻗고 한 걸음 내디딘다. 길이 나를 향해 다가와줄 거라는 것만 믿고서. 명지, 너 어디로 가니? 나는 묻는다.

당신의 자장가

어둡다. 팔을 가슴에 엑스자로 모으고 반대편 팔뚝을 쓰다듬는다. 천장에 등이 달려 있지만 초여름의 햇살에 익숙해진 눈은 쉽게 적응하지 못한다. 여자는 깊은 우물 같은 암흑에 눈을 감는다. 여자의 몸 전체가 사라진다. 균형감마저 잃어버린 여자는 제자리에서 한 발짝도 움직일 수 없다. 다시 눈을 뜬다. 암순응이 시작되자 흑백의 모노톤 공간에 먹물처럼 섬세한 농담의 변화가 나타난다. 움집의 벽과 천장에 가면과 창, 방패, 기타 전리품들이 수묵 담채의 풍경으로 서 있다. 섬세하고 깊은 빛 사이로 채도 낮은 사진처럼 몇 가지 엷은 색이 도드라져 보인다. 무언가 여자를 노려본다. 뒷걸음질 치다 중심을 잃어 넘어진다. 심장 소리가 북소리처럼 커진다.

여자가 사육사로 일하는 놀이동산 사파리 입구에 '아프리카 빌리지'를 설치하고 있다. 여름방학을 겨냥한 이벤트다. 어제 저녁 퇴근하는 길에 사파리 관리인이 여자를 불러 세웠다.

새로 온 것들 한번 구경해봐요. 정말 무시무시하게 생긴 놈이에요.

여자는 관리인의 말에 호기심이 생겼다. 빌리지 입구에 사진이 붙어 있었다. 황갈색 칼라하리에 랜드로버가 서 있고 그 앞에 사냥총을 든 사파리 관리인과 아프리카 원주민이 서 있었다. 그들의 발치에 고개를 힘없이 떨군 임팔라가 쓰러져 있었다. 임팔라의 꺼져가는 눈빛이 사진 밖의 여자를 향했다.

희미한 어둠 속에서 가면들이 검은 윤기를 띠며 여자를 내려다본다. 적의 심장을 얼어붙게 할 듯 기괴하다. 여자는 일어나 흑단목의 윤기 나는 가면 하나를 얼굴에 갖다 댄다. 강력한 힘이 느껴진다. 천장에서 사지를 펼치고 있는 표범 한 마리와 눈이 마주친다. 표범의 이빨이 금방이라도 여자의 심장에 와 박힐 듯 날카롭다. 무시무시한 가면 하나를 벗겨 얼굴에 쓰고, 창을 두 손으로 번쩍 든다. 표범의 눈에 창끝을 겨냥한다. 가면을 쓰고 창을 들고 있는 한 아무것도 무서울 게 없을 것 같다. 여자는 창을 내려놓는다. 돌아서 나오는 여자의 뒤통수 뒤로 수많은 눈들이 와서 박힌다. 표범의 눈, 가면의 눈, 관리인의 눈, 임팔라의 눈.

동물원 유인원관에 도착한 여자는 작업복으로 갈아입는다.

사육사 보조 자리를 얻은 후부터 새벽 5시 이후에 일어나본 적이 없다. 8시까지 출근하면 되지만 여자는 그보다 빠른 시간에 출근하고 다른 사람들보다 늦게 퇴근한다. 겁 없이 달려드는 침팬지들에 놀라기도 하지만 집보다 동물원이 여자에겐 더 편하게 느껴진다. 유인원관 입구에서부터 풍기기 시작하는 냄새와 갖가지 동물들의 울음소리, 그리고 분주한 사육사들의 발걸음은 오감으로 잘 빚어진 편물처럼 몸에 잘 맞는다.

포육실의 순이는 밤새 열이 내렸는지 숨소리가 고르다. 며칠 동안 열이 오르락내리락하여 사육사들을 긴장시켰다. 윤 소장의 손길이 신기하기만 하다. 처음 순이가 이곳에 왔을 때 사육사들 사이에서 '환자'로 통했다. 어떤 경로를 통해 이곳에 온 건지 자폐 증세가 뚜렷했다. 동물원으로 팔려가는 침팬지의 일부가 밀렵으로 인한 것이라는 소문이 있었다. 문제는 새끼 침팬지를 사로잡기 위해, 새끼 곁을 떠나지 않는 어미를 잔인하게 살해한다는 것이었다. 그래서 불법으로 팔려온 침팬지들은 대부분 정신적으로 장애를 갖고 있다.

이곳 동물원에 처음 왔을 때부터 순이는 아무것도 안 먹고 내실에서 버텼다. 청소하기 위해 내보낼 때 폭죽을 터뜨려야 했다. 일본에 있는 동물원의 침팬지가 우울증으로 자살했다는 소식이 날아들어 사육사들이 바짝 긴장하고 있을 때였다. 윤은 무슨 생각에서였는지 여자에게 순이를 맡기면서 '사육사 보조'라는 꼬리표를 떼주었다. 여자는 순이를 인공 포육실에서 분유를 먹여가며 키웠다. 순이가 처음 여자의 손에 맡겨졌을 때, 찢어지는 금속성을 내며 여자의 손을 할퀴었다. 동물원에 많은 인파가 몰릴 때면, 스트레스 받은 순이가 관람하던 아이의 바나나를 뺏는 등의 돌발 행동을 해 동물원의 골칫덩이가 되기도 했다. 녀석과의 몸싸움으로 연일 뻐근한 어깨를 주무르는 것이 퇴근 후의 일이었다. 여자는 쉽게 정이 가지 않는 수컷 침팬지 녀석에게 '순이'라는 이름을 붙여주었다.

여자가 사육장을 한 바퀴 돌아보고 나오자 하얗게 센 머리를 포니테일로 묶고, 목에 손수건을 두른 윤이 번개와 눈을 맞추고 이야기를 하고 있다. 간간이 노래 소리가 낮게 새어 나온다. 성질이 사납다고 '일진'으로 불리는 번개의 눈빛이 순하디순하게 누그러들어 있다. 개심하여 고향에 돌아온 탕아처럼 털을 가지런히 눕히고 윤에게 어리광을 부린다. 어제 저녁 난동을 부려 인조 나무를 부러뜨린 게 정말 저 녀석 맞나 싶다. 번개는 가끔 우리 속의 바구니와 기물들을 부수고 난동을 부렸다. 그 부랑아 같던 번개라고 믿을 수 없을 정도로 윤 앞에서는 아기처럼 얌전해지고 만다.

어제 번개 때문에 못 주무셨을 텐데 좀 더 주무셔도 됩니다. 아침 준비는 제가 할 수 있습니다.

잠이야 죽으면 실컷 잘 텐데 뭘. 자네 몸이나 잘 보살피게.

윤의 톡 쏘는 말은 항상 여자를 주눅 들게 한다.

그나저나 사육장 공기가 너무 탁해. 이러니 호흡기 질환이 생기지. 냄새 때문에 질식할 것 같아. 자기들 방이라면 저렇게 하겠어? 쓸데없이 잡담하는 시간에 우리 청소나 한 번 더 하지.

여자가 사육사 보조로 들어올 때 가장 반대한 사람이 윤 소장이다. 키가 작고 왜소하다는 것이 이유였다. 그 전날, 침팬지 가족이 한꺼번에 동물원에 수송되어 왔다. 일손이 급했던 탓에 여자를 들이긴 했지만, 일 년 동안 윤의 따가운 시선을 견뎌야 했다. 그래서 그런지 윤이 어렵기만 하다. 언젠가는 윤 소장 같은 유능한 사육사가 되는 게 여자의 바람이다. 무언가 하고 싶은 일이 생겼다는 사실이 이곳에 온 후의 가장 큰 변화다.

윤은 사육사가 아니라 '통역사' 혹은 '영매'로 통한다. 침팬지와 오랑우탄 등, 유인원관에 있는 동물들의 울음소리를 구별하는 것 역시 윤이다. 애니멀 커뮤니케이터처럼 아무도 모르게 동물들과 대화를 하는지도 모른다고 동료들은 말한다. 하지만 아부할 일이 있을 때만 그렇게 부르고 윤이 보지 않는 곳에서는 그를 질투한다. 성격이 저러니 평생 혼자다, 동생이나 건사 잘하지 등등의 말로 그를 조롱한다.

그에게 사육이나 조련을 배운 다른 사육사들은 머리를 내 젓는다. 시월이가 미미를 낳다가 패혈증으로 죽음 앞에까지 갔다가 온 일이 있었다. 수의사가 고개를 절레절레 흔들며 손을 놓았을 때, 윤은 한 달 동안 고집스럽게 밤마다 시월이와 함께 지냈다. 시월이가 링거를 빼고 미음을 먹기 시작했을 때, 수의사는 윤을 향해 엄지손가락을 치켜올렸다.

순이가 이곳에 온 지 얼마 안 되었을 때다. 설사와 열로 신경질을 부리고 소리를 지르던 순이와 여자가 씨름하는 것을 보고, 윤이 잠시 순이를 데리고 간 적이 있었다. 여자가 결린 어깨를 두드리고 있을 때 어디선가 노랫소리가 들려왔다. 여자는 귀를 의심했다. 평소 빠르고 새된 소리로 고함치는 윤이었기에 낮고 느린 음색과 간절함이 배어나오는 목소리는 상상할 수 없었다. 낮에 보았던 그 사람이 맞나 할 정도로 온화하고 부드러웠다. 그새 순이는 잠들어 있었다. 그 후로도 경이롭게 그의 뒷모습을 바라보았을 때가 한두 번이 아니었다. 여자는 가끔 그의 노랫소리를 떠올리며 잠이 들었다. 또 가끔 다른 동물들을 쓰다듬는 윤의 손길에 질투를 느꼈다.

그런 그도 이곳을 떠난 적이 있다. 몇 년 전 사직서를 내고 떠났던 그는 다음 해 여름이 다 갈 무렵 다시 돌아왔다. 한여름 고릴라가 더위에 탈진하고, 시름시름 앓는 동물들이 늘어났다. 수의사가 상주해야 할 만큼 사태가 심각해지자 동물원 측에서 윤을 다시 찾을 수밖에 없었다.

그런데 순이 괜찮을까요? 방학이 한 달밖에 안 남았는데.

방학이 시작되면 공연을 시작해야 한다. 아직은 불안한 게 사실이다.

그게 사람 마음대로 되나? 기다리는 수밖에.

윤이 여자를 바라본다. 자네 마음은 자네 마음대로 할 수 있나? 묻고 있는 것 같다.

조류관의 새소리로 사방이 시끄러워진다. 사육장이 분주해진다. 여자는 침팬지들을 불러 모은다. 순이는 늦게야 어기적거리며 나와 정신없이 돌아다니는 다른 친구들을 눈으로만 좇는다. 여자는 침팬지들을 차례대로 안아본다. 슬금슬금 눈을 피하는 순이를 안고 우유병을 물린다. 태어난 지 일 년이 넘었지만 아직도 우유병을 빤다. 순이의 손가락이 여자의 머리카락 사이를 오간다. 손금이 깊고 마른 가죽처럼 매끄러운 손바닥이 여자의 목을 간질인다. 긴 팔이 목을 착 감아 도는 맛이 싫지 않다.

얼마 전 심리 치료 목적으로 시작한 그림 그리기와 음악 감상이 효과가 좋아서인지 지금은 여자를 보고 금속성 비명을 지를 때와는 다르다. 옷고름을 매달라고 달려오고, 여자의 머리 위에 올라가 앉기도 한다. 길들여진 동물은 자신의 존재가 상대에게 가장 순하고 약한 모습으로 비치기를 바란다. 여자 앞에서 순이는 드러눕기도 하고, 엉덩이를 들이미는 자세를 한다. 기분이 좋을 때는 털 고르기를 허락한다. 그것은 특별한 의미가 있다. 여자의 두 손이 목을 감고 있어도 결코 자신을 해하지 않을 거라는 믿음이다. 여자의 꿈에도 순이와 침팬지들이 등장한다. 이젠 그들의 움직임만으로도 병에 걸렸는지, 어떻게 싸움을 했는지 짐작할 수 있다. 그때마다 여자는 왠지 오래 살고 싶다는 생각이 든다.

오후가 되자 공연 연습이 시작된다. 윤은 침팬지들을 불러 모은다. 음악 소리에 침팬지들은 열을 맞춰 서서 손을 잡는 다. 연두색 원피스를 입은 미미는 '인사!'라는 조련사의 구령 에 따라 머리가 발에 닿도록 고개를 숙인다. '미미' '자람이' '마루' 등 다섯 마리 침팬지가 점프하여 링 통과하기, 물구나 무서기, 윗몸일으키기, 장대 발 걷기, 응급 구조 활동 등을 선 보인다. 침팬지들은 자기 키 높이의 세 배 이상을 거뜬히 점 프한다. 음악 소리에 포육실에서 나온 순이가 여자의 손을 잡 아끈다. 악기나 놀이 기구를 꺼내달라는 뜻이다.

여자는 한복 두 벌을 캐비닛에서 꺼낸다. 순이에게 색동저 고리를 입히고 족두리를 씌운다. 여자는 남자용 무명 한복에 파란색 조끼를 입고 머리에 무명 끈을 맨다. 순이와 여자의 공연은 '꼭두각시 춤'과 '실로폰 연주'다. 귀에 익은 음악이 나오자 순이는 여자에게 손을 내민다. 반짝반짝 작은 별 아름 답게 비치네. 여자는 순이의 실로폰 연주에 맞춰 허밍을 한 다. 실로폰 연주를 무사히 마친 순이는 자신의 음악에 심취한 듯 마지막 음을 치고서도 고개를 들지 않는다. 구경하던 사육 사 몇몇이 웃음을 터뜨리며 박수를 친다. 순이가 다른 침팬지 보다 습득 속도가 빨라 변수가 없는 한 공연은 성공할 것이 다. 이럴 때는 자폐증 특유의 집중력이 도움이 된다. 윤은 팔짱을 낀 채 가만히 고개를 끄덕인다.

　어둠이 내리면서 우리의 잠자리를 챙기고 침팬지들을 안전하게 격리시킨다. 라커룸에서 작업복을 갈아입고 밖으로 나온다. 사파리 앞을 지나다 아프리카 빌리지 앞에 선다. 어둠 속에 나란히 서 있는 빌리지는 마치 두 사람이 등을 돌리고 있는 것처럼 보인다. 집으로 돌아가는 발걸음이 무겁다.

　사물쇠 두 개를 위에서부터 차례내로 잠근다. 마지막으로 걸쇠를 건다. 여자는 이곳을 전망대라고 부른다. 세상이 한눈에 내려다보이는 높은 곳에 있는 집을 원했다. 12층 오피스텔의 가장 높은 층, 세상을 한눈에 내려다볼 수 있는 곳이다. 사람들은 땅을 밟고 살지만 여자에게 땅이란 진도 2의 미진처럼 불안하게 흔들리다가 갑자기 강진이 되어 갈라지고, 그 사이로 끝없이 추락하고 마는 마른 땅 위의 크레바스다. 거울을 본다. 숏 헤어에 아직은 소년 같은 인상의 작고 여윈 여자가 서 있다. 여자의 키는 열두 살에서 멈추었다. 여자에게 시간은 정지된 듯하다. 동심원 주위를 맴도는 것처럼 무수히 많은 일들이 지나갔음에도 늘 같은 자리에 머물고 있다. 눈높이가 맞지 않는 사람들은 왠지 위협적이다. 10센티미터가 넘는 통굽 구두를 신어봤지만 세상은 더 휘청거리고 불안했다.

　냉장고 문을 열고 차가운 생수를 마신다. 언젠가 냉장고가 먹을 것으로 가득 찼던 적이 있었다. 냉동 피자를 전자레인지에 돌리는 동안 소시지를 입에 넣었고 초콜릿을 녹여 크래커에 찍어 먹었다. 여자는 아무도 건드릴 수 없는 거대한 몸을 만들고 싶어 했다.

여자는 전화기의 자동 응답기를 켠다. 목소리 듣기 힘들구나. 기계를 통해 흘러나오는 목소리라 더 낯설다. 언제 집에 오냐? 여자는 쿠션의 술을 한 올 한 올 잡아당긴다. 여자가 집을 나올 때 마지막으로 본 것은 미용실 가위를 들고 있는 엄마의 등이다. 처음 집을 떠나온 건 고등학교를 졸업하면서다. 직장을 핑계로 따로 나와 살고 있다.

여자는 엉덩이까지 치렁대던 머리를 열두 살에 자른 후 한 번도 기른 적이 없다. 여자가 머리를 자르고 싶다고 했을 때 엄마는 반대하지 못했다. 그날 엄마는 두 번이나 집게손가락 안쪽에 상처를 내었다. 그것은 처음 미용 기술을 배우는 초보자나 저지르는 실수였다. 빗자루처럼 깡총한 머리를 가진 거울 속의 딸을 엄마는 보지 못했다.

사파리 한가운데 서 있는 여자를 본다. 꿈은 칼라하리를 지나 세렌게티 공원의 어느 숲속에 여자를 내려놓았다. 여자의 잠 속에서 침팬지들이 뛰어다닌다. 사람이 살지 않는 곳에서 여자는 동물들과 이야기를 한다. 마른바람이 여자에게 불어닥친다. 표범 한 마리가 이빨을 드러내고 달려든다. 발톱이 여자의 숨구멍을 뚫기 직전 여자는 비명을 지른다. 눈을 뜨자 검은 구멍이 눈앞을 가로막는다. 여자는 후들거리는 손으로 커튼을 겹쳐 여민다. 절굿공이처럼 뛰기 시작하는 심장은 가라앉지 않는다. 거울 속 여자와 눈이 마주치자 얼른 고개를 돌린다. 제 몸이 뜯기는 것을 보면서도 저항 못하는, 그래서 수치에 떠는 눈이다. 냉장고 옆에 걸린 가면을 얼굴에 대어본다. 움집에 걸려 있던 가면 중 가장 무서운 얼굴이다. 어디선가 풀숲을 헤치고 도망가는 움직임 소리가 들린다. 누구도 침범할 수 없는 얼굴이 여자를 감싼다. 세상에서 가장 무서운 얼굴 아래 여자는 숨는다. 아프리카 빌리지에 있던 창을 떠올린다. 뾰족한 창끝이 누군가의 가슴 한복판을 찌르게 되기를 바란다.

언제부턴가 여자는 늘 혼자였다. 어쩌다 사귀게 되는 남자는 하나같이 마초였고 폭력적이었다. 여자는 남자들의 가학에 끌리는 것을 막지 못했다. 여자에게 강한 것은 공포이자 곧 거부할 수 없는 매력이기도 했다. 주위에 착한 남자들이 없는 것은 아니었다. 그들의 순한 눈빛이 오히려 여자를 불안하게 만들었다. 강한 남자만이 여자를 보호해줄 수 있을 거라는 믿음은 오래가지 않았다. 그들은 명령했고, 그런 명령에 순종적인 여자를 내버려둔 채 남자들은 떠났다. 넌 나를 사랑하는 게 아냐. 아마 넌 평생 누구도 사랑하지 못할 거야. 그들은 그렇게 말했다.

여자는 팔을 벌리고 손목을 위로 꺾는다. 손바닥으로 천천히 공기를 밀어내고 츠으, 하며 숨을 내쉰다. 간과 폐의 화기를 빼는 방법이다. 하나, 둘, 셋, 넷, 여자는 천천히 헤아리며 호흡한다. 여자에게 우울증 약을 처방하던 의사는 말했다. 동물을 키워보세요. 개나 고양이, 물고기나 새 아무거나 좋아요. 그때 여자는 물었다. 침팬지도 괜찮아요? 소견서 옆에 있던 탁상 달력에 제인 구달과 침팬지가 껴안고 있는 사진이 있었다.

친구들이 놀이기구를 타고 허공에 매달려 있을 때 여자는 하늘을 올려다보았다. 가끔 키 제한으로 '부적합' 판정을 받고 뙤약볕 아래에서 친구들을 기다렸다. 땀이 대책 없이 흘렀고, 열기는 바닥을 녹여버릴 듯했다. 여자는 공중으로 물을 뿜어내고 있는 분수 안으로 뛰어들었다. 우리 속의 침팬지가 여자를 빤히 내려다보았다. 돌아오는 길에 12센티의 통굽 구두를 놀이동산의 악어에게 던져버리고 싶었다. 졸업 후 면접에서 수도 없이 떨어진 여자는 알바를 전전했다. 동물원에서 버틸 수 있었던 것은 그나마 사람들을 상대하는 일이 아니어서인지도 모른다. 동물들은 인간의 키나 외모 따위에 관심이 없다.

자리에 다시 누운 여자는 윤이 번개에게 불러주던 노랫소리를 떠올린다. 윤의 노래는 적당한 온도의 바람을 품은 수면제처럼 잠에 빠져들게 하는 신비한 묘약 같다.

아침부터 놀이동산이 술렁인다. 여름방학이 얼마 남지 않은 까닭이다. 퍼레이드와 동물 쇼 등 리허설들이 잇따라 진행되어 긴장되면서도 활기찬 분위기다. 미미와 보람이가 털 고르기 하는 것을 기웃거리던 순이가 거울 앞을 어슬렁거린다. 영장류 동물 중에서도 침팬지만이 거울 속의 자신을 알아본다고 한다. 표정이 불안해 보인다. 좀 전까지 순이와 쫓기 놀이를 하던 미미가 놀이가 지루해지자 갑자기 소리를 질렀다. 시월이가 달려와 미미를 등에 업고 순이를 무서운 눈으로 노려보았다. 순이는 고개를 기역자로 어깨에 파묻은 채 꼼짝하지 않았다. 마루는 어미 품에서 털 고르기를 받느라 나무 그늘 아래 눈을 감고 있다. 순이보다 좀 늦게 태어난 자람이는 보람이와 공중에 매달아놓은 타이어 사이를 오간다. 자람이는 엄마가 없지만 형인 보람이가 엄마 노릇을 대신 해주고 있다. 침팬지들은 두 살이 넘도록 어미의 젖을 빨고, 어미의 배나 등에 붙어 산다. 다 자란 수컷도 장난치다 다치면 어미에게 달려가 품에 안긴다.

순이는 혼자 거울을 본다. 주둥이를 쭉 빼고 앓는 소리를 내다 여자를 보자 슬그머니 거울 뒤로 숨는다. 여자는 조리실에 들어가 새로 주문한 사료를 검사한다. 유통기한과 사료 배합 비율이나 구성 성분 등을 꼼꼼히 확인한다. 밖에서 들리는 소리에 가끔 귀를 세운다. 갑자기 장막이 찢기듯이 날카로운 비명이 공기를 가른다. 사료 자루를 내려놓고 여자가 달려 나가는 동안에 소리는 점점 더 커진다. 뾰족하게 날이 선 울음이다. 침팬지 무리가 순이를 둘러싸고 있다. 보람이와 번개가 털을 바짝 세워 실제보다 더 크게 몸을 불리고 위협하고 있다. 순이는 머리를 감싼 채 비명을 질러댄다. 덩치 큰 침팬지들이 서둘러 제 새끼를 안고 우리 안으로, 나무 뒤로 몸을 숨긴다. 순이가 눈치 없이 보스의 영역을 침범했을 것이다. '일진'이라는 별명답게 번개는 이 우리에서 서열 1위다. 순이의 서열은 꼴찌다. 누구도 순이를 옹호하지 못한다. 지난번에는 번개의 통나무 의자에 앉아 있었던 것이 화근이었다. 사나운 번개를 다른 우리로 격리시키지 않아서 생기는 일이라 생각하자 화가 치민다. 동물도 사람하고 똑같아. 피한다고 될 일이야? 그때마다 윤이 반대했다.

여자는 달려가려다 걸음을 멈춘다. 그동안 순이가 다른 침팬지들에게 공격을 받을 때마다 여자는 달려가 침팬지들을 몰아내고 순이를 감싸 안았다. 하지만 번번이 일은 더 커지기만 했다. 어쩌면 윤의 말이 맞는지도 모른다. 주먹을 불끈 쥐고 꼼짝 않고 서서 지켜보기만 한다.

제발 순이야, 덤벼봐. 덤벼, 제발.

몇 초 기다리는 동안 여자의 손안에 땀이 고인다. 순이에게 날고기를 먹여서라도 사납게 길들여야 했을까. 돌아가 위로받을 곳 없는 순이의 금속성 비명은 어느새 낙담하고 절망하는 흐느낌으로 바뀐다. 더 이상 참지 못한 여자가 다가가자 순이는 여자에게 와락 안겨든다. 순이의 심장이 팔딱팔딱 뛴다. 그 울음소리에 맞춰 여자의 가슴이 죄었다 풀렸다 한다. 여자는 손바닥으로 순이의 가슴을 지그시 덮어준다. 손바닥에 작은 몸부림이 느껴진다. 부드러운 털의 촉감과 가냘픈 뼈의 느낌, 여리게 파득거리는 심장의 떨림이 동시에 전해진다. 여자는 순이의 신음 소리에서 어둠 속의 비명을 듣는다. 여자의 심장이 함께 뛰기 시작한다.

가슴속에 날이 선 칼날 하나가 춤을 춘다. 아무것도 가릴 것 없는 뙤약볕에 서 있는 듯, 바싹 마른 몸이 되어 흩어진다. 그럴수록 여자는 더 순이를 꼭 끌어안는다. 갑자기 몸에서 힘이 빠지는가 하더니 바닥으로 주저앉고 만다. 또 쓰러지면 안 된다고 스스로 정신을 모아보지만 여자의 손끝 발끝이 젤리처럼 흐물거리다 사라진다. 심장만이 살아서 펄떡이며 경련을 일으킨다. 후덥지근한 바람이 분다.

순이가 숨 가쁘게 우는 소리를 듣는다. 끈적끈적한 기운이 온몸을 휘감고 사악한 기운이 일듯 몸에서 불덩어리가 솟는다. 목덜미가 피로 물든 채 순이가 다리를 떨며 번개의 발밑에 쓰러져 있다. 번개는 검은 털을 곤추세우고 사납게 입을 벌리고 있고, 이와 혀는 검붉은 피로 물들어 있다. 그 사이로 검은 피가 흐른다. 아직도 흥분이 가시지 않았는지 콧김을 뿜으며 가슴을 벌렁거린다. 열에 허덕이던 5월의 밤, 빈집, 빗장이 열려 삐거덕거리는 철문, 검은 그림자를 드리우며 서 있던 은행나무, 그리고 그날의 빗소리와 바람 소리가 차례대로 여자를 휘감아 돈다.

그날은 학교 행사로 피곤했지만 신열이 남아 잠은 쉽게 들지 않았다. 자정 무렵까지 엄마를 기다리다 겨우 잠이 들었을 때였다. 여자는 불쾌하고 숨이 막히는 느낌에 잠을 깼다. 긴 머리카락은 땀과 눈물로 범벅되어 목과 얼굴을 칭칭 감았다. 옆집의 텔레비전에서 나오는 웃음소리가 들려왔다. 입은 청 테이프로 봉해져 있었다. 여자의 손이 허공을 휘저었지만 누구도 그 손을 잡아주지 않았다.

다음 날 세상은 너무 평온한 얼굴로 찾아왔다. 동네 상가 연합에서 여행을 갔던 엄마는 평소처럼 식탁 앞에 앉아 있었다. 주방 창의 흰색 밸런스 커튼에 햇빛이 쏟아져 들어와 눈이 부셨다. 여느 때와 다름없는 고요하고 평화로운 아침이었다. 적어도 겉으로는 모든 것이 정상인 것처럼 보였다. 샐러드에 넣기 위해 들었던 케첩 병에서 흘러내린 케첩이 여자의 옷을 적시고 있었던 것만 빼면. 여자는 옷을 갈아입기 위해 2층으로 올라갔다. 층계참에 거의 다다랐을 때 발은 쑥 미끄러졌다. 누가 뒤에서 잡아채는 것처럼 뒤로 굴러떨어졌다.

여자는 병원 몇 군데를 전전했다. 간호사들이 혀를 차는 소리를 들었고, 저희들끼리 수군거리다가 여자와 눈이 마주칠 때마다 입을 딱 다물어버리는 풍경과 마주했다. 한 아이가 여자의 핸드폰 고리를 만지려고 했을 때 아이를 끌어당기던 모습. 세상은 여자에게 그런 그림으로 각인되었다. 범인은 잡히지 않았다. 어둠이 모든 걸 덮어버렸고 세상은 아무것도 볼 수 없었다. 여자에게 그것은 예측할 수 없는 비처럼 천재지변이었고 사고였다. 하지만 다른 사람들에게 여자는 치명적인 변종 바이러스처럼 보이는 듯했다.

어느 날, 단짝이 여자를 은밀하게 불렀다. 단짝은 여름에도 긴 쌀을 입고 다녔다. 돌아앉아 등을 구부리고 옷을 걷어 올렸다. 등은 시간을 달리해서 생긴 붉고 푸른 멍 자국이 병치 혼합되어 보라색 꽃밭을 이루었다. 여자는 자신도 모르게 가장 짙은 보라색 살에 손을 갖다 대었다. 그 아이는 어깨를 들썩거리며 한참 동안 움직이지 않았다.

충격으로 키가 안 자랄 수도 있을까? 여자는 물었다.

그럴 수도 있을 거야. 단짝은 대답했다

눈이 멀 수도 있어. 내가 있었던 데에서 일어난 일인데, 다섯 살이 넘어서 갑자기 야뇨증에 걸린 애가 있었어. 화가 난 원장 엄마가 오줌 싼 옷을 아이의 얼굴에 문질렀대. 그 후부터 그 아이는 아무것도 볼 수 없었어.

여자는 돌부리에 걸려 넘어질 때나 사레들릴 때, 혹은 캄캄한 밤하늘에 별이 하나도 보이지 않을 때 그날을 떠올렸다. 허락 없이 해약된 보험처럼 여자의 인생은 살아보기도 전에 반 토막이 난 것 같았다. 해답 없는 숙제를 마주 보듯 웃음을 상실한 엄마에게 바짝 약이 오른 고추처럼 맵게 굴었다.

출근하자마자 윤의 호출이 기다리고 있다. 여자는 손바닥으로 얼굴을 감싼 자세로 한동안 움직이지 못한다. 여자가 사육사 보조로 들어올 때 가장 반대한 사람이 윤 소장이었다는 사실을 떠올린다. 얼마 전 일도 마음에 걸린다. 번개의 싸움이 있었을 때다. 새로 들어온 녀석 하나가 번개를 건드렸다. 둘은 볼이 찢기고 피투성이가 되도록 싸웠다. 우리 안에 피가 낭자하게 뿌려져 있었다. 두 침팬지의 싸움을 진정시키는 도중에 여자가 쓰러졌던 것이다. 혹시라도 권고사직 같은 이야기를 꺼내려는 게 아닌가 하는 생각에 윤을 보면 늘 가슴이 조마조마하다.

유인원관 뒤로 난 오솔길을 나란히 걷는다. 윤은 아무 말도 하지 않는다. 그저 걷는 것이 목적이었다는 듯. 여자를 데리고 간 곳은 오솔길 끝에 있는 작은 쉼터다. 놀이동산 외곽이라 사람들 발길이 닿지 않는 곳에 있어 여자도 가끔 오는 곳이다. 순이를 달래느라 지치거나 윤에게 호되게 혼나고 난 후면 여자는 이곳에서 시간을 보낸다. 입구를 제외한 사방이 숲으로 둘러싸여 있어 혼자서 마음을 달래기에는 그만인 곳이다. 늘 혼자 왔던 곳에 윤과 함께 있는 것이 조금 어색하기도 하다.

여자는 주위를 살펴본다. 느티나무의 풍성하게 뻗은 가지와 잎들이 솜이불처럼 하늘을 덮고 있다. 쉼터 중앙의 연못에는 싱싱한 초록의 연잎이 안 본 사이 우산만큼이나 자랐다. 잔잔한 수면은 소금쟁이가 지나갈 때마다 동심원이 물결을 이룬다. 여자를 감쌌던 팽팽한 긴장과 얼음 같던 마음이 조금은 녹아내린다.

여기는 동생과 자주 오던 곳이었지.

벤치에 앉아서 윤은 혼잣말처럼 그렇게 말하곤 더 이상 아무 말이 없다. 여자는 고개를 조심스럽게 끄덕인다. 다른 사육사들이 수군거리는 말을 들은 적이 있다. 윤의 눈길이 여자의 눈을 스쳤다가 연못으로 향한다.

동생은 자기 전에 늘 자장가를 불러달라고 했지.

윤은 그때로 되돌아간 듯 입가에 웃음이 희미하게 걸린다.

얼어붙은 달그림자 물결 위에 비치고, 한겨울에 거센 파도 모으는 작은 섬…… 이건 어머니가 돌아가시기 전에 불러주던 노래였어. 평소 노래라고는 부르는 걸 본 적이 없었는데 자리에 누우면서부터 어머니는 노래를 부르기 시작했어. 돌아가시기 한 달 전부터 거동도 못하고 누워서 지냈거든. 첫눈이 오던 날 이불 속에서 내 손을 꼭 잡고 이 노래를 불렀어. 그런데 어머니는 노래를 부를 때마다 이마를 찌푸렸어. 지금 생각해보니 아픈 걸 참기 위해 노래를 불렀던 거야.

윤이 돌을 던져 연못 속의 구름을 흩트린다. 때마침 연잎에서 물방울이 또르륵 흘러내린다. 연잎 속의 이슬이 바람결에 살랑이다 물속으로 굴러떨어질 때마다 물방울 소리가 들리는 것 같다. 어떤 마음도, 어떤 말도 순화시켜줄 것 같은 기운이 고요하게 퍼진다. 어떤 생각을 해도 명상이 되고 사색이 되고 종국에는 썰물처럼 쓸려갈 것 같다.

공부 안 하고 말썽만 피운다고, 삼촌 집에서 쫓겨났을 때 동생하고 뒷산에 올라갔지. 해가 있을 때는 가재 잡고 나뭇가지로 병정놀이하고 재밌었어. 깜깜해지니까 점점 추워지기 시작했지. 둘이 껴안고 밤을 지새웠지. 잠이 오지 않았어. 무슨 소리가 날 때마다 나무 뒤에 누가 있는 것 같다고 동생은 무서워했어. 겉옷을 벗어 덮어주고, 동생이 잠이 들 때까지 노래를 불렀어. 그때 처음으로 엄마가 부르던 노래를 불러주었어. 아버지는 일을 나갔다 가끔씩 집에 돌아와서도 숙모 말만 믿고 버릇없다고 매질만 했으니. 그때마다 동생은 자장가를 불러달라고 했지.

어쩌면 그날 밤 내가 알고 있는 노래를 모두 불렀을 거야. 동생은 노래가 다 끝날 때까지도 잠이 들지 않았어. 또 다른 거 없어? 또 없어? 하면서. 아무 노래든 부르다보니 모두 다 자장가가 되었어. 나중에 동생이 말하더군. 형이 불러주는 노래를 들으면 나쁜 생각이 안 나. 나쁜 꿈도 안 꾸고. 꿈에서도 형 자장가 소리가 들려. 그러면 나쁜 괴물들이 다 도망가.

윤의 목소리가 점점 떨려온다.

고등학교를 졸업하자마자 집을 나왔어. 혼자만 나올 생각이었는데 그 녀석이 어떻게 알고 가방에 제 짐을 챙겨 넣고 문 앞에서 기다리고 있질 않겠어. 나 두고 혼자 갈 거야, 형? 그렇게 묻는데 차마 발이 안 떨어졌어. 차라리 그때 그냥 놔 두었더라면……

윤의 마음이 폭포 밑바닥까지 떨어지는 소리가 들리는 것 같다. 여자가 두려운 눈으로 묻자 윤은 고개를 떨어뜨린다.

제법 규모가 있는 농가에서 가축 똥 치우는 것부터 시작했어. 주인 부부 인심이 후해서 방값을 따로 내지 않고서도 농가 빈방을 쓸 수 있었어. 따뜻하고 배부르고 아무 걱정이 없던 때였어. 2년 후엔 다른 일자리를 찾아야 했지만, 그때만큼 시간이 빠르게 지나간 적이 없었어. 커서도 동생은 그때 일을 떠올리곤 했어.

취기를 핑계 삼아 형, 그때 참 좋았어, 그리고 나 아직도 형이 불러준 자장가 기억난다, 하고 어린애처럼 말하곤 했지. 애도 아니고 무슨 자장가냐. 다 큰 녀석이…… 멋쩍어하면서도 음정 박자 어색하기만 한 노래로 밤을 새웠지. 노래에 푹 빠져서 아무 생각 하지 않아도 되는 시간이었어. 그때 알았어. 자장가를 부르는 사람도 위로가 된다는 걸. 어느새 마음이 가라앉고 있었지. 잘 마른 성냥처럼, 누군가에게 부딪치기만 하면 활활 타오를 것 같던 몸뚱이가 한순간이지만 부드러운 솜뭉치처럼 변하는 게 느껴졌어. 내 삶에서 가장 평화로운 때가 있었다면 아마 그때였을 거야.

두 사람의 숨소리가 숲에 묻혀, 사람이 숲의 일부라고 느껴질 만큼 고요해졌을 때 윤은 다시 말을 잇는다.

동생이 여기서 일하다 사고를 당했어. 아마 알고 있는지도 모르지만.

다른 사육사들이 하는 이야기를 여자도 얼핏 들은 적이 있었다. 윤은 고해성사 하듯 두 손을 깍지 끼고 고개를 묻는다.

그날은 동생이 비번이었어. 전날 밤 바람이 몹시 불었어. 창문이 밤새 덜컹거렸지. 가을밤에 비는 왜 그리 추적거리던지. 침팬지 우리 신축 공사 중이었는데 비가 와서 공사가 중단된 줄 알고 크레인 기사는 밤새 술을 마셨대. 다음 날 오후 호출을 받고 나간 크레인 운전사는 술이 덜 깬 상태로 크레인 작업을 했어. 축대를 건드려 우리 일부가 파묻혔는데, 하필 그날 나 대신 동생이 나갔어. 내가 왜 걔를 보냈는지 이유도 생각나지 않아.

윤의 시선이 커다란 연잎 위에 머문다. 금방이라도 굴러떨어질 것 같은 맑은 수정 구슬이 방울방울 맺혀 있다. 여자의 손이 긴장으로 오그라든다.

동생이 죽고서도 크레인 기사는 여전히 남아서 공사를 계속했어. 사람들은 이미 죽은 사람보다는 남은 사람을 동정했지. 결국 내가 떠날 수밖에. 동생을 그렇고 보내고 나니 살아야 할 이유도 없어지더군. 그 일 년 사이에 머리가 다 세어버리더군. 비오는 날은 더 미칠 듯이 동생이 보고 싶었어. 그럴 때는 저 녀석들을 보러 몰래 왔다 가곤 했지. 그런데 원수는 외나무다리에서 만난다고 하더니 어느 날 그 크레인 기사를 놀이공원 앞 포장마차에서 만난 거야. 죽음의 신이 구애를 하는 것 같았어. 크레인 기사를 따라갔어. 어떻게 할 작정으로 따라갔는지도 몰라.

난 누군가를 죽일 용기도 없는 놈이었어. 정신이 들고서야 알았어. 내가 할 수 있는 게 없다는 걸. 그만 잊어야 한다는 걸. 문득 저 녀석들이 보고 싶더군. 그때 동물원에서 다시 연락이 왔어.

윤은 연못 안의 소금쟁이가 가볍게 왔다 갔다 하는 것을 무연히 내려다본다.

저 지구 반대편의 어느 마을에서는 노래를 많이 아는 사람이 부자라고 생각하는 부족이 있대. 그 부족에게 노래는 모든 화를 잠재우고 편안한 잠을 주는 자장가지. 가끔 옛일이 불쑥불쑥 고개를 들 때도 있지. 그때마다 자장자장, 그 녀석을 달래고 잠재워. 그러면 오히려 그 녀석이 나를 달래줘. 가끔 침팬지들한테 자장가를 불러줄 때면 곤하게 자는 동생이 옆에 있는 것 같아.

여자가 어제 쓰러졌을 때 들려왔던 노랫소리가 그제야 떠오른다. 어느새 마른바람이 걷히고 여자는 뽀얗게 안개가 덮인 벌판에 익숙한 냄새를 맡으며 누워 있었다. 그것은 동물원 입구에서부터 풍기는 냄새와 비슷했다. 잠 속에서 누군가의 손길이 느껴졌다. 깃털처럼 부드럽고 따스한 것이 볼을 쓰다듬었다. 허공을 더듬었지만 아무것도 잡히지 않고 대신 어떤 소리가 잠결의 희미한 감각에 잡혔다. 저 먼 지구 끝에서 들려오는 것 같은 아득하고 먼 소리, 편안하게 눈뜨게 하고, 악몽을 잊게 만드는 노래였다. 그것은 자장가처럼 높낮이가 단조롭고 조용했다. 노래는 오랫동안 쳇바퀴를 맴돌다가 슬그머니 사라졌다. 어쩌면 꿈이었을지도 모른다고 생각했다. 한동안 귓가에 희미한 멜로디만 이명처럼 맴돌았다.

긴 이야기를 끝내자 오랜 시간을 달려온 것처럼 윤의 얼굴은 붉어져 있다.

간밤에 나도 모르게 눈물이 흘렀지. 누군가의 고통이 내 안에 들어왔기 때문이지. 내 마음은 작기만 한데 그보다 더 큰 마음이 들어오면 흘러넘쳐. 그게 눈물이라지? 하지만 이해한다는 말도 못해. 그런 말이 사탕 한 알보다 위로가 안 된다는 걸 알거든.

갑자기 소나기가 쏟아진다. 느티나무는 두 사람이 몸을 피하기에는 안성맞춤이다. 연못에서는 커다란 연잎이 빗물을 받는다. 연잎에 더 고일 수 없을 정도로 빗물이 가득 차면, 연잎은 몸을 기우뚱 한쪽으로 기울여 빗물을 쏟아버렸다. 미련없이. 흔들리던 잎은 빗물을 비우면서 다시 꼿꼿하게 제자리를 지킨다. 자신이 감당할 만한 무게를 넘으면, 잎이 찢기거나 줄기가 꺾이고 말 것이다. 여자의 몸이 투명한 물방울이 되어 가볍게 떨어진다.

윤의 이마가 고요한 달의 물처럼 깊고 투명하다.

방학이 시작되었다. 10시가 넘어서자 놀이동산에 인파가
몰려든다. 하늘에는 무지개 색 애드벌룬이 떠 있고, 공작처럼
화려한 장식을 단 외국인들의 카퍼레이드 뒤로 코끼리 떼가
지나간다. 아이들은 환호성을 지르며 그 뒤를 따라간다. 동물
원 식구들이 공연장으로 속속 모여든다. 물개 쇼가 끝났는지
맞은편 수중 공연장에서 아이들이 물에 젖은 옷을 털며 나온
다. 유인원 관으로 곧 사람들이 몰려올 것이다. 최종 리허설
때 색동한복을 입은 순이는 어느 때보다 의젓했다. 리허설이
끝나자 순이는 만족스러운 듯 입을 쭉 내밀고 여자의 어깨에
얼굴을 묻었다.

공연 십여 분 전 여자의 얼굴이 굳어진다.

순이 못 봤어요?

다른 사육사들 얼굴이 난색이 된다. 한복으로 갈아입을 때
만 해도 순이는 얌전하게 다른 침팬지들과 함께 있었다. 공연
시작을 알리는 시그널 음악이 흘러나온다. 윤이 눈짓을 하자
여자는 무대를 다른 사육사에게 내준 다음 무대 뒤로 빠져나
간다. 다리가 후들거린다. 무대 근처에 없다면 순이가 갈 만
한 곳은 한 곳뿐이다. 음악 소리와 사육사의 구령 소리, 관람
객들의 박수 소리를 뒤로하고 인공 포육실로 향한다. 여자는

포육실 구석에서 도리도리 고개를 흔드는 순이를 찾아낸다. 태엽 감은 인형처럼 제 스스로 멈추지 못하는 순이의 얼굴이 불안해 보인다. 밖에서는 이미 다른 침팬지들의 공연이 진행되고 있는 것을 아는지 음악이 바뀔 때마다 눈빛이 흔들린다.

드디어 순이 차례다. 귀에 익은 음악에 순이의 표정이 잠시 바뀌는 듯하다. 여자는 순이를 안고 조심스럽게 무대로 통하는 문을 연다. 쏟아지는 빛 때문인지 순이 얼굴이 이를 가로로 길게 드러내놓고 웃는 표정이 된다. 극도의 공포와 긴장의 표현이다. 여자는 아악, 소리를 지른다. 순이는 여자의 소리에 놀라 더 큰 비명을 지르고 도망간다. 여자는 손등에 흐르는 피를 닦으며 윤에게 신호를 보낸다. 윤은 무대 인사를 대신 하고 마지막으로 인공 포육실을 관람하게 된다는 안내를 한다.

순이의 공연은 실패다. 어젯밤 침팬지 몇 마리가 다른 동물원으로 이동했다. 그들의 울음소리가 간간이 새어나왔다. 조용하고 민첩하게 진행되었지만 소리만은 막을 수가 없었다. 순이가 두려워한 것이 무엇인지 모른다. 간밤의 악몽인지, 친구들의 비명이었는지.

여자는 불안에 떨고 있는 순이를 안고 인공 포육실 옆의 방으로 들어간다. 방은 두 평 남짓하고, 한쪽 면이 둥근 원통 모양의 투명한 아크릴로 되어 있다. 평소에는 커튼으로 가려놓는다. 가끔 순이를 데려와 재우는 곳이기도 하다. 투명한 창을 통해 관람객들이 여자와 순이를 보게 될 것이다.

요 위에 순이를 눕히고 우유를 먹인다. 여자에게 혼날 것이 두려운지 순이는 눈을 마주치지 못한다. 여자는 순이 옆에 누워 이불을 끌어당겨 아랫도리를 덮는다. 사람들이 지나가기 시작한다. 관람객들은 복도를 지나면서 방 안의 순이와 여자에게로 눈을 돌린다. 투명한 벽에 코를 박고 신기한 듯 들여다본다. 그럴수록 여자는 순이를 꼭 안는다. 연약한 순이의 몸은 여자가 안고서도 팔이 남을 정도로 가냘프다. 순이의 한쪽 팔이 여자의 목을 감는다. 여자는 이불을 가만히 끌어다 덮으며 토닥거린다.

자장, 자장 내 아기, 넌 어데서 왔니? 달도 별도 잠든 새 아무도 모르게 쌔근쌔근 잘 자네, 산 너머 도깨비도 너를 못 깨우리, 뜯어진 심장은 정성스레 기워줄게, 한 땀 한 땀, 구겨진 머리칼은 눈물로 다려줄게, 한 올 한 올, 모두 잊으렴, 모두 잊으렴, 둥글게 돌돌돌 말아 꼭 안고 있을 테니, 아무도 모르는 곳에 꽁꽁 숨겨줄 테니, 무거운 두 눈은 솔바람에 널어줄게, 녹지 않게, 부러진 날개는 예쁘게 달아줄게, 울지 않게, 토닥토닥 음 자장자장 음……*

우리 밖의 아이들은 눈을 빛내며 여자에게 안겨 있는 순이를 본다. 서로 쉿, 하며 집게손가락을 입술에 세로로 갖다 댄다.

---

* 한대수가 부른 「자장가」 인용. 하키의 2집 앨범에 수록된 노래. 작사 김준원.

순이의 털은 부드럽고 따뜻하다. 순이의 앙상한 갈비뼈가 부딪쳐와 가슴이 먹먹해온다. 여자는 한 번도 꿈꿔보지 않았던 감정을 갖는다. 이제 내가 네 엄마가 되어줄게. 내가 널 지켜줄게.

아프리카 빌리지에 처음 들어갔을 때 어둠 속에서 한 발짝도 움직일 수 없었다. 하지만 다시 밖으로 나왔을 때 또 다른 세상이 여자를 기다리고 있었다. 암순응 뒤에 오는 명순응은 빛이 들어온 필름처럼 세상을 하얗게 탈색시켰다. 어둠이 네게 새로운 세상을 만들어줄 거야. 언젠가 순이에게 그렇게 말해줄 수 있을 것이다. 세상의 모든 영혼은 상처 입을 때마다 나이테처럼 유리막이 생긴다. 그것은 막이 아니라 제 몸을 살찌울 나이테일 뿐.

어느새 사방이 조용해진다. 아이들의 소리도, 동물들의 울음소리도 귀뚜라미 소리도 바람 소리도 멈춘다. 여자의 자장가 소리만 고요히 퍼진다. 여자는 아프리카 열대의 세렌게티를 순이와 함께 뛰어다니는 꿈을 꾼다.

세상의 모든 고백

네오에게 낭만적 첫사랑 같은 건 기억에 없다. 늘 여자는 있었다. 네오는 머릿속에 떠오르는 이름들을 불러본다. 미카, 사라, 쥬디, 나타샤, 마리, 애니카, 또 알렉산더의 후손일지도 모를 또 다른 K, L, O. 아니면, 싯다르타의 고장의 이름 모르는 소녀. 인간이 무성생식을 하지 않는 이상 그녀들은 세대를 이어온 연애와 짝짓기의 후손인 것만은 틀림없다. 그들 여인들은 네오에게 싯다르타와 다르지 않다. 아니면 교과서나 백과사전이거나. 그들은 네오에게 늘 뭔가를 가르쳐주었다. 키가 작거나 크거나, 가슴이 크거나 작거나, 우유부단하거나 고집이 세거나, 독립적이거나 개성이 있거나, 명랑하거나 내성적이거나, 소박하거나 사치를 좋아하거나 간에. 그중에 P도 있었고 나오키도 있었다.

구피 귓밥처럼 작은 그녀, P는 태어날 때부터 금수저 식스 포켓족이었다. 부모님과 조부 모두 의사인 병원 집 딸. 부모, 조부모, 외조부모의 돈은 모두 그녀의 것이나 다름없었다. 그런 그녀와는 결국 그 돈 때문에 사사건건 서로를 할퀴다 사달이 났다. 아니 사달을 냈다. 네오는 8개국을 다녀왔다고 자랑하는 그녀에게 3개 국어는 할 줄 아냐고 정중하게 물었다. 스위스 부커러 시계와 에르메스 한정판 가방의 히스토리에 대해 어쩌고 아는 척하면, 그중에 니가 만든 거 있니? 진지하게 물었다. 마지막 날도 다르지 않았다.

"너는 아마 죽을 때까지 비정규직으로 지낼 거야."

사각형도 아니고 삼각형도 아닌, 오각형. 그것도 사각형의 한쪽이 잘려나가고 또 다른 한쪽은 내려앉은 고시원에서였다.

"그게 어때서?"

그녀는 더 이상 말을 잇지 못했다. 노동의 신성함 따위는 개나 줘버린 그녀. 그녀는 잘나가는 연극영화과 졸업반답게 처음에는 연극의 여주인공, 그러니까 가난하지만 핸섬한 고시생의 가련하고 비극적인 애인 역할에 충실했다. 그녀의 야무진 꿈은 연극 무대에서 알퐁스 도데 작품 「별」의 스테파니 아가씨나 「소나기」의 소녀 역할을 멋지게 하는 것이었다.

연극의 주인공들에게 미쳐, 예술 없는 문명은 없다는 둥, 배고픔은 연극을 더 처절하게 빛내줄 조연이라는 둥, 예술을 위해 이 한 몸 태우리라 말로만 선언하는 가난한 연극쟁이를 흉내 내는 부르주아 P. 편지라고는 연애편지 베끼는 것 말고는 써본 적이 없는 그녀, 21세기 편지의 희소성 가치만 맹신하는 그녀, 그런 허영심만 남은 그녀가 보내는 연서에는, '호랑이 어금니 사이에 깨물린 수달피 닮은 나의 연인 네오에게'라는 의미심장한 말로 시작하는 낡아빠진 수식의 밀어들이 들어 있었다.

졸지에 뜻도 모르면시 '호랑이 이금니 사이에 깨물린 수달피와 닮은' 그녀의 연인이 되어버린 네오. 앙드레 브르통이란 작자는 무슨 뜻으로 그런 시를 썼는지 그녀는 알지 못하고 관심도 없다. 수달도 아니고 수달의 가죽 같은 연인이라니.

그러나 그녀는 고시원에 사는 남자 주인공이 시련의 고비를 넘어, 현대판 개구리 왕자처럼 마법이 풀리고 멋진 왕자로 변신해줄 것을 기다리고 있었으나 끝내 개구리가 개구리로 남아 있자 자신의 연극을 끝낼 때가 되었다는 걸 깨달았다. 태생이 태생이니만큼 궁상은 연극이나 영화 속에서나 견딜 수 있는 것이지, 현실에서는 결코 받아들일 수 있는 비극이 아니란 걸 뒤늦게 깨달았던 것이다. 그녀는 자신의 분수를 너무나 잘 알았다.

"차라리 '있는 백수'가 나아. '개천에서 난 용'도 싫지만 비정규직 그건 더 싫어. 그건 일용직이나 마찬가지잖아. 내 인생이 일회용 밴드도 아니고. 넌 '개룡'도 아니잖아."

한때 '개천에서 난 용'이라는 말이 남자들이 들을 수 있는 최고의 상찬이었을 때가 있었다. 계층 사다리가 무너진 지금은 개룡이 올라갈 수 있는 곳은 금수저의 발가락 정도밖에 안 된다. 지금은 금수저와 흙수저가 하늘과 땅처럼 다른 땅을 밟고 산다. 그러니 눈물겹게 한 집안을 일으켜 세우는 개룡은 책임감이 따르는 반갑지 않은 유물이다. 헬리콥터 맘 아래 자란 낙하산 인생이 여자들에게 더 매력 있고 안정적인 구혼처다. 네오 역시 그런 인생을 살려고 했다면 불가능했던 것도 아니었다.

"돈이 많든지 직업이라도 든든하든지, 그것도 아니면서 왜 캥거루가 싫다는 거야?"

"넌 내가 거머리나 모기로 살았으면 좋겠니? 남의 피나 쪽쪽 빨아먹는 인생을 너는 원하니?"

"부모가 남이야? 그리고 모기든 거머리든 드라큘라든 무슨 상관이야? 돈 있는 부모, 그것도 네 명씩이나 되는 돈줄 부모를 왜 마다하고 궁상맞은 다큐를 찍니?"

'네 명씩이나 되는 부모'라는 말이 네오에게 어떤 의미를 가지는지 그녀는 관심이 없다. 어떤 내상이 네오의 피부를 뚫고 나오는지도. 네오는 간신히 말했다.

"난 내 2세에게 부끄럽지 않은 부모가 될 거야."

그녀는 말했다.

"그렇게 해. 어쨌든 우리 엄마 말이 아무리 돈이 많아도 사위까지 먹여 살리고 싶진 않대."

　연애는 부자들의 전유물이 아니지만 결혼은 역시 가난한 이에게는 좁은 문이다. 대부분의 여자들에게 연애의 종착점은 백마 탄 왕자와의 결혼이었고, 네오는 죽었다 깨어나도 동화 속 캐릭터는 아니었다. 지금 그녀는 잘나가는 성형외과 의사의 아내가 되었고, 허영심을 채우기 위해 만든 자신의 극단에서 가끔 주연을 맡는다.

　그녀가 아무리 배고픈 연극을 사랑하고 자유연애를 숭배하는 보헤미안이라 해도 결코 알퐁스 도데의 「별」 속의 스테파니 아가씨나 「소나기」 속의 알망궂은 소녀는 되지 못할 것이다. 그것은 사과나무에서 사과가 떨어지고 지구가 태양 주위를 도는 것처럼 명백한 사실이다. 네오 역시 결코 그녀가 바라는 '호랑이 어금니 사이에 깨물린 수달피와 닮은 연인' 같은 허영을 채워줄 수는 없었다. 그녀와 헤어진 후 만난 여자가 나오키다. 오늘은 그 나오키를 만나러 가는 날이다.

*

　냄비에서 폭죽 터지는 소리가 들린다. 뚜껑을 열자 갈색 달걀에 금이 가 있다. 피크닉의 메인은 달걀이다. 나오키가 가장 좋아했던 것이다. 튀김옷을 입힌 달걀을 기름에 넣는다. 반죽에 수분이 남아 있었던 탓인지 은박지 찢어지는 소리가 난다. 루디와 나나가 낡은 소파에서 피크닉에서 쓸 파티용 고깔모자와 폭죽으로 장난치고 있다. 팬티만 걸친 루디가 고깔모자를 쓰고 소파를 넘어 도망가다가 팬티를 까뒤집고 복숭아 같은 엉덩이를 흔든다. 무명 화가인 그는 그림을 그릴 때마다 고갱의 그림 속 타히티 원주민처럼 헐벗은 채 바닥에 깔린 캔버스 위를 누빈다. 인간은 두 마리 원숭이 사이에서 태어난 영장류일 뿐이라고 믿는 무신론자다. 그럼에도 신이 있다면, 그 신에 가까이 갈 수 있는 지름길이 '타락'이며, 신에 대한 '질투'야말로 가장 인간적이라는 궤변으로, 토마스 신부를 아연하게 한다.

"세상의 모든 타락에는 그럴만한 이유들이 있어. 세상에서 환영받지 못하는 것들이 살아남는 방법 중 하나가 불량이 되거나 타락하는 거거든. 매콤 쌉싸름한 욕도 좋아. 찰진 욕이 때로는 세상을 견디게 하거든."

루디의 풀 네임은 루시퍼 론 모건. 루디는 뉴질랜드에 머물 때 '루시퍼'라는 본명을 쓸 수 없었다.

"어쩌자고 그 똥꼬 같은 노인네들은 자식에게 그런 이름을 지어줬는지 몰라. 시칠리아의 마피아나 홍콩 밤거리의 살인 청부업자라도 되기를 바랐던 것일까?"

그의 부모는 세상에 나온 핏덩이에게서 이미 인간이라는 타락 천사의 운명을 예감했는지도 모른다. 아니면 모든 인간은 추방당한 천사라고 생각했는지도.

그것에 아랑곳 않고 루디는 자신의 전생이 하늘에 사는 대천사 '루시엘'이었다고 주장한다. 지금은 타락 천사 '루시퍼'가 되어 땅에 떨어지긴 했지만, 세상의 절반이 여자인 타락의 땅이 결코 나쁘지 않다. 그는 말한다.

"여자가 섹스를 하는 이유는 237가지가 넘는데 그중 하나가 사랑. 하지만 내가 섹스를 하는 이유는 237가지 모두 사랑이야."

가끔 그는 말보로를 물고 포즈를 취한다. 'Man Always Remember Love Because Of Romance Over'에서 이름을 따왔다는 말보로 스토리에 낚여서다. '난 지금 담배를 피우는 게 아니라 첫사랑을 음미하는 거야'라는 표정으로.

나나는 뒤늦게 욕망의 대천사를 만나 뜨겁고 열렬하다.

"남자와 생리대는 겪어봐야 알아. 그래서 루디가 좋아."

게스트하우스의 유일한 교통수단은 기타리스트 얀의 다마스다. 얀은 가수 겸 기타리스트로 이 게스트하우스에서 6개월 살았다. 얀은 10만 킬로미터를 띈 다마스를 게스트하우스에 기부하고 떠났다. 그 다마스에는 항상 기타와 드럼 같은 악기가 실려 있었다. 그 악기들 틈에서도 두 사람은 사랑을 했다. 어떤 형태의 결합인지 모르지만, 모든 결핍은 노력과 욕망을 낳는다는 말이 맞다면 아마도 두 사람은 그때보다 더 절실한 사랑은 못해봤을 것이다. 신은 왜 자신의 피조물인 인간을 혼자서 무성생식하며 살아가게 만들지 않았을까? 신처럼 완벽한 하나, 얼마나 좋은가? 그가 원하는 게 그게 아니었다면 달리 뭐였을까?

나나와 루디는 장난치다 말고 지쳤는지 바닥에 드러눕는다. 그 위를 비비와 키키가 똬리를 풀면서 지그재그로 기어간다. 클럽에서 나나와 함께 일하는 레인보우 보아 뱀 한 쌍이다.

"이리 와. 나의 아름다운 보아 뱀."

나나가 비비와 키키에게 차례로 입을 맞추며 팔뚝으로 쓰다듬자 보아 뱀의 두 갈래 혀가 알아들었다는 듯이 날름거린다. 비록 하느님에게 버림받은 최초의 짐승이지만 나나에게만은 유일한 가족이나 다름없다. 클럽에서 퇴출되기 전 나나는 그 '가족'을 만났다. 만약 그때 그 가족을 만나지 못했다면 지금쯤 어느 퇴락한 항구를 외롭게 떠돌고 있을지도 모른다.

나나는 분홍색 반짝이 레깅스 입은 다리를 천장으로 향하게 하고 물구나무를 선다. 목이 니은자로 꺾여 얼굴이 토마토처럼 붉다. 다리는 기가 막히게 예쁘다는 건 네오도 인정한다.

"나나, 그만해도 돼. 그 몸에 다이어트라니."

"나 잘리면 니가 책임질래?"

"그건 좀."

네오는 미안한 표정을 우스꽝스럽게 짓는다.

"내가 세상에서 유일하게 못하는 거 알잖아. 누구를 책임지는 거……"

나나는 알긴 아는구나, 하는 표정을 짓는다.

아침나절부터 돌아가던 시디가 아직도 돌고 있다. '경복궁으로 소풍을 갑니다. 경복궁은 왕이 살던 곳입니다. 서울은 아름다운 도시입니다. 청계천에는 아름다운 물고기가 삽니다.' 시디에서 흘러나오는 네오의 음성은 낯설면서도 새롭다.

이곳 게스트하우스는 오갈 데 없는 이주민들의 쉼터이자 숙소다. 노숙자들의 쉼터로 만들어졌지만 노숙자들 사이의 서열 다툼이 칼부림 사건으로 이어지고 난 다음 노숙자들은 시에서 운영하는 수용소로 모두 보내졌다. 시는 폐쇄될 뻔했던 애물단지를 구역 담당인 토마스 신부에게 맡겼다. 잠시 문을 닫았다가 다시 열었을 때는 외국인 노동자들을 위한 쉼터가 되었다. 많은 외국인들이 게스트하우스를 거쳐 갔다. 네오는 그들을 위한 한국어 교재 녹음 작업을 하고, 요리를 한다.

네오는 해마다 게스트하우스에서 부활절을 맞았다. 지난 부활절이 다가오는 밤에도 달걀에 그림을 그리며 진실 게임을 했다. 그날 뱉어놓은 진실들은, 불완전한 희망 혹은 절망 한가운데서 저절로 터지는, 의미 있는 자기 전복 선언 같았다. 그런 고백은 연인끼리의 방귀 트기나 고부 간의 목욕탕 회동 같았다.

그날 나나는 밤에 잠꼬대하는 루디를 위해 곰돌이 인형을 준비했고, 기타리스트 얀은 네오를 위해 다용도 쿠커를 샀고,

네오는 토마스에게 질 좋은 포도주를 선물했다. 나오키는 나나를 위해 보아 뱀의 사료를 샀고, 얀은 나오키에게 빨간 장미를 건넸다.

"나는 붉은색이 좋아. 피의 색깔, 살아 있는 색."

나오키는 달걀을 모두 붉은색으로 물들였다. 바싹 여윈 몸과 발가락뼈 손가락뼈가 오롯하니 보이는 그녀의 체구는 검은 돌처럼 작고 단단했다. 그녀의 눈은 평소에 늘 아래를 향해 있지만 한 번씩 그 내리뜬 눈을 살짝 치켜올리면 피그말리온이 살아 있는 여인이 되는 것처럼 생기가 돌았다. 그럴 때마다 네오는 그녀에게서, 얀이 즐겨 부르던 「보헤미안 랩소디」의 초절정 고음을 떠올렸다.

얀은 자신이 한 송이 수선화 같은 게이라는 프레디 머큐리의 말을 금언 삼아 살아가는 친구다. 네오가 한때 그랬던 것처럼 지독한 마약쟁이였다. 치사량에 버금가는 약을 한 날, 얀은 아쉽다는 얼굴로 뒤늦게 나타났다.

"아, 조금만 더 했으면 천국에서 영원히 돌아오지 않는 건데."

"거기 나도 따라가도 돼?"

네오가 묻자 얀은 네오의 볼을 꼬집어 올렸다.

"넌 천사가 되기에 너무 어려."

얀은 이곳에 오기 전에 이미 네덜란드에서 화장 여행을 했다. 그곳에서 자신이 묻힐 곳을 계약하고 유골함을 사들고 왔다.

"내가 본 중에 가장 아름다운 곳이더군. 이 세상 풍경이 아니었어. 그곳에 있는 나만의 집에 들어가 자는 게 나의 마지막 꿈이야."

네오 역시 한때 암페타민 중독이었다. 다 네오의 창조주인 아버지 덕분이다. 그는 지독한 알코올 중독자였다. 네오가 처음 알코올을 맛본 것은 태어난 지 돌이 조금 넘었을 때다. 네오의 엄마는 가출 중이었다. 남편에 대한 반발이라고 하기에는 너무 치밀해서 아버지는 어떤 경로로도 엄마를 찾을 수가 없었다. 아버지는 병째 마시던 소주를 우유에 타주었다. '너나 나나 참 외로운 팔자다.' 이런 말을 하였을까?

부모가 아이를 원하지 않는다면 아이 역시 부모를 거부할 권리가 있다. 네오는 엄마를 그리워하지는 않았다. 다만 세상에 사기 당하는 기분은 남아 있었다. 바나나 없는 바나나 우유나 붕어 없는 붕어빵처럼.

어느 날, 아버지는 네오에게 비행기를 구경시켜주겠다고 했다. 네오의 입에 죠스바를 물리고 어마어마하게 넓은 곳으로 그를 데리고 갔다. 거기서 아버지는 1500미터 계주 선수가 바통을 넘기듯이, 네오의 손을 허리가 잘록한 악기를 든 청년에게 넘겼다. 샌프란시스코에서 갈아탄 비행기가 콜로라도의 덴버 공항에 내리자 청년은 네오의 손을, 눈이 날카롭게 생긴 노랑머리 여자에게 다시 쥐여주었다.

총 열일곱 시간 만에 담쟁이가 창을 가린 초록 지붕 집 앞에 도착했다. 열일곱 시간의 거리만큼 네오는 익숙한 세상에서 멀어졌다. 집으로부터 멀어졌고, 아버지로부터 멀어졌고, 술이나 담배 심부름 갈 때마다 용가리 소시지를 손에 쥐여주던 동네 아저씨들과도 멀어졌다. 그날 네오에게 새엄마와 새 아빠가 안겨준 신물은 대형 수족관 퍼즐이었다. 과연 세상은 천 피스 수족관처럼 어지러웠고, 퍼즐은 풀리지 않았다.

네오가 집을 옮겨 다닐 때마다 엄마와 아빠가 생겼다. 그때마다 엄마와 아빠 앞에 '새'라는 수식어가 붙었다. '새'라는 말은 얼마나 좋은가. 새것, 새날, 새봄, 새 아침. 그런데 유독 안 어울리는 단어가 엄마와 아빠다. 세상은 그런 것이다. 가장 아름다운 말인 '새'와 '엄마'가 합쳐져서 세상에서 가장 불행할 수도 있는 조합을 만들어내는 것. 어쩌면 엄마와 아빠도 함께 살기 전에는, 세상에서 가장 아름다운 두 사람이었는지도 모른다.

네오는 대학 선교팀의 일원으로 한국에 왔다가, 네오를 미국까지 데려다주었던, 지금은 토마스 신부가 된 청년을 만났다. 무언가를 기대해서 얻어본 적이 없는 네오에게는 두 번 있을 수 없는 행운이었다. 토마스 신부는 사제 서품을 받은 후 자신이 유일하게 에스코트했던 고아 아닌 고아, 지금쯤은 성인이 되어 있을 아이의 소식이 궁금했고, 양국의 입양기관을 수소문하다 다시 한국으로 들어와 있던 네오와 재회했다.

네오는 개수대 수돗물 밸브를 올린다. 물이 손을 타고 내린다. 샐러리와 아스파라거스, 양상추와 양파를 씻는다. 부드러운 물의 감촉이 피부에 닿았다 아래로 미끄러진다. 네오는 언제부턴가 물로 환생한 나오키를 상상한다. 그녀는 영혼 없이 투명한 물방울로 네오 곁에 있는 것 같다. 어느 순간 나오키는 네오가 누군가를 필요로 할 때마다 스며들듯이 네오 옆에 있었다. 하시만 처음부터 그랬던 것은 아니있다.

네오가 나오키를 처음 보았을 때 그녀는 망가지고 비에 젖어 쓰레기 더미에서 굴러떨어진 마론 인형 같았다. 다 떨어진 인형에 안구만 새것으로 교체한 것처럼 눈만 퀭하니 크게 반짝였다. 멍든 피투성이 얼굴에, 떡처럼 엉킨 머리카락이 눈을 가렸고, 호주머니를 뜯어낸 흔적이 있는 재킷에, 라면 국물 묻은 몸뻬 바지를 입고 있었다. 네오는 그 이상한 조합의 그녀를 날을 세운 눈으로 보다가 고개를 홱 돌려버렸다. 네오는 그녀를 보면 뭔지 모르게 마음이 불편해지는 게 있었다. 고의는 아니지만 그녀의 눈길에서 느껴지는 봉독처럼 따갑고 신랄한 것. 그게 뭔지 몰랐다. 그때는 그저 그녀를 외면하고 싶을 뿐이었다.

네오가 나오키와 함께 출입국 관리소에 동행해야 할 일이 있었다. 토마스 신부가 부탁한 일만 아니었다면 도망이라도 가고 싶었을 것이다. 그날 오후 그녀는 약속 장소인 지하철역 앞에 조금 늦게 나타났다.

'오, 마이 갓! 이 무슨 도날드 덕 막춤 같은 시추에이션?'

나오키의 모습은 차마 눈뜨고 볼 수 없는 것이었다. 목과 소매가 레이스로 너풀거리는 분홍색 블라우스에 겨울용 롱스커트를 입고 있었다. 8월의 복중이었다. 분홍 펄 아이섀도로 칠한 광대뼈는 캐리커처럼 얼굴의 반 이상을 차지하고 있었다. 짙은 눈 화장으로 얼굴의 반이 눈처럼 보였다. 머리는 거품처럼 부풀려 마치 퍼포먼스를 위해 분장을 한 것 같은 몰골이었다. 돌아가 다시 준비하기에는 늦은 시간이었다. 자신이 이상한 차림새라는 것을 모르는 듯한 그녀의 진지함이 더 코미디 같았다.

나중에 안 사실이지만 그녀의 남편이 그녀의 옷을 모두 태워버렸다. 그나마 성한 옷 중 하나를 골라 입고 나온 터였다. 그것을 벌충하느라 미용실에 갔던 것이 탈이었다. 그녀가 찾은 동네의 미용실은 왕년에 미스코리아를 배출한 숍이라는 간판을 수십 년 동안 떼지 않은 곳이었다. 원장은 그녀를 마루타 삼아 지난날의 영광스런 날들을 재연하려 했던 것이다.

네오는 체념하고 그녀와 최대한 떨어져 걸었다. 사람들이 지나가다 그녀를 쳐다보았다. 땀은 눈치도 없이 흘러내리고 그날따라 세상의 모든 소음은 네오의 신경을 바이올린의 현처럼 팽팽하게 긴장시켰다. 골치 아플 줄 알았던 일은 오히려 출입국 관리소 직원의 착오였음이 밝혀져 쉽게 해결되었다.

하지만 돌아오는 길이 더 가관이었다.

복더위에 나오키의 화장은 땀으로 지워져 얼룩이 졌고, 한 시간 동안 공들이며 여기저기 꽂아놓았던 실 핀들이 흘러내려 머리는 초라하게 헝클어졌다. 네오는 눈물이 날 것 같았다. 사람들은 그녀를 홀끗거리다 네오와 눈이 마주치면 웃으며 '둘이 무슨 관계?' '이건 무슨 시추에이션?' 하는 궁금증을 내비치며 지나갔다.

네오는 그 창피함 때문에 다른 어떤 생각도 할 수 없었다. 이런 코끼리 똥 같은 인생을 봤나? 기대도 없는 인생이었지만 사는 게 무어라고 찰나와 같을 수도 있는 이 순간 누군가로 인해 이런 격렬한 저항감으로 녹초가 되어야 하는지, 무엇 때문에 한 인간을, 이 작은 여자를 이토록 미워하게 되는지, 왜 자신은 이타적인 사랑으로 가득 찬 아타락시아 같은 평화에 도달할 수 없는 것인지, 수많은 원망이 고개를 쳐들었다. 전생에 무슨 죄를 지었을까, 기억도 나지 않는 전생을 더듬어보았다.

결국 지하철을 타고 오는 내내 나오키를 모르는 사람처럼 외면했고, 그녀가 이런저런 것을 물을 때마다 얼굴을 붉히며 못 들은 척했다. 급기야 더 이상 참을 수 없는 순간이 오고야 말았다. 긴장과 피로 때문인지 갑자기 복통이 찾아온 나오키는 급하게 화장실을 찾았다. 더위와 짜증으로 얼굴이 벌겋게 달아오르는 것을 참고 있던 네오는, 팽팽하게 당겨졌던 현이 머릿속에서 끊어지는 소리를 들었다. 혐오에 가득 찬 눈길을 그녀에게 보냈다.

그녀를 환승역의 화장실에 데려다준 다음 네오는 최대한 빠른 속도로 그곳에서 도망쳤다. 마치 이제껏 살아온 인생에서 도망치듯이. 나오키가 자신을 따라오는 지옥이라도 되는 듯이.

밤이 되어서야 어슬렁거리며 들어가던 네오는 게스트하우스 앞의 놀이터에서 검은 물체를 보고 발이 얼어붙고 말았다. 그녀는 열대야가 맹위를 떨치던 그때까지, 여름날 녹아버린 꽈배기처럼 축 늘어진 채로, 시소 위에 앉아 졸고 있었다. 나오키의 머리핀이 어둠 속에서 반짝거렸다. 그것은 네오의 한 가닥 죽지 않은 양심 같았다. 가까이 다가가자 나오키가 고개를 들었다. 반쯤 떨어져 나간 속눈썹이 덜렁거렸다. 네오는 저도 모르게 나오키의 눈을 감기고 그것을 떼어냈다.

네오가 나오키와 다른 몇몇 이주민들을 인터넷 방송국의 교육생으로 등록시킨 적이 있었다. 한 명 등록시킬 때마다 구청에서 보조금이 나왔고, 마음만 있다면 개인이 적당히 유용할 수 있는 돈이기도 했다. 그 일이 나오키의 인생을 뒤바꾸게 될 거라고는 생각지도 못했다.

다문화 가정을 위한 일본어 음악 방송 프로그램 '메이데이(mayday)'에서 자원봉사를 하던 유학생이 본국으로 돌아가게 되면서 다른 디제이가 필요했다. 네오는 나오키를 추천했다. 나오키가 실패하고 사람들에게 놀림이 되기를 기다렸던 것인지도 모른다. 결과적으로 나오키를 놀려줄 셈이었던 네오의 추천에 토마스 신부가 반대하지 않은 것은 의미심장한 일이었다.

어쨌든 그 결과로 '고향이 그리운 그대에게'라는 멘트로 시작하는 나오키의 음악 방송은 인터넷 라디오 방송국의 인기 프로그램이 되었다. 그 허름한 스튜디오가 나오키에게는 새로운 세상으로 나가는 또 다른 문이 될 줄은 아무도 몰랐을 것이다. 나오키의 허스키한 목소리도 단점이라면 단점이었고, 진행은 초보자답게 어눌했고, 목소리는 바이브레이션처럼 떠는 것이 느껴졌다. 한 달을 못 채우고 그만두어야 할 것 같다고 네오가 자책을 하고 있을 즈음, 일본 새댁이 방송을 듣고 감동하고 눈물을 흘렸다는 사연을 전해왔다. 나오키가 들려주는 노래를 들으며 옛 생각에 빠지는 사람들, 향수를 달래는 사람들, 엄마의 사랑을 떠올리는 사람들, 기다리는 연인을 생각하는 사람들로 점점 신청곡은 늘어났다.

그 후 나오키의 변화는 네오를 부끄럽게 했다. 가끔 나오키를 몰래 훔쳐보았다. 네오는 인정하고 싶지 않지만 어느 순간 나오키는 점점 예뻐지고 있었고, 다른 유전자가 들어간 것처럼 달라지고 있었다. 가끔 네오는 나나에게 물었다.

"나나, 나오키가 좀 달라진 것 같지 않아?"

"모르겠는데? 어디가 달라졌어?"

"나도 몰라. 그냥 달라진 것 같아서."

"처음보다 살이 오른 거 말고는 특별히 달라진 게 없는 것 같은데?"

네오는 철이 들면서 포기하는 것도 빨라졌고, 무슨 일이 있어도 더 이상 놀라지 않는 법을 배웠다. 우화 속 여우의 신 포도처럼, 갖지 못하는 것은 가시 철망 저편으로 보내버리면 마음이 편해졌다. 나오키는 여전히 작은 일에 놀라고, 감탄하고, 분개했고, 무모하게 용감했고, 자신이 믿는 것에 대해서는 두려움이 없었다. 그런 만큼 사는 일도, 먹는 일도, 똥 싸는 일도, 요리도, 빨래도 열렬히 최선을 다해서 했다. 집요하고 끈질긴데다 포기할 줄도 몰랐다. 보는 이가 안타까울 정도지만 정작 자신은 그것을 모르고 있었다.

어느 날 나오키는 음악 방송에 내보낼 곡들을 검색하고 목록을 작성하고, 구하기 어려운 곡들을 일일이 메일을 보내 요청하느라 점심도 거르고 있었다.

"짠하네."

네오가 포도 접시를 내밀었다.

"뭐가?"

나오키의 눈썹이 올라갔다. 처음 있는 일이었다.

"뭘 그렇게 또 용을 써가면서 해? 대충 해도 살아. 그런다고 인생이 바뀌어? 애잔하다, 애잔해."

그 순간, 물 풍선에 바늘을 들이댄 것처럼 느닷없이 나오키의 눈에 눈물이 고였다. 게스트하우스에 처음 올 때 피멍이 든 얼굴로도 눈물을 보이지 않던 나오키였다.

네오는 하루 종일 나오키 생각을 했다. 나오키에 대한 무지함과 경박함, 잔인함, 또 무관심을 가장하고 그녀를 외면하고 있었던 것들에 대해 심히 혐오스러움을 느꼈다. 그것은 예전에 네오가 느꼈던 부끄러움과는 거리가 멀었다. 몇 달 전만 해도 나오키와 함께 있는 것만으로도 수치스러웠다. 다시금 느낀 수치심은 그게 아니었다. 처음 나오키에게서 본 것은 바로 스스로를 질책하는 네오 자신의 모습이었다. 네오는 나오키처럼 열심히 사는 것이 두려웠다. 그렇게 해도 바뀌지 않는다는 사실에 좌절할까 봐 애초에 열심히 살지 않는 방법을 택했다.

나오키는 포교를 목적으로 한 집단 결혼으로 한국에 왔다. 많은 일본 여성들이 자신이 믿는 종교에 의해 얼굴도 모르는 한국 남자에게 왔지만, 그 남자들의 일부는 가난과 정신 질환이나 폭력성 등을 숨긴 채 결혼했다. 나오키는 자신이 기만당했다는 사실을 인정할 수 없었으므로 남편과 헤어질 수도 없었다. 일본의 부모는 지진으로 세상을 떠나, 더 이상 돌아갈 곳도 없는 상태였다. 나오키는 짧은 생애에 많은 일을 겪었음에도 자신이 행복하다고, 운이 좋다고, 아직도 가진 게 많다고 믿고 있었다. 그러고도 사는 의미가 있을까? 나 같았음 벌써 갔지. 한때 이런 생각으로 살았던 네오에게, 나오키는 불편한 거울일 수밖에 없었다.

언젠가 그녀는 물었다.

"넌 왜 그러고 사니?"

"내가 왜?"

"넌 누구에게도 마음을 열지 않아. 항상 불안해하고."

"그러는 넌?"

"난 여기 생활이 불편하지만 불안하지는 않아."

"그게 뭐가 다른데?"

"불편한 건 외부 환경일 뿐이야. 하지만 불안은 마음에서 오는 거야. 넌 병 속에 든 벌 같아. 뚜껑이 열렸는데도 나오지 않아."

외국인 노동자들이나 이주민들의 쉼터인 게스트하우스는 어딘가로부터 쫓기는 사람들이 모이는 곳이다. 네오 역시 도망치듯 숨어들었다. 운이 좋게, 토마스 신부를 돕는다는 명분은 있었지만, 사회 부적응자에 아웃사이더였다.

나오키는 네오보다 나을 게 없는 상황이고 나이도 한 살 어리지만 눈빛만은 살아 있었다. 그 눈은 정직하게 네오의 마음을 거울처럼 비춰주었다.

왜 그녀는 쓰러지지 않는가? 그 몰골을 하면서도 꼿꼿이 세운 고개와 살아 있는 눈빛이 마음에 들지 않았다. 네오는 그것이 불편했던 것이다. 자신의 내면을 단숨에 스캔하는 것 같은 서늘한 나오키의 눈길. 그것은 네오가 가까스로 외면하고 있던 것을 뙤약볕처럼 밝고 뜨겁게 비추는 불편한 거울이었다. 더구나 그 거울은 왜곡되지도 않았고, 오물이 묻지도 않은 아주 맑은 거울이었다. 그제야 네오는 왜 자신이 그토록 나오키를 불편해했는지, 자신을 또렷이 바라볼 수 있게 되었다.

게스트하우스가 성선이 된 일이 있었다. 여름 폭우가 쏟아지는 날 두꺼비집이 내려지며 순식간에 어둠이 덮쳤다. 어둠 속에서 두려움을 느낀 것은 나오키가 아니었다. 네오는 어둠이 본능적으로 싫었다. 읽고 있던 책을 덮고 나오키는 자신의 손을 네오의 가슴 위에 얹어놓았다. 네오의 심장은 뜨거운 프라이팬 위의 물방울처럼 격렬하게 저항하고 있었다. 나오키는 잠시 후 네오의 손을 자신의 명치 위에 올렸다. 나오키의 심장은 규칙적으로 뛰고 있었다. 영원히 멈출 것 같지 않아서 네오는 편안했다.

"난 이런 일에 익숙해."

나오키가 말했다.

"예전에도 이렇게 캄캄한 밤이 있었어. 그때는 나 혼자였지만. 일곱 살 때까지 교회에 다녔어. 교회는 내가 살던 동네에서 가장 예쁜 건물이었고 목사 사모님은 내가 본 중에 가장 좋은 분이셨지. 그분들이 떠난 후 다시는 교회에 나가지 않았지만."

네오는 나오키의 입에서 나오는 목소리를 어둠 속에서 꿈결처럼 들었다.

"부활절이 가까워오는 날이었을 거야. 달걀을 나누어주러 가고 있었어. 다섯 집을 돌아야 하는데 그 다섯번째 집에 당도하기 전, 세상이 무너지는 소리를 들었어. 지옥이 있다면 아마도 그런 곳일 거라는 생각이 들었어. 그 아우성과 비명, 폭탄 같은 큰 소리와 먼지와 잔해들. 눈을 떠보니 계단 아래 틈에 내가 끼여 있었어."

네오는 어둠 속에서 바위틈에 짓눌린 나오키를 떠올려보았다.

"다리가 움직이지 않았어. 아무것도 할 수 있는 게 없었어. 다행히 손에 쥐고 있던 달걀 바구니는 찌그러진 채 내 손안에 있었어. 시간이 멈춘 것처럼 아무것도 보이지 않았고, 아무 소리도 들리지 않았어. 살려줘. 내 목소리만 메아리처럼 울렸어. 지치면 잠을 잤고, 깨어나면 또 도와달라고 소리쳤어. 허기가 몰려왔어. 빗물과 땀으로 그림이 다 지워진 달걀이 내 손안에 있었어. 그것을 하나씩 까먹기 시작했어. 될 수 있는 한 가장 천천히. 희미하게 비치는 빛을 보면 해가 뜨는구나 생각하며 하나를 먹었고, 빛이 사라지면 또 하루가 가는구나 생각하며 다시 하나를 먹었어. 나머지 하나를 남겨두었을 때 구조대가 콘크리트를 부수는 소리를 들었어."

그날 불안해하는 네오를 위해 어둠 속에서 나오키는 달걀을 삶았다.

"난 힘든 일이 생기면 달걀을 삶아 꼭꼭 씹어 먹어. 그러면 영혼의 닭고기 수프처럼 마음이 진정돼."

뜨거운 껍질을 까면서 네오는 생각난 듯 나오키의 손을 잡았다. 토마스 신부가 부활절에 해준 이야기가 생각나서였다. 달걀은 겉으로는 죽은 듯 보이지만 그 안에는 새로운 생명이 깃들여 있어 봄, 다산 등 보이시 않는 생명을 상징한다는 말이었다.

"부활절도 죽음의 겨울을 보내고 봄을 맞는 기쁨을 알리기 위한 이교도의 풍습을 기독교가 포용한 거라고 했지."

"신기해, 신기해."

네오의 말에 나오키는 손뼉을 쳤다. 어둠 속에서도 환한 낮처럼 나오키의 얼굴이 그려졌다.

"세상에 둘만 남은 기분도 나쁘지 않은걸? 다른 사람들은 천 명에 백을 곱한 것처럼 많지만, 사랑하는 사람은 하나에 하나를 곱한 것처럼 단 한 사람이래."

어느새 그치기 시작한 비의 나지막한 속삭임에 사방은 더없이 아늑했다. 아마도 알퐁스 도데가 동경했던 아를의 물방앗간 느낌이 그런 것이지 않았을까. 그때를 떠올릴 때마다 네오는 생각했다. 스테파니 아가씨 대신 나오키가 있는 풍경이 나쁘지 않았다.

어둠 속에서 네오의 얼굴을 더듬던 나오키는 말했다.

"너는 내 동생과 어딘지 닮은 데가 있어. 나중에 사진 보여줄게."

하지만 동생의 얼굴을 확인할 수 있는 기회는 오지 않았다. 나오키는 지난 크리스마스 파티에 참석하지 못했다. 나오키가 없는 크리스마스는 슬펐다.

*

"오 마이 갓, 나나."

네오는 닭 가슴살은 씻어 거름망에 받쳐두고 포도주를 꺼내기 위해 냉장고를 열다 비명을 지른다. 병 속의 포도주는 바닥을 조금 채우고 있다. 로라 하트윅 샤도네이는 고기를 먹지 않는 나오키가 특별한 날에만 준비하던 화이트와인이었다. 칠레의 와인가로 시집온 프랑스인 아내의 향수병을 달래주기 위해 남편이 만든 와인으로, 라벨에 아내의 얼굴이 세피아 톤으로 들어가 있다. 그래서 나오키는 더 좋아했다.

나나는 잔에 남은 와인을 한입에 털어 넣는다. 네오는 나나를 향해 소리를 지른다.

"나나, 이건 나오키가 제일 좋아하는 거야. 넌 누구보다 나오키에 대해 잘 알잖아."

"미안, 미안. 남은 게 그거밖에 없었어. 세상에 와인이 비처럼 내린다면 얼마나 좋을까."

나나는 잔에 남은 와인을 홀짝 마시며 네오를 향해 혀를 내민다.

"와이 낫? 차라리 바닷물이 포도주로 변하라고 기도를 하지."

"나오키는 날 이해할 거야. 그렇지, 나오키?"

나나는 허공을 향해 손을 흔든다.

오늘의 메인 요리는 나오키가 가장 좋아했던 네블스 에그다. 마요네즈, 피클, 머스터드, 파프리카 가루를 넣은 데블스 에그. 네오가 마요네즈와 섞은 달걀노른자 위에 파프리카 가루를 뿌리고 있을 때 루디가 네오의 어깨를 껴안는다.

"내가 도와줄 거 없어?"

"루디, 지금 나한테 끼 부리고 싶은 거야?"

"설마, 저렇게 나나가 눈 시퍼렇게 뜨고 있는데? 난 얀과 달라."

"그럼 됐어. 가만있는 게 도와주는 거야."

때로는 혼자 음미하고 싶은 게 있다. 지금이 네오에게는 그런 때다. 나오키에게서 처음으로 데블스 에그를 배웠을 때를 떠올린다. 달걀노른자와 마요네즈를 섞을 때 손끝에 전해지던 부드럽고 뭉근한 느낌. 나오키를 떠올릴 때마다 생각나는 감각이기도 하다.

루디가 소파에 눕다시피 기대앉은 나나를 보고 한국어 시디를 끈다. 갑자기 적요가 몰려든다. 긴 햇살이 소파를 비춘다. 어느새 나나는 소파 아래로 팔을 늘어뜨리고 잠이 들었다. 술기운에 가늘게 코까지 곤다. 루디가 넋 놓고 나나를 바라본다. 천지창조를 도운 천사의 노곤한 잠을 보는 듯한 시선이다.

"나나는 내게 천사야. 도저히 빠져나올 수 없어."

네오는 어이없다는 듯 루디를 바라본다.

"지금 내 앞에서 그러고 싶니?"

"미안한데, 난 이 순간을 놓치고 싶지 않아."

"그래. 있을 때 잘해. 나처럼 후회하지 말고."

"지금이라도 늦지 않았어. 왜 신은 암컷과 수컷을 따로 만들어 만나는 기쁨과 헤어지는 고통을 동시에 주는지 알아가면 되지."

네오는 시계를 본다.

"그런데 신부님은 종부성사 가신다고 하더니 아직 끝나지 않았나 봐. 하루도 쉬는 날이 없어. 하느님이 너무 부려먹는 거 아냐?"

토마스 신부의 하루하루는 인간을 태어나게 하기도 바쁘고, 데려가기에도 바쁜 신의 대리인으로 바쁜 나날이다. 그에게는 두 개의 문신이 있다. '평화를 원하거든 전쟁을 준비하라.' 그의 등에 새긴 라틴어 문신이다. '조폭 신부'라는 별명이 괜히 생긴 게 아니다. 불법 체류자나 파업 노동자를 잡으려는 어깨들을 상대하려다 보니 그 또한 싸움꾼이 되지 않을 수가 없다. 주먹은 가깝고 신은 너무 멀리 있다는 걸 그 역시 안다.

"빌어먹을 세상, 우리가 보듬어야지, 하늘이 보듬어줍니까? 형제여, 다른 형제를 구하소서."

경찰서에 있는 불법 이주자들을 데리러 갈 때마다 하는 말이다. 그리고 또 다른 문신은 더 은밀한 곳에 있다. 그의 생도, 사랑과 은총의 신부답게 사랑에서 시작해 사랑으로 끝난다. 헌신하면 헌신짝이 된다는 말처럼 유학 시절 한 바이올린 연주자에게 최선을 다했으나, 그녀는 그를 떨어진 짚신짝처럼 버리고 떠났다. 그는 아무것도 할 수 없어 가만히 있었고, 가만히 있으면 더 가마니로 본다는 사실도 뒤늦게 알았다.

모든 경험은 일종의 훈계와 같다. 어느 날 문득 그는 터득했다. 인생은 길고 사랑은 짧은 게 아니라, 인생은 짧고 영원한 사랑은 따로 있다는 것을. 그가 원한 사랑은 한 여자가 독차지하기에는 너무 큰 사랑이었나 보다. 신도들의 사랑을 한 몸에 받는 신부가 되었다. 나오키 역시 그중 하나다.

루디가 네오에게 카톡을 들어 보인다.

"얀은 곧 도착한대."

동시에 벨이 울린다. 현관에서 초록으로 머리를 물들인 얀이 떠들썩한 인사와 함께 팔을 벌린다. 네오는 주방에서 나와,

들고 있던 조리용 나무 숟가락에 묻은 마요네즈가 얀의 옷에 묻을세라, 조심스럽게 얀의 겨드랑이 사이로 팔을 넣는다.

오늘도 얀은 선글라스를 꼈다. 멋있게 보이기 위해서 쓴 게 아닐 것이다. 게이 클럽에서 노래를 부르다 만난 파트너가 얼마 전 발작을 일으켰다. 병원에서 처방한 우울증 치료제 팍실이 불러온 부작용이다.

"그 우울증 환자를 언제까지 참아줄 거니?"

루디는 고개를 젓는다.

"약을 끊었어. 그 친구도 나름 부작용 때문에 괴로워하고 있어. 충동 조절 치료도 함께 받고 있고."

"세상의 절반은 남자야. 그 돼지 똥꼬 털만도 못한 놈이 뭐가 좋다고. 나 어때? 나도 게이는 싫지만 너라면 생각해볼게."

"루디, 피사의 사탑이 왜 기울었는지 알아?"

"뭐 중력이나 시간, 만유인력, 지반침하, 이런 거 때문 아냐?"

"나도 몰라. 하지만 피사의 탑이 제가 기울고 싶어서 기울었겠어? 그냥 살다보니 그렇게 된 것처럼 나도 그런 거야. 이제 와서 똑바로 서 있는 피사의 탑은 의미가 없지. 나 역시 그런 놈이야. 나를 바꾸려는 것도 의미 없는 일이고, 바꾸려 한다고 해서 되는 게 아니라는 소리야."

왜 멋있고 똑똑한 남자는 모두 게이인 거지? 때로는 커밍아웃 하고 싶을 때가 있고, 또 그것을 껴안지 않으면 안 되는 시점이 있다. 네오는 그때 얀을 안아주고 싶었다.

"사랑은 저절로 인증되고 증명되는 거야. 어떻게 자신에게 설명하고 설득시킬 수 있겠니?"

네오는 연신 고개를 끄덕인다. 순간 축축하고 차가운 것이 네오의 발목을 쓰다듬는다. 들고 있던 나무 숟가락을 떨어뜨린다. 어느 틈엔가 비비가 네오의 왼 다리를 감고 있다.

"나나!"

네오가 소리 지르자 나나가 눈을 뜬다. 사태를 알아차린 나나는 사방을 두리번거린다. "내 새끼들 어딨지?"

"나오키 보러 가는 데도 데리고 갈 거야?"

"그럼, 나오키도 보고 싶어 할 거야."

"다른 사람들에 대한 배려도 필요한 시점인데."

"난 쟤네들의 보호자야. 누구보다 착한 아이들이라고."

네오는 좋을 대로 하라는 추임새를 넣고, 디브이디 플레이어를 켠다. 영화 디브이디는 루디의 선물이다.

"이거 고전 중의 고전인데다 무삭제판이야. 무슨 말인지 알지? 포르노 커플도 다 나와."

한 달 전, 루디는 전리품이라도 획득한 것처럼 네오에게 선물을 했다. 가슴이 벽돌처럼 차갑고, 낭만이라고는 희귀종 분홍 돌고래만큼이나 찾기 힘든 네오에게, 로맨스 영화라도 보고 연애하는 법을 배우라는 깊은 뜻이었다. 나나와 루디가 소파에 나란히 어깨동무를 하고 앉고, 루디 옆에서 얀이 쿠션을 끌어안는다.

휴 그랜트의 나긋한 내레이션과 함께 공항 로비는 포옹하는 사람들로 가득 찬다. 연인들은 만나고 헤어지고, 헤어졌다 또 만난다.

네오는 방울토마토와 브로콜리를 피크닉 도시락에 넣으며 가끔씩 영화 화면에 눈길을 준다. 이젠 소리만 듣고도 어떤 장면인지 기억할 수 있다. 달달한 장면이 나올 때마다 네오의 눈길이 화면으로 향한다. 루디는 나나를 껴안고, 두 눈을 맞추고 뽀뽀를 한다.

"네오, 너도 얼른 와서 봐."

얀이 네오를 향해 손짓을 한다. 네오는 대답만 하고 딴청이다. 나오키가 좋아했던 영화였다. 가슴이 치받쳐와 네오의 손은 더 바쁘게 움직인다. 식혀놓은 요리들과 샐러드를 도시락에 담고 피크닉 가방에 냅킨과 준비한 음식을 챙겨 넣는다.

이제 토마스 신부만 오면 출발할 수 있다. 네오는 시계를 본다.

"얀, 넌 티비 속으로 빨려 들어가겠다. 감정이입 제대로 하네."

루디가 얀의 목을 장난스럽게 감싸 안는다.

너무 많이 돌려본 탓에 디브이디가 튄다. 나나와 루디는 영화를 보는 내내 입가에서 웃음이 떠나지 않는다. '세상 뭐 있어? 천국을 옆에 놔두고.' 서로를 바라볼 때마다 눈빛은 말한다.

화면에서는 파티 장면이 계속되고 있다.

"······피어나길 기다리는 꽃처럼, 어두운 방의 전구처럼, 난 단지 당신을 기다리며 여기 앉아 있어요····· 비를 기다리는 사막처럼 봄을 기다리는 학생처럼, 난 그냥 여기 앉아 있어요. 당신을 기다리며······"

소파에 나란히 앉은 루디와 나나, 그리고 쿠션을 껴안은 얀은 영화 속의 노래를 들으며 달달한 눈으로 미소를 짓는나.

"저 영화 나오키도 좋아했는데······"

네오와 나오키의 첫 데이트에서 본 영화라는 것을 나나는 기억하고 있다. 10년도 넘은 영화를 재개봉한다고 해서 둘은 함께 영화를 보러 갔고, 그 후 이 영화는 두 사람의 인생 영화가 되었다.

"맞아, 나오키는 마지막 장면을 가장 좋아했지."

루디가 피크닉 가방을 챙기는 네오를 바라보다 혼잣말처럼 중얼거린다. 언젠가부터 네오와 나오키는 늘 함께 있었다. 키가 큰 네오의 겨드랑이에 쏙 들어가는 나오키의 모습은 암탉의 품에 안긴 병아리처럼 보이기도 했다. 루디가 생각하는 가장 행복한 네오의 모습이었다.

"라디오 방송국에 면접 보는 날이었지? 어쩌면 정규직을 얻을지도 모른다고 얼마나 들떠 있었는데."

나나가 루디의 어깨에 머리를 기댔다.

"황당했지. 갑자기 그 돼지콜레라 같은 작자가 그렇게 들이 닥치니."

"겉으로 보기에는 순해 보여서 의심을 못했어."

피크닉 가방을 현관 앞으로 내놓던 네오의 발걸음이 무거 워진다. 그동안 영화는 저 혼자 대사를 하고 장면을 바꾼다. 사람들은 웃고 울고 떠들고 화를 내고 술을 마시고 잠을 자고 키스를 하고 길을 걷는다. 각각의 커플들은 다시 만나고 화해 를 하고 사랑을 하고 서로를 용서한다. 그동안 네오와 루디와 나나와 얀의 표정은 가질 수 없는 것을 바라는 것처럼 간절해 진다. 표현되지 못한 애도는 어떤 식으로든 몸 밖으로 나와 제가 하고 싶은 것을 하고 제가 가고 싶은 데로 간다. 나나가 벨리댄스를 음악도 없는 어둠 속에서 추는 것도, 얀이 앰프도 연결해놓지 않은 기타를 치는 것도, 발가벗은 루디가 빈 캔버 스 위에 몸을 굴리는 것도 모두 비슷한 이유일 것이다.

"그때 나오키를 그렇게 보내는 게 아니었어. 나오키는 그놈 손에 붙들려가면서도 네오만 보고 있었어. 그 눈 봤어?"

나나는 네오를 바라본다.

그랬다. 네오는 그 비겁한 정신병자한데 순순히 나오키를 내주었다. 나오키가 그렇게 가버리고 난 일주일 후 얀이 가지 못한 천국에 나오키가 먼저 갔다. 일 년 전 오늘이었다.

토마스 신부는 기도했다.

"당신은 우리에게 더없이 잔인하고 무서운 고통을 주셨나이다. 그것을 견딜 만한 암벽 같은 심장과 철근 같은 심줄도 함께 주셔야지요."

당신이 주신 생명이니 당신이 데리고 가는 데야 할 말이 없지만 왜 하필 나오키냐고, 왜 하필 내게 맡긴 어린 양이냐고, 줬다 뺏는 건 비겁하다고 기도에 덧붙였다.

"지금이라도 네오 너를 이해하고 싶어. 제일 괴로운 사람은 네오니까."

'맞아. 누군가를 좋아하는 건 뱀을 좋아하는 것과는 달라.'

나나의 말에 네오는 변명하지 못한다.

"하지만 다시 약을 한 건 최악의 선택이야. 그렇게 도망쳐서 미친 듯이 소리치는 대신 다른 일을 해야 하지 않았을까?"

나나의 목소리가 잦아든다. 루디는 나나의 축축한 눈에 키스를 하고 찝찔한 맛 때문인지 입맛을 다신다.

"그렇게 도망쳐서 천국에 가고 싶었니? 나오키를 진짜 천국에 보내는 건지도 모르고."

그 일이 있은 지 일주일 후 네오는 거대한 굉음과 함께 뒤통수를 얻어맞은 것 같은 통증에 눈을 번쩍 떴다. 그리고 무의식중에 텔레비전을 켰다. 뉴스의 카메라가 연기가 피어오르는 차 한 대를 비추고 있었다. 그녀의 죽음을 확인한 것은 그 며칠 후였다. 유리 나오키 29세, 라는 고딕 글씨가 자막처럼 지나갔다.

갑자기 나나는 눈물이 고인 눈으로 웃음을 터뜨린다.

"신도 나오키의 매력에 반한 거야."

"맞아. 지난 부활절 선물 고를 때 '난 필요한 것만 사야 한다는 잔소리에 질렸어. 필요한 게 아니라 내가 갖고 싶은 걸 사고 싶어' 그러면서 빨간 장미꽃을 골랐지? 그때 난 여자란 역시 불가사의한 존재란 걸 알았다니까. 아무리 배가 고파도 아름다운 것에 남은 모든 걸 바치는 여자는 정말 신비로워."

루디는 나나의 이마에 가볍게 입술을 갖다 댄다.

네오는 그때 내내 약에 취해 있었다. 자신을 용서할 수 없었으므로 눈을 뜰 수도 없었다. 자신을 본다는 것이 더없이 끔찍한 일처럼 느껴졌다. 그 후 석 달을 허공에 붕 뜬 것처럼 안개 속에서 살았다.

붉어진 눈으로 화면을 뚫어져라 쳐다보던 나나가 다시 한숨을 쉰다.

"지지리 복도 없는 년."

나나가 클럽 매니저에게 매번 듣는 소리다. 네오는 대꾸할 생각도 않고 빨개진 눈으로 앞만 주시한다.

"세상 참 너그럽다. 인생에 대한 예의라고는 모기 눈알만큼도 없는 애도 멀쩡한데. 아무리 고르곤 같은 인생이라지만 이건 너무해."

"알았으니까 그만하라고. 그러는 넌. 처음 나오키 왔을 때 왕따 시킨 게 바로 나나 너였어."

"아니, 난 그냥 두려웠어. 나오키가 처음 왔을 때, 날 보는 것 같아 두렵고 화가 났었어. 왜 그런 거 있잖아. 왕따당하고 있는 아이를 보면 도와주고 싶으면서도 답답하고 화가 나는 거 말이야. 그래도 너처럼 양다리 걸치지는 않아."

이번에는 얀과 루디조차 네오의 편은 되어주지 못한다. 네오는 한 여자를 일생 동안 사랑하는 동화 같은 이야기의 주인공은 아니었다. 사랑도 남이 하면 싸구려 가십거리지만, 내가 하면 「별」이나 「소나기」처럼 지고지순한 것 같다. 세상이 아를의 풍차 방앗간처럼 순박한 사랑의 공간이 아니듯 모든 여자가 스테파니 아가씨일 수도 없고, 또 모두 「소나기」 같은 사랑일 수 없다고 네오는 자학했다. 쓰레기 세상에서는 쓰레기로 사는 게 맞는다고 생각했다.

나오키의 남편이 나타나기 얼마 전 P가 네오를 찾아왔다. 낭만적이고 연극적인 허영을 꿈꾸었던 P에게 유능한 성형외과 의사는 구색 좋은 트로피의 의미밖에는 없다는 것을 뒤늦게 알았다고 했다. 네오는 P를 거부하지 않았다. P와 만나고 있던 사실을 안 얀이 네오에게 경고했다.

"너 나중에 후회할 거야. 나까지도 질렸어. 우정과 사랑은 종이 한 장 차이지만 그 종이의 무게는 한 생명을 들었다 놓을 수도 있을 만큼 무거워."

네오는 부정하고 싶었다.

"만약 내가 P를 만나지 않았다면, 나오키는 남편과 헤어질 수 있었을까?"

"이제 와서? 그러지 못한다 해도 나오키의 하루는 지옥의 천 일이었을 거야."

"나 자신을 믿을 수 없었어. 나오키의 사랑이 진심이기에 더 도망치고 싶었어."

"연애는 도피처가 아니야. 넌 돈 주앙도 카사노바도 아니야. 그저 불안을 달래기 위해 누군가를 만나지 않으면 안 되었을 뿐이야. 그것도 모르고. 불쌍한 나오키."

얀이 그만하라고 소리치자 나나는 그 큰 소리로 맞선다.

"너도 재수 없어, 얀."

나나는 숨겨놓았던 물주머니가 터진 듯 통곡에 가까운 울음을 다시 쏟아낸다. 비비와 키키의 몸이 나나의 눈물로 번들거린다.

비굴할 정도로 나오키를 달래던 남편은 일주일 만에 다시 예전으로 돌아갔다. 그날 그는 나오키를 태우고 미친 듯이 운전했다. 유조차의 귀퉁이를 박고 차는 유조차 아래로 빨려 들어갔다. 엔진에 불이 붙었고, 차는 검은 연기 속으로 사라졌다.

얀이 일어나서 밖으로 나가려던 네오를 다시 앉힌다.

"시간은 흘러가고 운명은 제멋대로 노를 저어가겠지. 우린 그냥 둥실 떠서 물결이 가는 데로 가는 거야. 풍랑에 배가 뒤집히지 않도록 몸을 맡기고. 기도 따위는 필요 없어. 차라리 노래를 부르는 게 낫지. 안 그래? 어쨌든 바람은 불어."

루디와 나나가 다가와 네오와 얀을 끌어안는다.

나오키가 앉았던 시소, 둘이서 함께 보았던 비에 젖은 미끄럼틀, 그녀를 태우고도 너무 가벼워 흔들리던 그네, 골목길의 가로등, 그 가로등 아래 황금색 빗금을 그리던 빗줄기. 서로의 체온을 보듬어주던 무릎 담요. 기억에 남는 것은 서로가 했던 말이 아니었다. 함께했던 날들의 풍경, 바람, 불빛, 소리, 그 안에서의 나오키의 움직임, 느낌, 주변을 떠도는 공기의 흐름만이 선명하다.

네오는 호주머니 속에 손을 넣고 나오키가 준 돌을 만지작거린다. 나오키의 뱃속에서 나온 사리 같은 결석이다. 네오가 지하철에서 도망친 그날 나나가 복통을 호소했던 원인이었다. 그것은 정전이 되던 날, 네오의 손에 쥐여졌다.

"나를 아프게 했던 것이지만 내 몸의 일부야. 언젠가는 이걸 버리고 싶었어. 내가 가장 행복한 날."

네오는 대신 버려주겠다고 그 돌을 받았다. 그리고 잊어먹고 있었다. 비릿한 냄새를 풍기는 그 돌만은 나오키의 체온을 기억하고 있을 것이다. 그 밤 놀이터 앞에서 반쯤 떨어져 나간 나오키의 눈썹을 떼어줄 때처럼 조심스럽게 그 돌을 손으로 감싸 쥔다.

루디는 시계를 본다. 토마스 신부는 아직도 연락이 없다. 숨이 언제 넘어갈지도 모르는 환자에게 하나님을 뵙게 하고 선종하게 하려고 오늘 하루도 바쁘다. 전화기는 꺼져 있다.

"영화도 다 끝나가는데. 명장면을 보면서 조금만 더 기다리자."

루디와 나나는 소파 위에, 얀과 네오는 그 앞에 기대앉는다.

사랑의 결실이 결혼이라도 되는 듯, 어김없이 아름다운 신부는 하얀 웨딩드레스를 입고 축하하는 하객들에게 둘러싸여 있다.

"난 키이라 나이틀리와 천국에서 꼭 만날 거야."

루디가 네오의 귀에 대고 속삭인다.

"지금은 키이라 나이틀리보다 나나가 좋아."

"왜?"

"이렇게 눈앞에, 내 옆에 있으니까. 직접 만질 수도 있고, 냄새를 맡을 수도 있고."

루디는 코를 나나의 어깨에 묻는다.

"네오, 이제 곧 명장면이 나와."

"난 주인공 커플보다 물에 빠진 원고를 미친 듯이 건져내면서, 손짓 발짓으로 어눌하게 사랑을 키워나가는 소설가와 포르투갈 출신의 파출부 커플이 더 마음에 들어. 드라마틱하잖아. 사랑이란 국경도 언어도 초월하는 것."

드디어 화면 속에서 벨이 울린다. 줄리엣은 문 앞에 선 남편의 친구 마크를 보고 놀라 인사를 한다. 거실에서 피터가 누구냐고 소리 지른다. 그러는 동안 문 앞에서 마크가 말없이 웃으며 줄리엣을 향해, 스케치북을 들고 천천히 한 장씩 넘긴다. 짝사랑을 고백하는 중이다. 루디가 감질난다는 듯 우스꽝스럽게 오금을 떤다.

스케치북에 그려진, 해골같이 바싹 늙어버린 몰골을 보고 줄리엣은 풉, 웃음을 터뜨린다. 그렇게 될 때까지 사랑하겠다는 내용이다.

"왜 미인들은 하나같이 입이 클까?"

루디가 눈치 없이 분위기를 깬다. 하지만 마지막 자막이 끝나고 나면 또 말할 것이다.

"세상 뭐 있어? 천국을 옆에 두고."

네오는 눈을 감는다. 노크를 하고, 문을 열고 나온 나오키를 향해 떨리는 마음으로 스케치북을 펼쳐 보인다. 온몸에 정전기가 일 듯 짜릿한 감각과 더불어 가슴이 묵직하게 미어진다.

'나의 헛된 마음 가득 차도록 나오키 당신을 사랑할 거예요. 당신이 이 세상에 없다 해도……'

모든 로맨스가 부자의 특권이 아니듯이 모든 고백 역시 사랑을 찾은 이의 특권이 아니다. 아마도 고백은 인간의 사랑이 닿는 가장 두렵고 연약한 곳에 있는, 부서지기 쉬운 유리 종 같을 것이다. 예쁜 소리를 내고 울릴지, 바닥으로 팽개쳐져 깨져버릴지 누구도 알지 못한다. 그러므로 고백을 주고받는 데도 예의가 있다면, 그것은 바로 인간에 대한 예의를 레드카펫처럼 깔고 난 후라야 할 것이다. 아니면 한 영혼에 대한 예의라도.

오늘 나오키에게 가서 무슨 말을 해야 할까. 어쩌면 진지함이라고는 털끝만큼도 가지고 싶지 않았던 네오에게 인생의 첫번째 고백이 될지도 모르겠다.

네오의 전화기가 울린다. 토마스 신부다. 역시도 오늘도 그는 바쁘다. 네오가 전화를 끊고 피크닉 가방을 챙긴다.

"먼저 가래요. 마치는 대로 오신답니다."

"그럴 줄 알았어. 하루도 신부님을 편하게 보내주신 적이 없지."

다들 피크닉 바구니를 하나씩 챙겨든다.

"나오키가 눈이 빠지게 기다리고 있겠다."

"날씨 한번 더럽게 화창하네. 오늘은 나오키가 만든 오믈렛이 먹고 싶어."

나나가 킬킬거리다 결국 눈물을 훔쳐낸다.

"미친년, 그렇게 좋은 곳이면 같이 가지."

가끔 나오키가 생각난다. 길을 걸을 때, 하늘을 볼 때, 바람이 불 때, 해가 뜰 때, 해가 질 때, 눈을 뜰 때, 눈을 감을 때…… 신은 결코 한 인간이 홀로 서기를 원하지 않는 것일까. 그렇지 않다면야 왜 자신이 만든 피조물인 인간에게 신 같은 전지전능한 힘을 주지 않았을까 말이다.

P와 헤어지긴 했지만 돈 자체는 악이 아니듯 사랑 자체는 어떤 이유에서든 선이다. 그 사랑이 어떤 종착점에 도착했는

지에 상관없이. 그 사랑의 일생이 끝났다 해도. 인간은 추악하지만 인생은 아름답다고 누가 말했던가. 나쁜 아버지도 아버지여서인지, 그런 아버지마저도 그리워진다고, 너를 보내는 마지막 피크닉 파티가 될 거라고 나오키에게 고백할 수 있을까.

네오는 머릿속에 떠오르는 이름들을 불러본다. 미카, 사라, 쥬디, 나타샤, 마리, 애니카, 나오키. 그들은 네오에게만은 싯다르타와 다르지 않다. 낯선 나라에서 어떻게 소통해야 할지 모를 때, 감옥에서 이십 년 만에 나온 죄수처럼 세상을 더듬을 때, 그의 손을 처음 잡아준 것은 옆집 소녀 미카였다. 7학년 시절 짝사랑했던 친구 대니얼의 누나, 사라. 또 그의 성징을 깨워준 나타샤. 그리고 욕조에서 모욕당함으로써 또 다른 수치스런 세상도 알게 해준 초록 지붕 집의 마녀와 F컵 가슴으로 안아준 9학년 담임 쥬디, 대학 시절의 여자 친구였던 치어리더 마리, 졸업 파티의 프롬 퀸이었던 애니카까지…… 세상의 모든 여인들은 네오의 교과서요, 백과사전의 한 페이지들이다. 그들의 눈빛, 그들의 손짓, 그들이 한 말, 그것들이 네오 안에서 발효하여 네오의 비늘을 만들고, 네오의 가죽을 만들고, 네오의 날개를 키우고, 네오의 심장을 튼튼하게 했다. 또 세상 파도에 네오의 마음이 오조 오억 개로 쪼개져도, 오조 오억 오천만 개의 빛만큼 밝게 나오키가 네오를 비추고 있을 것이다.

얼마 전 P의 소식을 들었다. 정확하게 말하면 그녀의 이혼 소식이다. P의 남편은 같은 병원의 산부인과 의사와, 그녀는 열 살 어린 가수와 각각 스캔들이 있었다. 돈 많은 변호사를 고용하여, 진흙탕 싸움을 피하고 비교적 아름다운 이별이라 할 만한 연출을 할 수 있었다. 그럼에도 누군가 왜 헤어졌느냐고 물으면 그녀는 조용히 눈을 내리깔고 말했다.

"우리 사랑이 끝났다는 사실을 인정할 수밖에 없었어요. 사랑은 영원하지 않다는 사실을 체험한 거죠. 역시 경험은 고귀한 재산입니다. 아픈 만큼 더 성숙해질 수밖에 없는 인생을 더 사랑하게 되었어요."

얼마 전, 네오는 토마스 신부에게 이곳을 나가겠다고 말했다. 세상으로부터 도망쳐 나와 토마스 신부의 등 뒤에 숨어 살았다. 넓은 세상이 두렵지 않은 것은 아니다. 알고 보면 세상 역시 게스트하우스나 마찬가지다. 누구든 이 땅의 두려움 많은 손님일 뿐. 그렇게 생각하면 단순하고 명쾌하고, 두려움도 무뎌진다. 조금 울타리가 큰 집이라고 생각하기로 했다. 이런 변화의 시발점이 나오키다. 사람을 변하게 하는 것, 그것이 사랑의 마지막 지점이 아닐까. 차의 라디오에서 브루노 마스의 감미로운 목소리가 흘러나온다.

When I Was Your Man…… Mmm, too young, too dumb to realize…… 내가 네 남자였을 때…… 난 너무 어리고, 너

무 바보 같아 깨닫지 못했어. 너의 손을 잡아줬어야 했다는 걸, 너에게 꽃을 사줬어야 했다는 걸⋯⋯ 내 시간을 너에게 쏟았어야 했어. 그럴 기회가 있었을 때 말이야.

아주 가는 실 한 가닥

희미하던 빛이 점점 더 환해지는 것 같다. 청록의 바다 위로 열을 걸어낸 서늘한 빛이 떨어진다. 먼 기억을 위로하듯 물비늘이 부드럽게 그녀의 몸을 어루만진다. 수면을 통과한 빛은 오로라처럼 산란하여 깊고 푸르게 퍼진다. 그녀는 매끈한 지느러미를 늘어뜨리고 꿈을 꾸듯 유영한다. 이제 무엇으로도 될 수 있고, 또 어디로든 갈 수 있다. 바다거북이 되어 사랑을 나눌 수도 있고, 새끼를 낳을 수도 있고, 세상에서 가장 큰 고래상어가 되어 대양을 횡단할 수도 있다.

　작업실 문을 연다. 뻑뻑한 손잡이가 힘겹게 몸을 뒤틀며 신

---

* 이 글은 상명대에서 열린 입양아 프로젝트 전시를 참조했습니다.

음 소리를 낸다. 문 안으로 빛이 들어가자 어둠 속에 고였던 먼지들이 기지개를 켜듯 날아오른다. 모든 것이 그대로다. 8인용 식탁 넓이의 긴 작업대가 빈 작업실 한가운데에 주인처럼 기다리고 있다. 나는 셔츠 주머니에서 담배를 꺼낸다. 신병 훈련소에서 배운 담배는 오르락내리락하는 마음을 바닥까지 내려놓는다. 정면 선반 위에 작업용 램프인 토치와 갖가지 유리봉들이 놓여 있고, 맞은편 벽에 서냉 가마와, 샌딩 기계, 그리고 유리물이 녹아 있는 용해로가 있다. 작업 도구들은 어떤 것은 작고 섬세하고, 또 어떤 것은 투박하고 육중하다. 용해로 속의 유리물과 색색의 유리봉과 유리 가루들은 어떤 형상을 갖추게 해줄 손길을 기다리며 어둠을 견디고 있다.

그녀가 창조하는 세상에 대해 처음으로 호기심을 가졌던 때가 있었다. 어린 나는 새로운 것을 탄생시키는 비밀의 공간처럼 은밀하고 압도적인 그 느낌이 좋았다. 유리물의 거부할 수 없는 매혹의 색깔과 변화무쌍한 성질에 이끌렸다.

"이것 봐, 색색의 유리는 온도에 따라 색깔이 달라져."

"카멜레온처럼요?"

"그래. 제 자신을 보호하려는 건가 봐."

그녀는 말했다.

밤이면 불빛이 새어 나오는 문틈으로 그녀가 일하는 모습을 훔쳐보았다. 어떤 불행도 그녀의 인생에 끼어들 수 없을 만큼 조용하고 고요한 평온의 순간이었다. 정작 가까이 가면 뜨거운 열기가 스머들었고, 그녀의 은발 아래 땀방울이 송골송골 맺혀 있었다. 나는 그녀가 느끼는 뜨거움의 정체를 몰랐다.

내화 장갑을 끼고 용해로 뚜껑을 연다. 뜨거운 김이 얼굴로 솟구친다. 용암처럼 달아오른 유리 용액이 형광색으로 빛난다. 열기 때문에 용해로 속에 발을 담그고 있는 것 같다. 유리액의 뜨거운 열기가 서서히 몸을 타고 올라와 가슴마저 녹여낸다. 그녀는 1500도의 불 속에서 오렌지색 얼굴로 나를 본다. 그녀는 자신의 유해를 용해로 속에 뿌려달라고 했다. 용해로가 무엇인지 병원 사람들은 몰랐다. 나는 그녀의 뜻이 무얼까 생각했다. 산이나 바다, 강이나 나무 아래, 또 넓은 세상을 마다하고 왜 이 뜨거운 불구덩이 속을 원했는지 모를 일이었다.

그녀는 생의 절반 이상을 이곳에서 보냈다. 그래서였을까. 그녀의 인생에서 이 용해로는 꺼지지 않는 뜨거운 심장 같은 것이었다. 내가 알고 있는 한 용해로는 꺼진 적이 없었다. 수백 년, 수천 년 동안 이어져왔던 약속이나 맹세처럼. 그 일이 있기 전까지. 그 후 요양원으로 들어갔던 그녀는 용해로의 불을 껐다. 힘차게 뛰던 심장이 멈춘 것처럼 뜨겁고 끈적끈적한 용액은 거짓말처럼 차고 딱딱하게 굳었다. 그녀의 심장 역시 2년 후 그렇게 될 거라는 걸 그때는 짐작하지 못했다. 1500도의 뜨거운 유리물은 그녀의 식지 않은 뼛가루를 주홍빛으로 물들이며 감싸 안았다. 그녀가 얻은 자유, 그것은 영원한 안식의 다른 이름이었다.

용해로에 다시 불을 붙이고, 작업대 위에 소품을 만드는 데 쓰는 토치와 유리봉을 올려놓는다. 유리봉 위의 먼지를 걷어내자 제 색깔을 찾은 유리가 투명하게 숨을 쉰다. 토치에 불을 붙이자 쉭쉭 소리를 내며 불꽃이 뿜어져 나온다. 가장자리 푸른 불꽃이 그 끝을 날름거린다. 섬뜩하게 찬기를 뿜는 파란색 유리봉 끝을 불꽃에 갖다 댄다. 얼음처럼 투명하고 딱딱한 유리는 맹렬히 타오르는 토치 불 속에서 뜨겁게 달구어져 붉은 몸이 되어 녹아내린다. 주홍빛으로 흘러내리는 유리물은 그녀의 눈물처럼 뜨겁고 투명하다.

작업대 위의 유리 접시에 타액이 말라붙은 꽁초 몇 개가 남아 있다. 그녀가 마지막으로 피운 담배일 것이다. 그때로부터 많은 시간이 흘렀다. 제를 지내는 것처럼 꽁초에 불을 붙인다. 빨갛게 불이 붙는가 하더니 금세 희미한 빛이 되어 사라진다. 오랜 시간을 견디느라 축적되어온 공기의 냄새와 꽁초의 냄새, 거기서조차 그녀의 온기를 느낄 수 있다. 그녀를 처음 만난 날, 지옥의 불구덩이 속에서도 놓지 않을 듯 내 손을 꼭 잡았던 온기를 지금도 기억한다. 내게 가족을 만들어준 그녀.

이제 나는 다시 혼자가 되었다. 바람 부는 사막 한가운데서, 남은 종족을 찾아 헤매는 최후의 외계인이 된 것 같다. 희미하지만, 잊었다고 생각했던 외로움, 불안감, 기다림, 무서움, 내가 그녀를 만나기 전 겪었던 나쁜 꿈들이 똑같이 반복되는 것 같다.

어릴 적 그녀에 대한 첫 기억은 굉음과 함께다. 당시 내게는 가족이 많았다. 시설의 모든 어른이 아버지, 삼촌이었으며, 어머니였고, 이모, 고모였다. 형과 누나도 많았고, 동생들은 해마다 늘어났다. 주변이 재개발 공사장이어서 굉음은 수시로 났다. 그때마다 우리는 귀를 막았다. 첫 공포가 지나간 후 그 일은 늘상 일어나는 일이었고, 누구에게나 특별한 일이 아니게 되었다. 어느 날 또 손님이 찾아왔다. 손님은 자주 왔지만 두 번 오지는 않았다. 손님은 늘 우리를 옆에 앉히고 우리를 인형처럼 쓰다듬고 안아주는 등 친절했다. 올 때마다 라면 박스와 쓰레기 같은 옷들을 들고 와 사진을 찍었다. 다음에 또 오겠다고 약속했고, 그리고 영원히 떠났다.

그날은 달랐다. 낯선 어른들에 둘러싸인 내가 두리번거리며 고깔 과자를 먹고 있을 때 큰 폭발음이 났다. 귀가 얼얼할 정도의 큰 소리였다. 여느 때보다 더 큰 굉음이라 잠시 넋이 나갔었는지도 모른다. 내가 귀를 막기도 전에 나를 안아 올린 사람이 그녀였다. 순식간에 옆에 있던 나를 끌어안고 내 귀를 그녀의 가슴에다 대었고, 다른 한쪽은 손으로 막아주었다. 차갑고 거친 손이었지만 당시에는 따뜻하게 느껴졌다. 나는 그녀의 눈을 올려다보았다.

"많이 놀랐지? 이제 괜찮아."

걱정하며 내려다보는 눈이 있었다.

작업실 창고 2층에는 통유리로 벽을 만든 전시실이 있다. 유리 의자, 투명한 이파리가 무성한 나무, 굴뚝이 있는 무지개 집 등 그녀의 작품이 전시되어 있다. 그녀의 유리 작품에는 마치 혼이 들어 있는 것 같다. 집이라면 집의 영혼, 물고기에는 물고기의 영혼, 그리고 나무의 영혼과 의자의 영혼이 모두 그 안에 있는 것 같다. 그녀는 당신의 모든 것을 쏟아붓듯 유리 작업을 했다.

유리 조각을 만지면 열기가 느껴졌다. 이미 식어버린 차가운 유리질이 아니라 그녀의 손길이 남아 있었다. 나는 그녀 옆에서 그녀가 하는 작업을 보며 자랐다. 어쩌면 나는 그때 그녀에게 천사라는 프레임을 씌워 그녀가 절대 나를 배반하지 않기를, 나를 버리는 일이 없기를 바랐는지도 모른다. 그때는 세상의 모든 불행에 타당한 이유가 있는 게 아니라는 것을 몰랐다. 그리고 그 파편이 생각보다 멀리, 더 오래 퍼져간다는 것도.

"이제 이건 제가 할게요."

내가 자라 힘이 생겨 그녀의 작업을 도와줄 수 있었을 때 무척이나 뿌듯했다. 가공하지 않은 육중한 유리 큐브를 들여와야 하는 일도 여자 혼자서 하기 힘든 작업이다. 작품이 크면 클수록 유리의 무게는 엄청나다. 작품을 옮기는 데도 가끔 천장에 설치한 도르래를 이용한다.

"오른쪽으로 조금만 더, 그래, 그래."

"아니, 앞으로 조금 더. 이제 됐다. 네 덕분에 빨리 끝낼 수 있을 것 같네."

그때마다 나는 그녀의 보호자처럼 행동했다. 작업실에 오는 수강생과 봉사 프로그램의 일환으로 오게 된, 내 또래 학생들에 대한 질투심을 숨기지 않았다.

그 아이, 조슈아를 처음 알게 된 것도 그녀의 작업실에서였다. 그녀가 운영하던 유리 공방은 수강생이 끊이지 않았다. 마지막 수강 시간에는 아이의 이름을 새긴 핸드폰 고리나 열쇠고리를 만들었다. 그녀는 매주 토요일마다 무료 강의를 진행하고 있었다. 재능 기부 프로그램으로 고아들과 해외 입양아들을 참여시키기 시작했다.

당시 유행처럼 입양아들의 가족 찾기 프로그램이 방송에 자주 나왔다. 그 아이 역시 방송국에서 주최하는 입양아 프로젝트의 일원으로 전시회를 준비하고 있었고, 아이들은 각자 자기들이 원하는 방식으로 전시에 참여했다. 회화 작품도 있었고, 판화도 있었고, 종이접기나 다양한 미술 활동이 포함된 전시였다. 그 아이는 그녀의 유리 공방에 다른 몇 명의 아이들과 함께 왔다. 그녀와 함께 램프 워크를 실습했고, 그 결과물을 전시했다. 그때 그 아이는 나와 마찬가지로 고등학교를 졸업하고 대학 입학을 앞두고 있었다. 그 아이는 전시회가 끝나고 프로젝트가 끝날 때까지 함께 온 학생들과도 잘 어울리지 않고 외톨이로 남아 있었다.

그녀는 그 아이들에게 필요 이상으로 친절했고 임시 보호자처럼 행동했다. 아이들은 그녀를 잘 따랐다. 그녀의 손에서 만들어져 나오는 것들을 보고 그들은 어린 시절 내가 그랬던 것처럼 감탄했고, 경이로운 눈으로 바라보았다. 작업을 위해 유리 막대를 어설프게 잡고 있던 아이들의 손을 그녀가 잡았을 때, 나는 토치 불꽃처럼 맹렬한 질투를 느꼈다. 그녀는 그 아이들에 대해 다른 수강생들과 다르게 특별한 애정을 가지고 있었다. 어느덧 내 자리를 그 아이들이 차지하기 시작했다고 느꼈다. 그들이 돌아간 후에도 가끔 연락이 왔다. 그 아이, 조슈아도 그중 하나였다면 그런 일은 생기지 않았을 것이다.

땀이 비 오듯 쏟아진다. 작업실의 열기는 점점 더해지고 이마의 땀이 한쪽 눈을 찌른다. 색색으로 태어난 유리는 그 열기를 견디기 위해 주홍색의 몸이 된다. 뜨거운 열기에 땀이 쉴 새 없이 흘러내린다. 왼손에 잡고 있던 내열 철사를 유리봉 아래 갖다 댄다. 그사이 파란 유리 끝이 주홍색으로 변하여 엿물처럼 주르르 흘러내린다. 핀트를 벗어난 유리물이 철사에 감기지 못하고 바닥에 떨어진다. 유리물은 치이익 소리를 내며 가벼운 연기와 함께 차갑게 굳는다. 다시 내열 철사를 유리봉 아래 갖다 댄다. 흘러내리는 유리물을 철사에 돌려 감는다. 동그랗게 말린 유리물이 굳기 전에, 그 끝을 집게로 잡아당겨 납작하게 만든다. 철사에 감긴 유리가 식어 파란 제 색깔을 드러내면 철사를 서냉 가마의 재 속에 꽂아놓는다. 그녀의 몸을 갑옷처럼 감쌀 비늘이 될 것이다.

노란색 유리 막대를 다시 램프에 녹인다. 발그레해진 얼굴에 손등을 갖다 댄다. 이마에 내롱내롱 매달린 땀방울이 끓는 유리물처럼 뜨겁다. 불꽃 속에서 유리는 점점 더 오렌지빛으로 물들어간다. 갑자기 빠지직 톡톡 소리를 내며 유리 막대 끝이 깨어져 나간다. 파편이 튄다. 셔츠를 재빨리 집어들어 유리 파편이 튄 팔뚝을 문지른다. 불안정하게 식은 유리는 언제나 균열을 가져온다. 외부의 이질적인 상황에서 스스로의 스트레스를 이기지 못해 금이 가고 튕겨져 나간다. 그녀가 그랬듯이.

대학에 입학한 후 얼마 되지 않아, 그녀는 작업실에 앉아 차를 마시다 문득 내 얼굴을 바라보았다. 고해성사 때처럼 차분해진 그녀의 얼굴을 조금은 긴장되게 바라보았다. 방학이 끝나고 입양아들이 남기고 간 흔적들을 만지작거리던 그녀는 말했다. 이제는 어떤 벌도 용기 있게 받아들일 수 있다는 듯.

"열여섯 살이 되도록 지방 소읍에서 외할머니 손에서 자란 여자아이가 있었어."

어쩌면 자신의 무거운 짐을 내게 나누어주어도 괜찮다고 생각했는지도 모른다. 그 말을 하는 그녀의 손끝이 떨렸다.

서울로 전학 간 첫날, 그녀는 같은 반 여자아이에게 끌려가 화장실에서 호되게 신고식을 치렀다. 양동이의 물을 뒤집어 썼고, 화장실에 갇혀 5교시 수업을 듣지 못했다. 말로만 듣던 도시 학교의 따돌림을 처음으로 경험했다. 뉴스에서만 듣던 일이 실제로 자신에게 일어나리라고 생각하지 못했다. 지방 소읍에도 7공주파가 있었다. 또래보다 성숙하고 놀기 좋아하는 아이들이 동기들과 선생님들을 놀리고 골탕 먹이는 일은 있었지만, 경찰이 다녀갈 만한 일은 일어나지 않았다. 서울은 달랐다.

전학 후 6개월 동안 아이들은 그녀 가까이 오지 않았다. 그녀 역시 그 무서운 아이들과 친해지기 위한 어떤 행동도 하지 않았다. 그때의 고독은 한 남자아이로 인해 구제되었다. 성대 수술을 하여, 여자 목소리를 가진 남자아이였다. 이미 놀림에는 이골이 난 듯 남자아이는 당당했고, 무신경한 것처럼도 보였다. 그녀는 그 남자아이와 유일하게 친구가 되었다. 날아오는 돌을 막아주는 것도 그 아이였고, 아이들이 숨긴 노트를 찾아주는 것도 그 아이였다.

봄비가 오는 날, 아이들에게 옷이 찢기고, 흠씬 맞아 피투

성이가 되어 추위에 떨고 있는 그녀를, 그 아이가 일으켜 세
워주었을 때, 그녀는 더 이상 살 의지도, 희망도 없었다. 다만
따뜻한 그 애의 품속에서 영원히 빠져나오고 싶지 않았다. 돌
이킬 수 없도록 나빠지고 싶었고, 삐뚤어지고 싶었고, 자신을
보호하지 못하는 엄마와 선생과 학교와 세상에 항의하고 싶
었다. 그녀는 그 아이를 놓아주지 않았다.

생리가 멈추었을 때가 되어서야 자신에게 무슨 일이 생겼
는지 깨달았나. 죽기 전 생의 단 하부를 되돌릴 수 있다면 그
녀는 아마 그날을 떠올릴지도 모르겠다. 그 후 그녀는 학교에
가지 않은 날들이 많아졌고, 오래전 엄마가 입었던 낡은 코르
셋을 옷장 속에서 찾아 입었다. 모처럼의 휴일, 함께 목욕 가
자는 엄마의 말을 못 들은 척하는 딸을, 엄마는 그저 사춘기
의 반항이라고 생각했다.

지독한 통증이 찾아오자 그녀는 겁이 났다. 한밤이 되어 엄
마에게 전화했다. 야근 중이던 엄마가 달려왔다. 엄마는 눈앞
의 사태를 알아차리고, 수십 군데 전화를 해보고서야 그녀를
어느 병원으로 데리고 갔다. 그녀가 병원에서 깨어났을 때 세
상은 아무것도 변한 게 없었다. 다음 학기부터 그녀는 정상적
으로 학교에 다니기 시작했다.

"그땐 세상이 무섭지 않았다. 그냥 나를 지켜주지 못하는
세상에 복수하는 심정으로 독한 마음을 품었거든."

나는 그 이야기를 듣고 그녀를 안아주었다. 무척이나 힘들

었을 그날의 이야기를 내게 해준 것에 대해 오히려 감사하기까지 했다. 내가 그녀에게 더 중요한 사람이 된 것 같았다. 트라우마가 되살아난 것인지 부쩍 몸이 약해진 그녀는 그 후 악몽을 꾸기 시작했다.

"꿈에서 벌레를 보았어. 벌레는 도로 위에 떨어져 있어. 뜨거운 볕에 눈을 뜨기 힘든 여름이었는데 바닥에 애벌레들이 떨어져 있는 거야. 보도에도, 도로에도. 연둣빛으로 갓 부화한 애벌레가 나뭇잎에서 떨어져 내리는데 난 꼼짝할 수가 없어. 자동차 지붕 위에 떨어져 있기도 하고, 차가 쌩쌩 지나가는 도로 한복판에 떨어지기도 하는 거야. 그 꼬물거리는 움직임에 난 한 발자국도 움직이지 못했어."

또 어느 날 그녀는 말했다.

"조그맣고 하얀 아이들이 강물로 뛰어드는 밤이 계속되는데, 꿈은 조금씩 변해. 아이들은 하나같이 눈 코 입이 없고 형상이 지워진 반투명한 생물체로 있다가, 나중에는 손도 발도 점점 더 뭉개지는 거야. 그러다 결국 연기처럼 사라지거나 강물로 몸을 던져."

그게 끝이 아니었다. 그녀는 그 형상에 집착하기 시작했다. 눈 코 입 없는 아이들을 만들기 시작했고, 2층 전시장과 공방 여기저기에 기분 나쁜 형상들을 늘어놓았다. 오히려 전보다 더 작업에 매달렸다. 모든 것을 비워내듯이 작업을 끝낸 그녀는 언제나 탈진했다. 그때 내 눈에 비친 그녀의 모습은 그녀가 만들어놓은 작품만큼이나 섬세하고 예민해 보였다.

지금 와서 고백하자면, 아마도 그 일을 알게 되었을 때부터 나도 모르게, 벼랑 끝으로 걸어가고 있는 그녀를 조금씩 밀어내고 있었는지도 모른다. 얼마 후 그녀와 함께 만든 나의 첫 번째 유리 작품이었던 종 모빌은 그 여름 태풍에 바닥에 떨어져 깨졌다. 그 무렵 무기력증에 시달리던 그녀가 바닥에 주저앉아 그 부서진 파편을 하나씩 조심스럽게 주워 담고 있을 때 나는 그것을 빼앗듯이 쓸어 담아 쓰레기통 안으로 넣었다. 그녀의 창백한 얼굴에 고통스러운 주름이 번졌지만, 감히 내 행동을 제지하지는 못했다. 거기서 끝났어야 했다. 그리고 그 일이 일어났다.

조슈아, 그 아이가 남긴 것은 노트 한 권과 한국에서 입양아 프로젝트에 참여했던 작품이 담긴 다큐멘터리가 전부다. 입양아들이 만든 작품과 입양된 사연, 그리고 입양될 무렵의 사진을 함께 전시하는 전시 프로젝트 영상이었다. 앵커리지의 한 대학생의 죽음은 뉴스에서 다루어지면서 일파만파로 퍼져나갔다.

내가 9개월일 때 나를 입양한 부모는 그 후 두 명의 자식을 당신들의 몸에서 얻을 수 있었습니다. 두 사람은 화목하지 못했고, 경제적으로 어려움도 많았습니다. 두 사람이 이혼하면서 나는 일찍 독립할 수밖에 없었고, 중고등학교 시절 줄곧 기숙사에서 생활했습니다. 외로우면 한국 드라마를 보고, BTS의 노래를 들었습니다. 눈 덮인 산하가 한 달 동안 계속되었습니다. 백색공포였습니다. 알래스카의 남부라고는 해도 겨울은 너무 춥습니다. 영하 20도의 날씨는 너무 싸늘해서 한국의 봄이 그리웠습니다. 운이 좋게 한국에 갈 수는 있었지만 얻은 것은 아무것도 없었습니다. JUNG. 이것이 내 진짜 성이라는 것 말고는 아무것도 아는 것이 없습니다. 나는 어떻게 여기 왔을까요? 어두운 밤, 아기의 탯줄을 자른 손이 베이비 박스의 문을 열고 힘껏 줄을 당겼는지도 모릅니다. 딸랑거리는 소리에 누군가 달려왔겠지요. 누구도 반기지 않는 소포가 되어 세상의 밑바닥에 던져졌습니다. 그 차갑고 딱딱한 느낌이 등에 배긴 듯, 늘 등이 가렵고 아팠습니다. 나는 누군가를 사랑하는 게 두렵습니다. 사랑했다 지우고 사랑했다 다시 지우는 과정은 제가 태어나기를 부정하는 마음과 같습니다. 작품을 완성했다 부수고 완성했다 부수는 것이 나의 작품 과정이었습니다. 부서진 완성품에 남은 흔적, 그것이 나의 정체성입니다.

이것은 전시 노트에서 발견된 것이었다. 그 아이가 세 번이나 한국에 왔었다는 사실은 그가 죽고 나서야 알았다. 세 번의 시도 후 스스로 미궁으로 자신을 유폐시키고 세상으로 난 모든 문을 닫아 걸었다. 11층 난간에서 눈이 얼어붙은 길과 그 위에 펼쳐진 하늘을 그 아이는 바라보았다. 어린 자신을 감싸고 있었던 유일한 물건, 가로세로 50센티의 하얀 면 손수건을 대각선으로 접어 자신의 눈을 가렸다. 그의 마지막이었다. 그 일로 인해 그 아이가 출연한 입양아 프로젝트 다큐멘터리가 재방송되기도 했다. 바로 얼마 전 그녀의 작업실 창고에서 본 DVD가 그것이다.

그녀는 그 뉴스를 보면서 눈을 감았다. 그녀의 몸은 그때, 이미 금이 가 있었다. 나는 알지 못했다. 그것이 화살이 되어 그녀의 가슴에 주홍글씨를 새기게 될 줄은. 이제 그녀는 떠났다. 인생이 쳐놓은 거미줄 같은 망 속에서 결국 마지막 숨마저 놓고서야 그녀는 이 지상의 유형지에서 풀려날 수 있었다. 그녀가 갖고 싶었던 자유는 결국 그렇게 왔다.

파란색 유리가 타들어가면서 불규칙한 소리를 낸다. 눈물 뒤의 딸꾹질처럼. 맹렬히 타오르는 램프 불 속에서 유리는 뜨겁게 달구어져 녹아내린다. 유리는 세상을 뜨겁게 응시하는 그녀의 눈이 될 수도 있고, 그녀의 몸을 갑옷처럼 감쌀 비늘이 될 수도 있다. 어떤 충격에도 부서지지 않을, 단단하고 튼튼하게 보호해줄 갑옷. 내가 그 갑옷이 될 수도 있었다. 나는 그녀를 외면했다. 나는 이미 한 번 깨진 적이 있었고, 깨진 마음은 날카로운 뼈가 되어 가까운 누군가를 또 찌르고 말았다. 희미하게 냄새가 난다. 불꽃에 유리가 닿으면서 나는 냄새,

20년 가까이 맡아온 냄새, 바로 그녀의 냄새다. 무언가가 연소되면서 일으키는 냄새. 그녀의 연소 과정은 참으로 더디고 더뎠다.

얼마 전 처음으로 작업실 창고 문을 열어보았다. 창고에는 갖가지 재료들이 쌓여 있었다. 자주색 벨벳으로 씌워놓은 미완성 유리 조각도 거기 있었다. 타원형 유리는 샌딩 작업하기 전이라 투명한 푸른 몸뚱이로 비스듬히 누워 있었다. 옆에 있는 낡고 색이 바랜 스케치북을 펼쳤을 때 무언가가 발등으로 떨어졌다. 누렇게 변한 신문에 싸인 DVD였다. 그것은 조슈아의 죽음에 대한 기사가 실린 신문과 입양아 프로젝트가 담긴 다큐멘터리였다.

조슈아의 뉴스가 나온 다음 날 그녀는 뜬눈으로 밤을 샌 듯 초췌해진 얼굴로 내게 물었다.

"너는 열여섯 살의 여자아이가 병원으로 실려 간 후 무슨 일이 있었는지 왜 물어보지 않니?"

내 대답을 꼭 듣고야 말겠다는 듯이 내 눈을 보았다.

"좋지 않은 일은 알고 싶지 않아요. 어떻게 되었든지 해피엔딩은 아니잖아요. 그리고 그 사실이 바뀌는 것도 아니고요."

나는 귀를 막고 싶었다.

"그래. 그때 나는 그 아이를 버렸어. 그게 내 어머니가 눈물로 바랐던 거였고. 하지만 내가 미성년이라는 사실도 내 죄책감을 덜어주진 못했어."

그녀의 삶이 침몰해가는 배의 마지막 조난신호처럼 깜박거릴 때, 그때 나는 그녀의 손을 잡지 않았다. 얼마 후 나는 그녀로부터 도망쳤다.

휴가를 나왔을 때에도 그녀는 유리 작업을 계속하고 있었다. 유리를 녹이는 것 말고는 어떤 일도 자기를 용서하지 못한다는 듯 뜨겁게 땀을 흘리며 유리를 녹이고 당신의 몸을 녹이고 당신의 뼛속까지 녹여냈다. 그녀를 괴롭히는 기억까지 모두 녹여버릴 듯 뜨거운 불구덩이의 작업실에서 나오시 않았다. 그녀가 가고 없는 지금, 그녀가 그랬던 것처럼 나 역시 언제부턴가 이 작업실에서 지내는 것이 편해졌다. 고해성사를 하듯 땀을 한바탕 쏟아내고 나면 샘물처럼 마음속에 고이는 것이 있다. 어쩌면 그녀가 원했던 것도 이것이었을까.

복학하기 위해 집에 머물던 어느 날이었다. 한밤중 작업실에서 비명 소리가 들려왔다. 허겁지겁 작업실 안으로 들어서자 토치의 불꽃과 작업대 앞에 선 그녀의 등이 보였다. 돌아서는 그녀의 손가락 사이에서 주홍색 유리물이 흘러내리고 있었다. 그녀의 맨손이 끓는 유리물을 무방비하게 받아내고 있었다. 그녀는 통증으로 눈을 부릅뜨고 유리물을 움켜쥔 손을 내게 내밀었다. 그녀의 손에서 흘러내린 뜨거운 유리물은 그녀의 발등으로 떨어지고 있었다. 술 냄새가 훅 끼쳤다.

"잠이 안 와 한잔했어. 그런데 이게 왜 내 마음처럼 안 되는 거지?"

냉장고의 물통을 통째로 그녀의 손에 들이부었다.

얼마 후, 손끝에서 팔꿈치 아래까지 붕대로 싼 그녀는 돌아누워 병실 창밖을 바라보고 있었다. 그녀의 눈이 검은 창에 비쳤다.

"누군가 바다 반대편에서 헤매고 있었어. 내가 아무리 소리쳐 불러도 그 아이는 절대로 돌아보지 않아. 내 속이 터져서 죽어버리기를 바라는 것처럼. 난 울음을 터뜨렸지. 그러면 그 아이는 서서히 몸을 돌려. 그런데 얼굴이 보일 때가 되면 펑, 풍선이 터지듯 꿈에서 깨어나. 난 그 아이의 얼굴을 절대로 볼 수 없을 거야. 죽기 전에는."

그 후 그녀의 일과는 단순해졌다. 날마다 작업장은 비어 있었고, 수강생들도 모두 떠나갔다. 그녀가 만든 유리 공예는 더 이상 볼 수 없었다. 공예점에서 주문이 들어올 때마다 다른 사람을 소개했고, 만들다 만 작품들은 용해로 속에서 다시 유리물이 되었다. 병원에서 받아온 불면증 약을 먹는 횟수가 늘면서 상대적으로 몸무게는 줄고 있었다.

잠시 회복이 된 그녀가 다시 작업을 한 적도 있었다. 유리 가루를 녹이고 용해로의 유리물을 틀에 붓고, 유리봉을 녹였다. 면죄부처럼 유리를 녹이고 다시 굳히는 작업을 수도 없이 반복했다.

"이 뜨거운 것이 밀려오면 말이다. 새로 태어나는 느낌이야. 머리부터 발끝까지 탈색시키고 피를 바꿔주는 느낌."

하지만 그녀는 유리물을 꺼내놓고선 다 식어가도록 멍하니 서 있기도 하고, 유리물이 토치 위에 떨어지는데도 알아채지 못했다. 그러는 동안 그녀의 몸은 화상 자국으로 얼룩졌고, 손가락은 섬세한 작업을 할 수 없을 정도로 망가졌다. 그런데도 그녀는 뜨거운 유리물과 씨름하는 작업을 거부하지 못했다.

"밤마다 죽음의 신에게 안기는 꿈을 꿔. 상대는 남자였다가 아이였다가 마침내 해골로 변해."

그녀는 무섭다고 했다. 의사는 다른 병원을 소개해주었다. 그 후 그녀는 더 이상 싸워보지도 못하고 기권패한 것처럼 요양원으로 숨어들었다. 용해로의 불이 꺼졌다는 것을 안 것은 한참 후의 일이다.

창고 문을 연다. 갖가지 재료들과 미완성작들이 있던 창고다. 그동안 빛이 들어가본 적이 없는 그곳을 처음 열어본 것은 한 달 전이다. 병원에서 연락이 왔고, 나는 오랜 여행에 지쳐 돌아와 있었다. 그녀가 요양원으로 들어간 후에야 나는 졸업장을 찾으러 학과 사무실로 갔다. 학기가 시작해서 활기를 띠고 있었지만 나와는 다른 세상의 일 같았다. 앵커리지로 가는 비행기 표를 끊었고, 그곳에서 다시 페어뱅크스로 가서 오로라를 보았다. 어떤 것도 마음을 움직이지는 못했다.

창고 속에는 자주색 벨벳으로 씌워놓은 조각물이 어둠 속에 숨죽이고 있다. 형체도 드러나지 않은 미완성 작품이다. 요양원에서 본 그녀의 모습이 떠올랐다. 그곳은 몸도 마음도 깨진 사람들, 파편으로밖에 남지 않은 사람들, 세상에 내어놓아도 깨진 컵처럼 아무것도 담아내지 못하는 사람들이 모이는 곳이었다.

군대에서 총기 사고로 죽은 동료를 본 적이 있다. 함께 밥을 먹고 함께 피엑스에서 사온 냉동 치킨과 컵라면과 과자를 먹었다. 그날 그가 먹은 것은 고구마 스틱과 치킨이었다. 그의 배 안에서 나온 것은 소화되지 못한 튀김옷과 닭고기 찌꺼기들이었다. 그녀의 내부에 있는 것은 그보다 더 참혹할 것이었다.

환자복을 입고 있는 사람들은 표정 없는 웃음을 입에 걸고 있었다. 휴게실 벽에는 그들이 그린 꽃과 콜라주, 데칼코마니 같은 작품들이 붙어 있었다. 그 아래 조혜미, 김은지, 이남희 같은 이름이 초등학교 입학생의 글씨처럼 연필로 삐뚤빼뚤 쓰여 있었다. 미술 시간, 노래 시간, 요리 시간, 토론 시간, 운동하는 시간 등이 정해져 있었다. 주어진 시간에 맞춰 일어나고, 함께 밥을 먹고, 규칙대로 놀이를 하고 그림을 그렸다. 세상으로부터 완벽하게 숨을 수 있는 공간이었다. 그들은 창을 내다보지 않았다. 그들의 몸과 마음을 산산조각 내버린 세상을 두려워했다. 그녀의 얼굴은 순도 백의 맑은 빛을 간직하고 있었다. 세상의 것 모두를 잊은 후에야 그녀는 다시 웃음을 찾았다.

나를 보자 그녀의 웃음이 사라졌다. 언제 잃어버릴지 모르는 진귀한 것을 보는 듯 슬픔과 불안의 눈빛으로 나를 바라보았다. 텔레비전 뉴스에서는 난민들 소식을 전하고 있었다. 난파선에 아슬아슬하게 매달린 사람들, 대사관 창살을 기어 올라가는 사람들, 들어가려는 자들과 막는 자들의 소식. 그리고 입양특례법이 생긴 후부터는 베이비 박스에 아이들이 더 늘었다는 뉴스. 뉴스에서 흘러나오는 아기 울음소리에 그녀의 초점 없는 눈이 잠시 흔들렸다. 나의 유일한 가족, 병원에서 본 그녀의 눈은 투명한 구슬처럼 아무것도 담고 있지 않았다. 나는 발그레해진 그녀의 얼굴에 손등을 갖다 댔다. 손등 위로 축축한 것이 흘러내렸다. 추락한 새의 찢어진 날개를 보는 듯 안타까웠다.

어느 날 그녀는 나른한 햇살이 들어오는 병실에서 비눗방울 놀이를 하고 있었다. 그녀는 내게 앉으라는 눈짓만 하고 곧 비눗방울 놀이에 빠져들었다. 스프링을 동그랗게 구부려 놓은 막대에다 후우 입술을 내밀었다. 엷은 막이 동그라미에서 떨어져 나와 방울을 만들었다. 햇볕에 반짝이는 오색 풍선들이 병실 안을 가볍게, 가볍게 떠다녔다. 허공에서 무지갯빛을 그리던 비눗방울들은 짧은 순간 아름답게 빛났다. 그러곤 하나둘씩 소리도 없이 터지며 사라졌다. 그때마다 아주 잠깐 그녀는 슬픈 얼굴을 했고, 또다시 비눗방울을 불었다.

병원에서 마지막으로 본 그녀는 물 밖에 팽개쳐진 물고기처럼 힘들게 들숨과 날숨을 내뱉고 있었다. 그녀의 힘없이 벌려진 동공은 모래바람을 쏘인 유리처럼 탁했다. 꿈에서 본 물고기가 생각났다. 지느러미와 눈이 없는 물고기, 아니 지느러미와 동공이 모두 도려져 나가고 몸통만 남은 물고기였다. 투명하다 못해 여리고, 여리다 못해 불안정해 보이는 물고기가 어디로도 가지 못한 채 하얀 육각형의 큐브 속에 갇혀 있었다.

나른한 햇살이 들어오는 병실에서 그녀는 고개를 돌려 창밖을 바라보았다. 아이 하나가 분수대 앞을 아장아장 걷고 있었다. 약의 부작용 때문인지 그녀는 눈에 띄게 말라 있었다. 생선 가시를 발라놓은 것처럼 앙상하고, 보이는 곳마다 뼈가 도도록하니 튀어나와 있었다.

텔레비전에서는 피라냐 떼 같은 사람들의 악의적인 댓글로 인해 자살한 연예인의 소식이 나오고 있었다. 잠시 앉아 있는 것도 지치는 것인지 이내 그녀는 침대에 몸을 눕혔다. 블라인드 사이로 햇살이 가늘고 날렵하게 새어 들어오고 있었다. 그녀의 몸에 블라인드의 가로 줄무늬가 나란히 새겨졌다. 그물코 안에 갇힌 물고기 같기도 하고, 쇠창살에 자신을 가둔 수사 같기도 했다. 그녀는 이미 굳어버린 유리처럼 미동도 없이 블라인드 쪽으로 고개를 돌리고 있었다. 살아 있음을 알리는 건 거친 숨소리뿐이었다. 창백한 얼굴빛 때문이었을까, 흰색 벽에 반사된 환한 빛 때문이었을까, 그녀의 몸이 투명해서 안이 훤히 들여다보일 것 같았다. 불안정하게 식은 유리처럼 금방이라도 깨져버릴 것 같아 '파손주의'라고 써 붙여야 할 것 같았다.

병원으로부터 전화를 받은 것은 그 이듬해 크리스마스 무렵이었다. 그녀는 욕조 속에서 발견되었다. 그녀 옆에는 입양 기관으로 보냈다가 반송된 편지가 여러 통 남아 있었다. 그녀를 처음 발견한 사람은 담당 간호사 중 한 명이었다. 얼굴이 평온했다는 것 밀고는 아무것도 그곳에서 말해수는 것은 없었다. 나는 마지막 날의 그물코 속에 갇힌 그녀의 모습을 떠올렸다. 그녀의 유언대로 뼛가루는 1500도의 뜨거운 유리물이 되었다.

창고 속에 있던 신문 기사와 함께 다큐멘터리를 본 것은 얼마 전이다. 파란 눈의 커다란 덩치들 사이에 얌전히 끼어 있던 동양인 학생은 자신의 SNS에 사진을 올린 지 일주일도 되지 않은 크리스마스 무렵 눈밭에서 얼어붙은 채 발견되었다. 그 이야기는 누구의 관심도 끌지 못한 채 잊히다 같은 학교 학생의 제보로 뉴스로 보도되었다. 인터뷰에 나온 남자는 그 아이와 같은 동급생으로 한국인 유학생이었다.

다큐멘터리에는 당시 입양아 프로젝트 전시 내용이 하나씩 카메라에 담겼다. 유독 카메라가 오래 머무는 곳이 있었고, 클로즈업 화면이 잡혔을 때 나는 그녀가 그랬던 것과 똑같은 자세로 얼굴을 손으로 감싸고 한동안 오열하며 일어날 수 없었다. 나는 'M'이라고 적힌 화면 속 붉은 글자 위에 손을 갖다 얹었다.

바다를 세 번 건넜다.

그렇게 해서 내가 얻은 건

M을 찾을 수 없다는 말

손가락을 깨물어 혈서를 쓰듯, 한 글자 한 글자 빨간 잉크로 그린 글씨였다. 글은 투명한 아크릴 액자로 마감되어 있었다. 카메라는 서서히 이동하여, 펼쳐진 노트 위에 머물렀다. 글자를 처음 배우는 아이가 쓰는, 큼직한 칸이 그려진 노트에 적힌 빼곡한 말들. 어머니, 아버지, 아기, 엄마, 바다, 비행기, 미국, 입양, 개새끼, 쓰레기……

글씨 연습을 하듯 열 번 스무 번 반복해서 쓰인 단어들. 나는 끝에서부터 천천히 읽기 시작했다. 쓰레기쓰레기쓰레기개새끼개새끼개새끼개끼엄마엄마엄마엄마어머니어머니아버지아버지아버지아버지아기아기아기아기아가바다바다바다아메리카아메리카아메리카알래스카알래스카비행기비행기비행기비행기어머니어머니어머니어머니. 화면은 그 상태로 오래 머물렀다. 그 아이의 마지막 흔적. 삐뚜름한 글씨 하나하나가 부러진 뼈처럼 뾰족하게 솟구쳐 누군가를 찌를 것처럼 날카롭다가도 어느새 풀이 죽어 내려앉은 형상이었다. 스무 살의 모퉁이에서 끊어진 가느다란 실 한 가닥은 버린 칼날이 되어 있었다. 무릎 사이에 머리를 파묻고 한동안 고개를 들 수 없었다. 그때 아주 오래전, 내 귀를 막아주던 손이 떠올랐다.

그동안 다른 세상을 떠돌았고, 이곳으로 돌아오지 않기 위해 도망 다녔다. 다른 곳에서 비를 맞고 있을 때 누군가 내게 우산을 씌워주었고, 누군가는 말도 안 통하는 나를 위해 자신이 가던 길의 반대편으로 나를 인도하기도 했다. 낡은 호텔의 식당에서 무심코 태워버린 식빵을 먹고 있을 때, 내게서 그 검게 탄 식빵을 단호하게 빼앗아버리던 이국의 노파. 그 노파는 고개를 저으며 온전한 식빵이 있는 쪽을 손으로 가리켜 주었다. 어쩌면 또 다른 누군가가 내민 손이었을지도 모를 그 실 한 가닥을 잡고 이 세상을 살아왔다.

가끔 오렌지색으로 달아오르는 불구덩이 속에서 헤엄치는 그녀를 본다. 어느새 그녀의 얼굴은 내 얼굴이 된다. 얼마 전 그녀와 함께 바다를 헤엄치는 꿈을 꾸었다. 어쩌면 이곳으로 돌아오게 된 이유인지도 모른다. 그녀의 마음속 수평선, 그것은 나의 꿈이기도 하다. 지금도 연약하면서도 아름답고, 아름 다우면서도 깨지기 쉬운 유리 조각들을 보고 있으면 그녀가 떠오른다. 아름답지만 동시에 너무 연약하니 함부로 만져서는 안 된다는 다짐과 함께 내 손을 잡고 이 문을 열었다.

이제 그녀를 쉬게 해줄 시간이다. 날이 어두워지면서부터 다시 빗방울이 듣기 시작한다. 빗방울이 굵어지기 시작하자 빗소리에 귀가 먹먹하다. 용해로 뚜껑을 열자 후끈한 기운이 얼굴을 덮는다. 조심스럽게 퍼 올린 유연한 몸을 성형 틀 안에 채운다. 그녀는 몸을 뒤치며 틀 안으로 조용히 떨어진다. 그녀는 표면장력 때문에 부드럽게 융기된 몸을 갖고 있다.

그 안에 어떤 불순물이나 기포가 생기지 않도록 서냉 가마 안에 그녀를 조심스럽게 눕히고 허리를 편다. 바다를 건너는 그녀의 모습을 그려본다. 주홍빛의 유리물은 고열에 녹아내려 그녀의 눈이 되고, 비늘이 되고, 지느러미가 될 것이다. 뜨거운 바다를 건너가는 그녀의 모습이 보인다.

서랍에서 드릴을 꺼낸다. 서냉 가마에서 꺼낸 그녀의 몸은 아주 단단하다. 연마용 드릴이 단단한 그녀의 가슴을 파고들어 나의 흔적을 새긴다. 유리 위에서 드릴은 금방이라도 미끄러져 손끝을 찌를 것 같다. 드릴 끝이 아가미를 지나 왼손의 검지 끝을 스친다. 불같이 뜨거운 감각이 등뼈를 훑고 지나간다. 손가락 끝을 입에 문다. 그녀가 지어준 내 이름이 피로 새겨진다. 이제 나는 그녀의 품에서 어디로도 도망가지 못할 것이다. 극도의 피로감이 덮친다. 탁자 위에 엎드려 눈을 감는다.

바다의 꿈은 화려하다. 청록의 바다 위로 열을 걷어낸 서늘한 빛이 떨어진다. 먼 기억을 위로하듯 물비늘이 부드럽게 그녀의 몸을 어루만진다. 수면을 통과한 빛은 오로라처럼 산란하여 깊고 푸르게 퍼진다. 그녀는 매끈한 지느러미를 늘어뜨리고 꿈을 꾸듯 유영한다. 이제 무엇으로도 될 수 있고, 또 어디로든 갈 수 있다. 바다거북이 되어 사랑을 나눌 수도 있고, 새끼를 낳을 수도 있고, 세상에서 가장 큰 고래상어가 되어 대양을 횡단할 수도 있다.

날카로운 섬광이 눈을 찌른다. 작업대에 엎드린 채 눈을 뜬다. 작업내가 비어 있다. 어리둥절해 있는 사이 여명이 창으로 비쳐든다. 바닥에 흩어진 유리 파편을 발견하고 피가 모두 빠져나가는 것 같다. 그녀의 지느러미, 그녀의 눈, 그녀의 갑옷 같은 비늘이 모두 바닥에 흩어져 있다. 바닥에 무릎을 꿇고 머리를 감싼다. 끝내 용서받지 못했다는 절망감으로 고개를 들 수 없다. 이마가 차가운 바닥에 가닿는다. 얼얼한 냉기가 이마를 뚫고 들어와 온몸을 마비시킨다.

갑자기 눈이 뜨거워진다. 주황색으로 어른거리는 어떤 것이 눈두덩을 자극한다. 눈을 들어 작업실을 둘러본다. 빛의 조각들이 현란한 무늬로 작업실을 수놓는다. 파편으로 빛나는 그녀의 몸. 빛 무더기는 깨진 파편의 면면에서 방사형으로 뻗어 나간다. 빛 속에서 다시 살아난 그녀가 나를 둘러싼다.

웨이
이
테
이
하
안

누군가의 손이었다. 뜨겁고 축축한 손. 안개 속에서 불쑥 나타난 손이 발목을 움켜쥐고 놓아주지 않았다. 나를, 컴컴한 어둠 속으로 끌어내리려는 안간힘이 느껴지던 손, 그 손은 곧 힘없이 내 발목에서 떨어져 나갔다. 나는 목소리가 되지 못한 마른 비명을 질렀고, 그 신음에 놀라 눈을 떴다. 축축한 이불을 걷으며 땀에 젖은 손을 닦았다. 미열이 남아 있던 차가운 손의 기억. 아마도 그들을 오래 기억하지 않았었는지도 모른다. 차가 시야에서 사라질 때까지 손을 흔들던 탐과 홍, 그리고 내 무릎을 껴안고 볼을 비비던 까만 포도 알 같은 눈의 아이.

---

* 작품 속 탐의 이야기는 실제 사연을 차용했음을 밝힙니다.

새벽의 푸르스름한 기운이 지평선 너머로 스며든다. 학생들은 아직 일어나지 않았다. 어제 일정이 많이 피곤했을 것이다. 나 역시 온몸이 욱신거린다. 낮에 북베트남군 게릴라의 지하 요새인 구찌 터널 체험을 하고 온 터였다. 가로 50센티미터, 세로 80센티미터의 입구로 몸을 쑤셔 넣고 좁은 터널을 오리걸음으로 통과해야 했다. 그곳에 다녀온 후 아이들은 온몸이 뻐근하다고 저녁 내내 투덜댔다. 풀로 위장한 함정과 그 안에 뾰족 솟아 있는 창들을 보고 아이들은 비명을 질렀다. 바닥에서 돌출한 창들이 하늘을 향해 솟아 있었다. 날카로운 창 27개가 네 줄, 혹은 다섯 줄씩 나란히 줄지어 거꾸로 박혀 있어 함정에 빠지는 순간 그 창들이 순식간에 사람의 몸을 관통할 것이었다.

대안학교 답사 프로그램을 통해 역사 체험을 많이 해본 아이들이지만 접하기 쉬운 장소는 아니었을 것이다. 자신이 태어나기도 전에 벌어진 상황이지만 게임이 아닌 진짜 전쟁의 꼬리라도 잡아본 느낌이었을까. 어떤 아이는 토했고, 어떤 아이는 재밌어 했고, 또 어떤 아이는 누구에게인지도 모를 분노를 표했다. 나 역시 먼 이국의 시골 한구석에 한국군에 대한 증오의 표지가 있다는 사실을 알았을 때 비슷한 충격을 받았다.

그날의 나 같은 아이가 또 있었다. 종석은 무슨 일인지 그 자리에 주저앉아 토하듯 앞으로 고꾸라졌다. '노브레인'이 부른 리메이크 곡을 노래방 18번으로 정해놓고, 혀 짧은 소리로 홍얼거리던 녀석이었다. 월남에서 돌아온 새까만 김 상사! 후렴구를 반복하며 노브레인 코스프레를 하던 녀석. 캘리포니아에서 살다 한국에 들어온 지 얼마 되지 않은 아이다. 서울에서 학교를 다니다 이곳으로 옮겨온 것이 작년 가을이다. 구찌 터널에 도착하기 전, 다들 종석의 노래에 맞춰 제창을 했다. 그랬던 아이가 구덩이 앞에서 쓰러진 후 식은땀을 흘리며 차 안으로 기다시피 들어가 나오지 않았다.

올해 해외 체험이 베트남으로 결정되었을 때 아이들은 사료 조사 과정에서 구찌 터널과 따이한 증오비가 있는 곳 중한 마을을 코스에 넣었다. 증오비에 대해서는 수요 집회에 참석하면서 알게 된 사실이지만, 실감하는 것 같지는 않았다.

"내일은 탐 할머니 댁에 가는 거죠?"

저녁을 먹고 숙소로 들어가기 전 문경이 물었다. 아이들은 대답을 기다렸지만 나는 무거운 마음이 입까지 막아버린 듯 뭐라고 해야 할지 몰라 가슴이 치받쳐왔다. 5년 동안 나는 무엇을 했던가. 그들과 했던 약속은 어떻게 되었던가.

*

5년 전 나비기금 전달을 위해 베트남에 왔다가 그곳을 방문한 적이 있다. 시민단체 '민중'의 명예기자 자격으로였다. 유럽으로 출장 파견되는 동료들을 보면서 부러워했다. '아,

이 더위에 베트남이라니.' 그때 '민중'의 기자이자, 베트남 본부장이었던 최 선배가 휴가를 떠났다. 하필 최 선배가 나를 지목하고 간 것이다. '정말 엿 먹으라는 소리인가' 하여 한동안 최 선배에 대한 원망이 가시지 않았다. 아내의 출산을 앞둔 상황이라 신경이 바짝 곤두서 있었다.

"거긴 다음에 가면 안 돼?"

동갑내기 국장에게 시비를 걸었다. 나 역시 정직원은 아니었으므로 버틸 수도 있는 일이었다.

"갔다 와. 또 언제 갈 거야?"

"왜 꼭 내가 가야 해? 나중에 최 선배에게 맡겨도 되잖아."

"한번쯤 가보고 싶지 않아? 자네에게는 더 특별한 경험이 될지도 모르는데."

국장의 말에 나는 뜨끔했다. 술김에 내가 실수로 말했던가? 이제는 잊혀져가는 일에 또다시 휘말릴 것 같은 예감이 좋지 않았다.

"이번 호에 기사하고 사진이 같이 나가야 하니까 고생 좀 해줘. 지난번 사진은 반사광 때문에 비석의 글씨가 안 보인다고 피드백이 왔잖아. 그런 사진을 신문에 실을 수는 없잖아. 이번 기금 전달식에 참석하고, 거기 들러 사진만 몇 장 더 찍어 와."

내가 망설이자 그는 말했다.

"지난번 찍은 사진은 비석에 새긴 글이 제대로 보이지 않

아. 그리고 천도재는 날마다 하는 게 아냐. 그러니 이번엔 꼭 갔다 와. 부탁해."

그해는 위안부 할머니 두 분, 길 할머니와 심 할머니가 전쟁 피해 여성을 위한 나비기금의 전달자로 함께 가기로 되어 있었다. 하지만 심 할머니는 갑자기 수술을 받느라 여행에 동참하지 못했다. 나와 함께 가게 된 길 할머니는 나비기금을 만든 장본인이다. 베트남 전쟁으로 피해 입은 여성들의 사연을 알게 된 후 그녀의 제안으로 만들게 된 기금이라 더 설레어 했다.

"우리는 많이 살았습니다. 못 볼 꼴도 많이 보고 살았지만, 그래도 살아 있으니 이런 일도 해봅니다."

그녀는 웃음을 지었다. 당시 스무 살 안팎의 소녀였다는 것이 상상이 되지 않았다. 하지만 누구나 그런 때가 있었을 것이다. 떠나기 전날 광화문 행사에서 여자 가수들이 노래를 부르자 길 할머니는 쓸쓸한 미소를 머금은 눈길로 그들을 바라보았다.

"나도 저런 때가 있었을까요?"

다음 날, 태어나서 처음으로 비행기를 탔다는 길 할머니는 말했다.

"많이 보려면 많이 살 일이라더니 정말 이런 데도 와봅니다."

우리가 도착한 첫날은 특별한 점심이 기다리고 있었다. 기금 수혜자 중 한 명인 탐 할머니가 기금 전달을 위해 방문한 우리들에게 특별한 점심을 대접하겠다고 집으로 오라고 한 것이다. '민중' 측에서는 극구 사양하는 의사를 밝혔지만 탐의 고집은 꺾을 수가 없었다.

우리는 차를 타고 마을을 지나고 들판을 달렸다. 우기여서 습도가 높아 후덥지근했지만 산야는 낯설지 않았다. 비포장 도로를 달리는 차는 크고 작은 구덩이를 지나면서 우리 일행의 엉덩이를 방앗공이로 만들었다. 먼지 뽀얀 흙길을 달리다 보니 앞에 한 남자가 다리를 절며 걷고 있었다. 한쪽 팔은 하릴없이 덜렁거렸다. 더없이 평화로워 보이는 시골 마을에서 벌어졌을 일들을 상상하기는 어려웠다.

자연은 그대로였다. 햇살은 따사로웠고 봄에 새로 순을 틔웠을 연둣빛 잎사귀는 눈부셨다. 가끔씩 들리는 낯선 새소리와 익숙한 개울물 소리가 조화롭게 하늘과 땅 사이를 가득 채우고 있었다. 자연은 인간이 파괴한 것을 복구하는 데 오랜 세월을 필요로 하지 않는 것 같았다.

나는 국장이 준 당시 자료를 훑어보았다. 내가 태어나기도 전의 일이라 무관심했고, 아버지가 살아 있을 때 전우랍시고 찾아오는 친구들이 모두 술꾼들이어서 몹시 진저리쳤던 기억이 있을 뿐이었다. 계집애처럼 곱상하게 생겼다고 나를 놀리던 꼰대들. 특히 김 중사로 불리던 아버지의 친구는 수염 난 얼굴을 심술궂게 내 볼에 비벼댔다. 나는 그들의 술 냄새가 싫었고, 심장에 털이 났을 것 같은 동물적인 무신경함이 싫었다. 그들에게 트라우마 같은 것이 있을 리 없다고 생각했다.

그때는 아버지가 읽어주던 시도 지겨웠다. 아버지의 학교 후배였다는 시인이 베트남에 다녀와서 쓴 시를, 아버지는 살아 있을 때 즐겨 암송했고, 또 애창곡처럼 불렀다. 누군가 그 시에 곡을 붙여 노래로 만들었던 것이다. 수요 집회에서 그 시인을 본 적이 있다. 시 낭송 행사였다. 나는 행사 관계자로 그 시인과 의례직인 악수를 했지만 아버지 이야기를 써내지는 않았다.

탐 할머니 집에 도착했을 때, 머리가 하얗게 센 아주 작은 여자가 우리를 맞았다. 굽은 등을 감싸는 꽃무늬 블라우스에 주름치마를 입은 그녀가 탐이었다. 자신이 가진 옷 중에서 가장 좋은 옷인 듯, 노란색과 붉은색으로 염색된 옷은 화려했지만 가난은 가려지지 않았다. 앙상한 얼굴과 뼈만 도드라진 손, 적군의 여자라고 손가락질 받으며 살아왔을 휘어진 등이 유달리 눈에 들어왔다. 그녀는 그 작고 가녀린 손으로 마당 가득 잔칫상을 차려놓았다. 시골 한 달 살림을 거덜 내는 게 아닌가 싶을 정도로 많은 음식들이었다. 아무리 기금을 수혜하는 사람이라도 이 무리한 잔치는 의아스러운 것이었다. 탐의 친절에 대해서는 충분히 감사하며 우리는 우리대로 보조금으로 행사비를 충당하니 걱정하지 않아도 된다고 했지만 그녀의 간절한 눈빛은 우리를 놓아주지 않았다.

"꼭 그래야만 됩니까?"

통역사를 통해 듣지 않아도, 그 눈빛만으로도 얼마나 그녀가 바라는 일인지 알 수 있었다. 절체절명의 희망처럼 우리의 허락 아닌 허락을 기다리고 있어 영문도 모른 채 우리는 그녀의 바람을 승낙하고 말았다.

길 할머니와 탐 할머니는 처음 보는데도 누가 먼저랄 것도 없이 서로를 껴안고 두 팔을 놓지 않았다. 어떤 자리보다 숙연해지고 생각에 빠져드는 시간이었다. 통역사가 옆에 서 있었지만 두 사람 중 누구도 그를 필요로 하지 않았다. 듣지 않아도 알고, 보지 않아도 알았다. 듣는 것보다 더 많이 알고, 보는 것보다 더 잘 알고 있었기에 그들은 한참을 붙안고 상대방의 눈물을 훔쳤다. 살아 있는 것을 확인하고, 또 살아갈 남은 날을 위해 서로의 팔을, 등을 토닥거렸다.

그런데 기금 전달식을 끝내고 식사를 하는 동안 탐이 나를 보는 눈빛이 예사롭지 않았다. 마치 예전에 알던 사람, 호감을 가지고 있던 사람을 오랜만에 만난 것 같은 수줍고 내외하는 눈빛으로 나를 보았다. 눈을 마주칠 때마다 수줍게 웃으며 의미 있는 표정을 짓는데 마치 내게 무언가를 묻는 것 같았다. 처음 보는 타국의 할머니가 내게 짓는 그 표정. 그럴 리는 없겠지만, 불경스럽게 표현한다면 내게 어떤 방식으로든 관심을 끌려는 그 태도가 납득되지 않았다. 숨기고 싶어도 숨길 수 없는 게 사람 마음이라지만 외국에서 온 낯선 젊은 남자에게 추파를 던지는 듯한 미소가 내내 불편했음에도, 나만 느낄 수 있는 것이라 표현할 수 없었다.

식사가 끝나고 탐의 인터뷰가 시작되었다. 모두 다 숨을 죽이고 탐의 말을 들었다.

"전쟁이 시작될 무렵 한국군 막사에서 아르바이트를 했어요. 베트남 대학에서 공부하던 오빠 덕에 한국어를 조금 알아들었어요. 정작 오빠는 전쟁이 시작된 지 얼마 되지 않아 전사했어요. 철모만 돌아왔지요. 구멍 난 철모를 보고 어머니는 쓰러졌어요. 그때부터 내가 가족의 생계를 꾸리기 시작했어요."

탐은 그곳에서 킴을 알게 되었고 서로 사랑했다고 수줍게 말했다.

"그때는 적군과는 만나면 안 되는 상황이었지요. 한국군이 우리 같은 현지 여자와 사귀면 바로 출국당할 수도 있었지만, 우린 두렵지 않았어요."

언제 이별을 해야 할지도 모르는 상황에서의 사랑은 점점 더 단단한 결속력으로 변했고, 결국 닥쳐올지도 모른다고 생각했던 우울한 일이 실제로 일어났다. 킴이 다른 부대로 전속 발령이 났던 것이다. 명절이 다가오는 때였다. 그가 고국에 있는 부모님 선물을 사야 한다고 시내로 나가는 것을 보고서야 이별이 다가왔음을 실감했다. 그는 곧 그녀를 데리러 오겠다고, 전쟁이 끝나면 한국으로 함께 돌아가자고 했다.

"지금도 묻지요. 왜 그 사람이었을까요?"

그 말을 듣자 '킴'이란 흔하디흔한 성의 한국 남자를 정표처럼 가슴에 묻은, 아오자이 입은 또 다른 처녀가 눈에 아른거렸다. 얼마 전 어머니의 유품 가운데에서 찾아낸 여자 사진이었다. 정확히 말하면 아버지의 유품이었다. 아버지는 베트남에 다녀온 후 몇 장의 사진을 가지고 있었지만 돌아가실 때쯤에는 한 장도 남아 있지 않았다. 유일하게 남은 사진이었다. 그 사진 속 여자와 탐이 오버랩 되었다.

탐은 이야기를 끝내고 옆에 있는 젊은 여자의 등을 감싸 안았다. 호찌민대학교 한국어과에 다니는 막내 손녀 홍이라고, 자랑스러운 눈빛으로 우리들에게 소개했다. 홍의 반짝이는 눈매는 제 할머니를 닮았다. 하지만 우리들에게 호의적인 눈길을 보내지는 않았다.

홍은 자신이 태어나기도 전에 있었던 일에 대해서는 관심이 없다는 듯 행동했고, 가족들을 향한 약간의 경멸 또한 품고 있는 듯 보였다. 해답 없는 연민 끝에 도달한, 무기력한 탐에 대한 애증이었는지도 모른다.

탐은 기금 전달식이 끝나고 마당의 잔칫상이 물려질 때까지 내 주위를 맴돌았다. 발그레해진 소녀 같은 얼굴로 무언가를 물어보려 하다가는 뒤돌아서고, 다시 다가왔다 멀어져가는 일을 반복했다. 왜 준비했는지 이유도 불분명한 잔칫상의 음식들을 배부르게 먹고, 쉬고 있는 통역사를 불러 그녀 곁으로 갔다.

"혹시 내게 묻고 싶은 게 있나요?"

그녀는 한참을 머뭇거리다 되물었다.

"킴은 어떻게 살고 있나요?"

*

5년 전 내게 그렇게 물었던 탐의 얼굴은 사진 속에서 환하게 웃고 있다. 아내와 아이의 사진 뒤에 숨어 있는 또 다른 가족의 사진이다. 5년 동안 지갑 속에 그 사진을 넣고 다녔다. 탐의 가족사진이다. 그 안에는 아홉 명의 대가족이 옹기종기 서 있다. 사진 속의 가무잡잡한 얼굴들은 모두 웃고 있다.

"무얼 그렇게 열심히 보세요?"

문경이 호텔 문 앞에 나와 있는 나를 부른다.

"왜 벌써 일어났니?"

"잠이 안 와서요."

홈스쿨링을 하다 검정고시로 고등학교에 들어온 아이다. 수요 집회에 성실하게 나오지 않지만, 탐 할머니 이야기를 해 주었을 때는 안타깝고 답답하다고, 제 가슴을 두드렸다. 우리 할머니가 가끔 이렇게 가슴을 쳤는데 이제야 이해가 되네요, 라고 말했다.

나는 문경에게 사진을 보여준다. 문경은 손가락 끝으로 얼굴 하나하나를 더듬으며 오늘 일정이 변경된 것에 대해 아쉬워한다. 잠을 못 잤는지 다크서클이 내려앉아 있다. 자폐아처럼 유독 말을 안 하는 아이로 알려진 문경의 손목에서 페이즐리 손수건이 나풀거린다. 닭이 울기 시작한다. 아침부터 더위가 본격적으로 시작된다.

역시 아이들은 아이들이다. 어제의 기억은 모두 잊어버린 듯하다. 학생들은 잠을 깨자마자 차례로 식당으로 내려와 장난을 치며 조식을 순식간에 먹어치운다. 밖에 나와선지 더 먹성이 좋다. 호찌민 광장을 거쳐 시내 트래킹을 하는 내내 장난이 끊이질 않는다.

"월남에서 돌아온 새까만 김 상사……"

종석을 따라 습관처럼 흥얼거리며 아이들은 쌀 바게트로 만든 반미 샌드위치를 하나씩 들고 다시 버스에 오른다. 호찌민 묘지를 지키고 있는 경비병들은 관람 시간이 끝났는데도 정오가 다가오는 뙤약볕 아래 꼼짝 않고 서 있다. 버스는 씨클로들 사이를 복잡한 미로를 통과하듯 아슬아슬 피해가며 달린다.

버스는 강이 내려다보이는 언덕에서 멈춘다. 한적한 공원 아래로 강물이 흐른다. 숲으로 들어가 자리를 잡는다. 아이들은 커다란 나무 아래 자리를 펴고 앉아 배낭에서 노트북과 크로키 북을 꺼낸다. 며칠 동안 보고 들은 것, 인상적인 것을 기록할 것이다. 몇몇 아이들은 개울가 풀밭에, 또 몇몇은 바위 위에 앉아 그림을 그린다. 머리를 숙이고 있는 아이들은 무언 가를 쓰고 그리고, 또 생각하고, 어딘가 시선을 주었다 다시 쓰기를 반복한다. 종석은 평소답지 않게 개울의 바위에 앉아 무언가를 골똘히 생각한다. 엄지손가락을 아랫입술에 대고 있다. 겉으로는 활발한 척하는 아이지만 속에는 무엇이 들어 있는지 모른다. 억지로 아이들과 어울리려는 모습이 눈에 보 인다. 혼지 있을 때 표정은 평소와 다르다.

일찌감치 과제를 끝낸 반장은 숲에서 가지고 나온 것을 전 리품처럼 흔든다. 1미터 정도 되는 구부러진 나뭇가지다. 반 장은 그 나무를 정글을 헤칠 때 쓰는 낫처럼 휘두른다. 문경 은 베트남의 산야를 카메라에 담는다. 언덕 아래 강은 5월의 볕을 받으며 무심히 흐른다. 비늘 같은 빛은 생겼다 사라지고 또 다른 비늘을 만들어낸다. 강은 한때 피로 붉게 물들었을 것이다. 지금은 짙푸른 녹음 가득한 이곳 어디에서도 핏방울 의 흔적은 찾아볼 수 없다.

"그런데 우리가 가기로 했던 곳은 왜 못 가게 된 거예요?"

강의 물비늘을 내려다보고 있을 때 문경이 다가와 묻는다.

"탐 할머니도 심 할머니 곁으로 갔대."

문경은 그런 줄 짐작했다는 듯이 고개를 끄덕인다. 손수 건에 프린트된 페이즐리를 빨려 들어갈 듯 내려다보다 이마 를 찌푸린다. 대안학교에 온 후 첫번째 체험 학습이고, 무언가 특별한 것을 기대했을 것이다. 그 기대 중 하나가 탐 할머니를 만나는 것이었던 것 같다. 그런데 우리가 출발하기 며칠 전에야 탐의 소식을 들을 수 있었다. 국장과 최 선배는 일부러 내게 이야기해주지 않았다고 했다.

강가에 핀 키 큰 나무에는 손바닥만 한 하얀 꽃들이 피어 있다. 바람이 불자 하얀 아오자이 자락이 너풀거리는 것 같다. 무덤이라도 있었다면 아오자이 같은 하얀 꽃을 뿌려줄 수 있었을 것이다. 언덕 아래 강물은 무심히 제 갈 길을 간다.

"킴은 어떻게 살고 있나요?"

5년 전 탐은 내게 물었다. 그날 탐은 주머니 속에서 귀퉁이가 찢겨나간 사진 한 장을 주섬주섬 꺼내 보여주었다. 군복 입은 남자와 하얀 아오자이를 입고 있는 스무 살가량의 처녀가 나란히 해변에 앉아 찍은 사진이었다. 두 사람이 함께 카메라를 향해 포즈를 취한 게 틀림없는 사진이지만 남자의 얼굴은 군모에 가려 잘 보이지 않았다. 사진 속의 탐은 지금의 탐과 달랐다. 하얀 이를 드러내고 수줍게 웃는 아리땁고 어여쁜 남국의 처녀였다. 아버지의 유품이었을 사진 속 월남 여자를 잠시 떠올리다가 이내 머리를 저었다.

탐은 지금도 킴을 사랑하고 있는 듯 사진 속의 남자를 손으로 쓰다듬었다. 지문이 닳아 없어진 손이 젊고 창창한 군인의 얼굴을 지나갔다.

"언젠가 이 마을로 나를 찾아온 한국인 남자가 있었다고 해요. 분명 킴이 보낸 사람이었을 거예요. 난 손녀 출산을 돕느라 한 달 동안 집을 비웠어요. 그때 태어난 애가 바로 저 애예요."

탐은 홍이 안고 있는 아이를 가리켰다. 포도처럼 검은 눈을 한 네 살 정도 되어 보이는 남자아이였다.

"그때 나를 찾아온 남자가 당신이 아닌가요? 이웃이 말한 생김새기 당신과 같아요. 킴이 보낸 사람이 아닌가요?"

그제야 사태를 제대로 파악했다. 내가 왜 이런 환대를 받고 있는지, 왜 이런 진수성찬이 차려졌는지. 그것은 기금 때문이 아니었다. 잘못 배달된 남의 선물을 손에 쥔 것처럼 난감했다.

"혹시나 킴일지도 모른다는 생각에 한 달을 앓아누웠어요. 그 남자는 얼마나 실망한 채 돌아갔을까요. 당신이 혹시 그때 그 한국 남자가 아닌가요?"

"저는 여기 처음 왔습니다."

나는 그 말밖에 할 수 없었다.

탐은 믿을 수 없다는 얼굴로 웃으며 잠시 기다리라고 손짓하고는 무언가를 가지고 나왔다. 그것은 낡은 롤라이 카메라였다. 가난한 청년이 시장 딸을 롤라이 카메라로 훔쳐보던 장면이 떠올랐다. 킴이라는 남자도 이 카메라로 탐을 바라볼 때 그 청년과 같은 마음이었을까? 롤라이 카메라 속의 탐은 어떤 모습이었을까? 탐은 카메라가 혹여 고장날까 봐 한 번도 찍어보지도 못한 채로 그가 오면 돌려주리라 고이 간직하고 있었다. 카메라를 건네면서도 혹여 떨어뜨릴까 걱정스런 모습으로 나를 바라보았다. 그것이 자신에게 어떤 물건인지 알 테니 조심해서 다루어달라는 부탁 같은 것이었다. 그러나 그것은 작동이 안 되는 고장 난 카메라였다. 셔터도 말을 듣지 않고 수동 초점 장치도 요지부동이었다. 킴이라는 성만 있는, 이름도 가르쳐주지 않고 군모에 가려 보이지 않는 얼굴만 남긴 남자의 거짓 정표였다. 황학동 벼룩시장이나 골동품 상점에서 장식 목적으로나 팔릴 만한 것이었다. 하지만 그 카메라가 그녀의 손에 있을 때는 그것으로 완벽한 정표였다.

"정말 그가 보낸 사람이 아닌가요?"

꼭 듣고 싶은 대답이 나올 때까지 계속 물어볼 태세였다. 아니라고 해도 그녀는 믿지 않을 것이다. 그때 누군가 내 무릎을 끌어안았다. 좀 전 홍이 안아주던 아이였다.

아이는 우리가 마당에 들어설 때 누렁이를 껴안고 있었다. 그 아이는 낯선 방문객들이 신기했던지 동글동글한 눈에 장난기 가득한 웃음으로 우리가 무얼 하나 마당을 빙글빙글 돌며 구경하다 장난을 쳤다. 가지런히 벗어놓은 우리들의 신발 좌우를 바꿔놓고 달아나기도 하고, 내 목에 걸려 있는 카메라의 렌즈를 눈에 갖다 대기도 했다. 아이는 내가 누군지도 모르면서 자신의 손을 내밀어 내 손을 잡았고, 내 허벅지를 두

팔로 껴안았고, 내 팔을 두 손으로 잡아끌었다. 너는 나의 편이라는 확신이 선 우호의 표시요, 너는 나를 해치지 않을 것이라는 철썩 같은 믿음이 깔린 장난이었다. 조그만 손은 땀으로 꼽꼽하게 젖어 도마뱀 발바닥처럼 서늘하면서도 귀여웠다. 아이는 내 손가락 사이에 자신의 조그만 손가락을 끼우고 나를 보며 해맑게 웃었다. 나는 아이의 하얀 이를 보며 덩달아 웃었다.

마당에서 노는 세 몸집만 한 누렁이를 안고 낑낑거리며 섰던 아이. 그 누렁이의 등에 내 손을 올려놓던 아이. 그 아이는 지금 얼마나 컸을까? 탐이 기다리던 사람이, 킴이 보낸 사람이 정말 나였다면 얼마나 좋았을까. 그들은 아버지와 혹은 할아버지와 같은 피를 가졌다는 것만으로도 우리를 미워하지 못했다.

그때 홍이 다가왔다. 내 눈을 바라보았다. 느슨해지는 마음을 다잡기 위해 필사적으로 오므리는 꽃봉오리처럼 비장한 느낌이 있었다. 자연의 힘을 배반하려는 안간힘이 느껴졌지만 때가 되면 저절로 벌어지는 꽃잎처럼 그들의 마음은 숨길 수가 없었다.

"엄마와 한동네에서 자란 한은 아버지를 찾아 한국으로 갔대요. 그리고 거짓말처럼 정말 아버지를 찾았대요. 우리처럼 기다리고만 있지 않았어요. 라이따이한 직업학교에서 한국어를 배우고 기술을 배웠대요. 잡종이라는 경멸에도 아랑곳 않고 공부를 했대요. 공부를 잘하면 한국으로 보내준다는 말에 코피를 쏟으면서. 결국 그는 아버지의 나라에 갔어요. 그리고 돌아오지 않아요. 그곳에서 행복한 걸까요?"

"……"

"어쩌면 나도 그래서 한국어를 공부하는 걸까요? 나도 떠나면 돌아오지 않을까요?"

홍은 나쁜 기억을 떨치듯 고개를 저었다.

"얼마 전에 한국인 관광객을 만났어요. 내가 아르바이트하던 가게에 들어와 돈을 바꿔 갔어요. 메콩 강 투어를 하고 왔다던 그 사람은 초코파이와 라면을 사고는 길을 물어보고 고맙다고 팁을 주더군요. 베트남 사람같이 안 생겼다고, 혹시 한국인이냐고 내게 물었어요. 정말 한국인 같다고 하면서 사진을 찍었어요. 손님이 가고 난 후 거울을 봤어요. 정말 그럴까? 정말 한국인을 닮았나? 내가 할아버지를 닮았나? 금방이라도 할아버지가 나타날 것 같았어요."

홍은 나와 눈길이 마주치자 이내 고개를 돌렸다.

"친구들은 모두 날 비웃었어요. 멍청한 홍, 한국 사람들 다 그렇게 말해. 그러면 우리가 좋아할 줄 알고."

홍의 어깨에 손을 얹었다. 홍은 자신의 어깨에 올려놓은 내 손을 가만히 내렸다.

"나중에 알고 보니 그 남자가 준 것은 모두 가짜 돈이었어요."

홍이 내 눈을 바라보았다.

"하지만 지금은 달라요. 할아버지가 보고 싶어요. 한처럼 나도 할아버지를 찾고 싶어요. 한의 아버지는 호주로 이민 가 있었대요. 할아버지도 다른 나라에서 살고 있는지도 몰라요. 우리의 존재를 알기나 할까요? 가짜 돈을 받은 날 서럽고 분해서 하루 종일 울었어요. 적군의 피라고 놀려대는 것도 참을 수 있었는데 그날은 그렇게 되지가 않았어요. 나 자신이 원망스러웠죠. 할머니를 어리석고 미련하다고 미워했는데, 난 할머니보다 더 어리석었으니까요."

그때 일행 한 명이 사진을 찍는다고 사람들을 불러 모았다. 먼저 단체 기념사진을 찍었다. 길 할머니와 탐 할머니는 서로의 손을 꼭 잡고 카메라를 보았다. 사진 속의 나는 웃지 못했다. 탐과 딸, 그리고 사위, 첫째 손녀와 손녀사위, 손자와 손자며느리, 막내 손녀 홍과 그 조카인 꼬마, 아홉 명이 낡은 집을 배경으로 마당에 내려섰다. 둥글둥글하고, 편편하고, 가무잡잡하고, 서로 닮은 그들. 그들의 얼굴에서 징그럽도록 질긴 피와 강둑을 깎아내듯 도도하게 흐르는 시간을 읽을 수 있었다.

인간의 의지와 관계없이 흘러가는 시간은 복원과 재생의 제의를 충분히 담고 있었다. 탐 할머니는 평생 자식을 남편처럼 의지하며 홀로 가족을 일구어냈다. 한 알의 씨앗이 평원을 이루듯. 탐의 오른쪽에는 딸과 딸이 낳은 아이들과 그 아이들의 아이가 차례로 잘 자란 나무처럼 듬직하게 서 있었다. 혼란스러운 마음 가운데 알 수 없는 안도감이 들었다. 살아 있으니 누릴 수 있는 보답이었다. 나는 그들에게서 작은 웃음을 보았고, 그들의 긴 미래를 보았다.

길과 탐은 길게 포옹했다. 이국 만 리 떨어져 사는 자매들처럼 깊고 진한 포옹이어서 떼어놓기 힘들었다. 그들은 물기어린 눈으로 작별을 고했다. 이제 더는 만날 수 없을 거라는 사실을 누구도 말하지 않았다. 홍이 달려 나와 버스 가까이 다가왔다. 눈은 붉게 충혈되어 있었다. 그녀가 마지막이기나 한 듯이 나의 팔을 잡았다. 뜨거웠다.

"정말 우리 할아버지가 보낸 사람이 아닙니까?"

이제껏 나온 기금과 보조금이 모두 킴 할아버지가 보낸 것이며 이번에 할아버지가 보낸 사람이 직접 올 것이라고 탐 할머니가 말했다고 한다.

할아버지가 보낸 사람이 맞다고 대답하고 싶었다. 설사 그것이 거짓이었다 해도 그녀가 바라는 대답은 그것이었다.

홍의 뒤에 선 탐은 오히려 담담해 보였다. 거짓도 진실이라고 믿을 만한 힘이 있어 보였다. 아이는 제 몸피만 한 누렁이를 안고 멍하니 우리를 바라보았다. 떠들썩하게 모였다 썰물처럼 빠져나가는 사람들을 보며 아이는 무슨 생각을 했을까. 차가 골목을 빠져나갈 때에야 아이는 손을 힘차게 흔들었다.

그때 그들에게 말하지 않은 것이 있다. 내 아버지도 킴이라는 성을 가진 파월 노무자였다. 아버지는 태권도 교관이었다. 용감하게 싸우다 전사했다면 국가유공자 혜택을 받았을 것이다. 아버지는 베트남에서 군인과 장교들에게 태권도를 가르쳤고, 팔다리 육신 멀쩡하게 돌아왔다. 그런데 못 마시던 술을 배워온 것은 무엇 때문이었을까? 베트남에서 돌아온 후 서둘러 결혼했고, 결혼 후 알코올 의존증은 더 심해졌다. 내가 학교 들어갈 무렵쯤 되었을 것이다. 한겨울에 아버지는 술을 마시고 귀가하다 웅덩이에 미끄러져 정신을 잃었다. 다음 날 아침 동사 직전 구조되어, 두 다리 없이 휠체어에 의지한 채 긴 세월을 살았다. 아버지는 술을 마시면 '티우이 배'를 좋아했다는 월남 처녀를 찾았다. 후배의 시였다.

"티우이 배를 좋아하는 웨이 테이 하안이 산보하던 길에, 우린 철조망을 치고 지뢰를 묻었지……"

아버지는 오래전 심장 발작으로 더는 웨이 테이 하안을 찾지 못하게 되었다. 장례식에 온 아버지의 전우는 몇 되지 않았다. 나를 괴롭혔던 김 중사의 장례식에 다녀온 것이 아버지의 마지막 외출이었다. 김 중사는 며느리가 해주는 아침밥을 먹고 무심히 걸어 나갔다가 트럭에 부딪쳤다. 빗물에 피가 씻겨 내려가는 동안 신호등의 빨간불이 점멸되고 있었다고 했다.

어머니는 혼자가 된 후 아버지에 대한 이야기를 꺼낸 적이

거의 없다. 지난해 말기 암으로 세상과 이별했다. 어머니의 반닫이 서랍 속에서 발견한 건 아오자이 입은 여자의 사진이었다. 이국인이 틀림없어 보이는 여자 사진이 왜 어머니의 반닫이 속에 있었는지 모른다. 그때까지 어머니가 그것을 왜 가지고 있었는지도.

*

아직은 우기가 아니어서 날씨는 견딜 만하다. 스콜이 닥치면 사우나와 다름없다. 귀 뒤로 흐르는 땀을 닦으며 먼 강으로 눈길을 돌린다. 그날 끝내 울음을 터뜨린 사람은 홍이다. 탐은 여전히 내가 킴이 보낸 사람이라고 믿었다. 끝까지 내게 손을 흔들며 웃었다. 하지만 언제 다시 오냐고 묻지는 않았다. 사진 속 아이는 전쟁의 상흔이라고는 찾아볼 수 없는 맑은 눈으로 우리를 쳐다보고 있다. 사람은 그들을 버리고 갔지만 세월은 그들을 버리지 않았다.

흙탕물이 냇물을 모두 흐리게 할 수 없듯, 시내는 맑은 물소리를 내며 흐르고, 그 시냇물은 강물이 되어 도도하게 흐른다.

체험 여행을 떠나오기 전 아이들에게 탐 할머니 이야기를 해주었다. 아이들이 관심을 보인 것은 의외였다. 어쩌면 정규 과정에서 튕겨져 나온 아이들이어서인지도 모른다. 아이들은 탐과 홍과 꼬마를 보고 싶어 했다. 그러나 시간은 사람을 기다려주지 않았다. 그동안 많은 일이 있었다. 그 많은 일 중의 대부분은 이별과 관련된 일들이었고, 죽음은 더 이상 되돌릴 길 없는 이별이었다. 길 할머니와 베트남에 함께 가기로 했던 심 할머니는 수술 후유증으로 깨어나지 못했다.

아이들을 불러 모아 공원의 정자 아래 둘러앉는다. 문경은 크로키 북에 붉은 아오자이를 입고 농을 쓴 여자를 하얀 꽃이 핀 나무와 함께 그려놓았다. 어떤 아이는 어제 본 풍경을, 또 어떤 아이는 평화로운 초원과 강을 그렸다. 나는 미국의 반전 시위에서 죽은 대학생들에 대해 이야기하고 '티우이 배'와 '웨이 테이 하안'이 나오는 시를 읽어준다.

그 티우이 배(裵)를 좋아하던 월남 처녀/웨이 테이 하안이 산보를 하던 길에/우리는 철조망을 치고 지뢰를 묻었다 (……) 고 언제나 아가씨 뒤를 따라 쫄랑거리던/그 집 귀여운 개가 지뢰를 밟고 죽은 이튿날/티우이 배는 다시 하안을 볼 수 없었다……*

아이들은 왜 민간인이 다니는 길에 지뢰를 묻느냐고 묻는다. 철조망이 없는 나라는 없느냐고 묻고, 또 전쟁이 없었던

---

* 신세훈의 시 「베트남 엽서」 일부.

나라는 없는지 묻는다. 반장은 그것도 모르냐고 죽창으로 아이들 머리를 두더지 잡기 게임처럼 두드린다. 아이들이 장난치는 소리와 웃음소리가 허공에서 이명처럼 흩어진다.

도시락을 먹고 차에 탄 아이들 몇몇은 잠에 곯아떨어졌다.

"다음 코스는 해변 마을이지요?"

누군가 묻는다. 그 바닷가 마을은 탐 할머니의 고향이기도 하다. 마지막 날 코스에 넣으려고 하다 비가 온다고 하여 일정을 바꾸었다.

마을에 도착한 것은 해가 지기 직전 뜨거운 공기가 대지를 달구고 있을 때다. 어딘가 있다는 바다는 보이지 않는다. 대신 푸른 들판이 우리를 맞는다. 하늘로 치솟은 회색의 위령탑이 태양 아래 우뚝 솟아 있다. 다행히 증오비는 위령비로 바뀌어 있다. 몇 년 전, 전임 대통령이 베트남을 방문하여 비공식적이나마 사과를 했다고 하더니 다행이라면 다행이었다.

다른 관광객들도 옷차림으로 봐서는 한국인들 같다. 그들은 위령탑 주위에서 사진을 찍는다. 매미 소리를 들으며 아이들은 벽화에 새긴 그림 주변으로 몰려든다. 풀벌레 소리와 소의 울음소리가 들리는 녹색의 평화로운 풍경과는 다르게, 벽화 속에는 그날 벌어졌던 장면이 그대로 담겨 있다. 아이들과 여자들, 그리고 노인들의 이유 없는 죽음. 거기 남아 있던 탐의 사촌 역시 희생자였다는 사실은 나중에서야 알게 되었다. 누군가의 가족이며, 누군가의 친척이며, 누군가의 친구였던 사람들.

머리 위로 지옥 불처럼 뜨겁게 해가 내리쪼인다. 아이들은 말이 없다. 논에서 날아온 날벌레들이 아이들의 머리 위를 맴돌고, 집단 묘지 위의 잔디는 바람에 한들거린다. 자연에게는 짧게만 느껴지는 시간이 인간에게는 얼마나 긴 터널이었을까. 눈이 작은 베트남 안내자는 이곳이 천국이요, 하는 표정으로 한국 관광객들을 위해 기타를 치며 노래를 부른다. 평화를 기원하는 노래라고 어설픈 한국말로 설명까지 해준다. 까만 포도 알 같은 눈이다.

여학생들의 짧은 비명에 문경은 달려간다. 종석이 벽화 앞에서 뒷걸음질 치다 바위에 걸려 뒤로 나자빠진 것이다. 괜찮냐는 문경의 물음에 대답도 않고, 종석은 일어나 바지를 턴다. 뒤로 넘어지며 땅을 짚으려다 팔목을 삔 것인지 부축할 때마다 얼굴을 찌푸린다. 문경은 종석의 머리에 묻은 흙과 풀을 털어낸다. 팔꿈치를 따라 한줄기 피가 흘러내린다. 문경은 잠시 머뭇거리다 손목의 페이즐리 손수건을 풀어 종석의 상처 난 팔에 묶는다. 문경의 상처는 흉터로 남아 있다.

차 안은 조용하다. 아이들은 대부분 혼자만의 생각에 골똘히 잠겨 있다. 반장이 머리를 감싸 쥐던 손을 푼다. 난해한 미적분 문제를 앞에 둔 표정으로 중얼거린다.

"내가 좋아하는 친척 할아버지도 월남 갔다 왔다고 했는데……"

아이들은 내일이면 조금 잊을 것이다. 한국에 돌아갈 때쯤이면 다 잊을 것이다. 내가 그랬듯이.

5년 전 베트남에서 돌아오자마자 아이가 태어났고, 산후우울증으로 고생하는 아내를 따라 병원에 다녔고, 장인어른의 병실을 지켰고, 연이어 어머니의 상을 치렀다. 탐과 홍은 지난 신문 속 삽화처럼, 기억 속에서 서서히 지워지고 있었다. 간밤에 누군가 내게 손을 내밀었다. 내 발목을 잡은 손은 필사의 힘으로 내 발목을 잡고 올라오려는 손이었을지도 모른다.

지금쯤 홍은 어디서 무얼 하고 있을까. 또 그 포도 알 같은 눈을 가진 그 아이는 그때 일에 대해서 기억이나 할까.

월남에서 돌아온 새까만 김 상사…… 한 녀석이 습관처럼 노래를 흥얼거린다. 홍이 나지 않는지 슬그머니 노래의 꼬리가 사라진다. 반장이 녀석의 뒤통수를 친다.

탐이 기다렸던 '킴'과 '김 상사'는 얼마나 먼가. 흙길을 달리느라 심장이 돌로 빻는 것처럼 쿵덕거린다. 차의 뒤꽁무니로 뽀얀 먼지가 날린다. 종석은 페이즐리 손수건을 감은 팔꿈치를 창에 걸친 채 턱을 고이고 창밖을 바라본다. 문경은 팔을 창밖으로 내밀고 바람을 맞으려는 듯 손바닥을 편다. 바람이 문경의 손을 쓰다듬는다.

부에나비스타 탱고클럽

사내가 손을 내민다. 사내 뒤로 아프리카 대평원이 펼쳐지고 평원 너머 해가 지고 있다. 사내의 검고 굵은 입술 사이로 하얀 이가 반짝인다. 땀으로 번들거리는 피부는 콜타르처럼 검다. 사내의 실룩거리는 엉덩이에서 신성한 야성이 느껴진다. 힘줄이 불거져 나온 팔뚝과 검은 눈이 붉은 드레스를 입은 J를 향해 다가온다. 사내의 손바닥이 그녀의 아랫배를 스치고, 다리 사이로 허벅지가 부딪친다. 맞잡은 손과 손, 대칭을 이루는 어깨, 엇갈린 다리, 맞닿을 듯 밀착된 가슴. 이마에 땀이 맺히고, 호흡이 가빠진다. 시간이 지날수록 음악이 점점 더 빨라진다. 사내의 팔꿈치가 가슴의 붉은 레이스를 스칠 때마다, 사내의 배가 그녀의 배꼽에 닿을 때마다 심장이 다시 뛰기 시작한다. 쿵쿵쿵쿵쿵. 숨이 막힌다.

빗소리 사이로 길고양이 울음소리가 희미하게 들린다. 비를 피해 들어온 고양이가 계단참에 웅크리고 앉아 내는 소리다. 갈색 털이 축축하게 젖은 채 계단에 세워놓은 자전거 뒤에 숨어 두려움이 서린 눈을 굴리고 있을 것이다. J는 왼손에 두 종류의 약을 들고 있다. 하나는 각성제고 다른 하나는 수면제다. 수면제를 먹고 악몽에 시달리다 보면 어느새 각성제를 입속에 털어 넣고, 각성제를 먹고 눈이 충혈되도록 깨어 있다 지치면 다시 수면제를 먹는다. 창밖의 비를 보며 각성제한 알을 삼킨다.

어둠 속에서 컴퓨터의 CD가 혼자 돌고 있다. K가 구워준 CD다. 4분의 2박자의 탱고로, 아코디언의 일종인 반도네온과 첼로 소리가 반복적으로 교차한다. 첼로가 우아하면서도 몽환적인 격정을 자아낸다면, 반도네온은 나른하고 퇴폐적인 긴장을 끌어낸다. 우물처럼 깊은 곳에서 올라오는 첼로 소리가 무겁게 지나가고 반도네온이 끈끈하게 달라붙는다. 같은 테마가 집요하게 반복되면서 두 가지 음색이 팽팽하게 서로를 압도한다. 그의 혀처럼 악기 소리가 몸에 엉겨 붙는다.

모니터 안에서 붉은 드레스를 입은 J가 검정 무도복의 K와 탱고를 추고 있다. 서로 밀고 당기는 몸짓이 반도네온과 첼로만큼이나 치밀하다. 음악이 절정으로 치달으면서 두 사람의 몸은 비스듬히 하나가 된다. 쇄골이 드러난 어깨를 그의 왼쪽 어깨에 기댔다가 활처럼 젖힌다. 곧이어 그녀의 왼쪽 다리가 그의 허벅지를 감싼다. 그의 눈이 그녀를 응시한다. 가장 멋진 춤은 연인과의 춤이지. 눈빛은 그렇게 말하고 있다. 치켜올라간 그의 입술이 떨린다.

그는 J의 탱고 선생이자 파트너였다. 그녀는 웨딩 플래너 일을 하면서부터 많은 사람들과 만나고 헤어졌다. 결혼 플랜 같은 것은 꿈도 못 꿀 때였지만 행복한 사람을 보는 일은 즐거웠고, 새 출발하는 사람들을 보면 실렜다. 고객들과 한 달 남짓 붙어 다니며, 상담하고 일을 처리하다 보면 그들의 매니저가 아니라 친동기 같다는 생각이 들었다. 고객들이 허니문 떠나는 것을 수도 없이 배웅했고 차에 매달린 풍선이 보이지 않을 때까지 손을 흔들어주었다. 생일과 결혼기념일 캘린더를 챙기고 안부 전화를 했다.

그들은 가끔 전화를 받지 않았다. J는 겉으로는 여전히 고객들을 향해 웃고 있었지만 무언가 조금씩 허물어지는 것을 느꼈다. 그녀가 쏜 화살은 그들의 마음 안에 머물지 못하고, 그대로 통과하여 멀리 바닥으로 추락했다. 그때 눈에 들어온 것이 광고판에 붙어 있는 공연 포스터였다. 외국에서 돌아온 탱고 무용수의 귀국 공연 포스터였다. 그녀의 눈에 빨간 구두만이 선명하게 들어왔다.

공연장은 서울의 서쪽 끝, 지하철로 두 시간 걸리는 거리의 M방송국 공개홀이었다. 공연이 있던 날도 J는 고객의 웨딩드레스 문제로 머리가 아팠다. 신부가 드레스를 고르는 데 까다로워 열 벌이나 되는 옷을 입혔다 벗겼다 하느라 지쳤다. 그런데도 신부는 새 드레스를 더 보겠다고 고집했다. 신부는 임신 5개월이었다. 도무지 자신에 대해서 아무것도 양보할 줄 모르는 신부였다. 웨딩숍에서 나온 J는 어떤 힘에 끌리듯 집과는 반대 방향의 지하철을 타고 빨간 구두가 기다리고 있는 서울의 서쪽 끝으로 내달았다.

포스터의 주인공은 빨간 구두가 아니라 파트너인 남자였다. 어둠이 내리고 검은 커튼이 올라가자 무대 위에 동그란 스포트라이트가 두 사람을 비추었다. 4분의 2박자의 빠른 음악이 흘러나오자 J의 가슴이 쿵쿵 북처럼 울렸다. 윤기 나는 공단 연미복을 입은 남자가 빨간 구두 무용수를 절도 있게 이끌었다. J는 눈을 떼지 못했다. 파도가 바위를 어르듯 가까워졌다 멀어지기를 반복하는 단순한 동작인데도, 개안을 한 것처럼 흥분에 싸였고 몸이 뜨거워졌다. 몸속에서 죽어가고 있던 무언가가 꿈틀꿈틀 살아나고 있었다. 그녀는 이제껏 알고 있던 세상과는 또 다른 세상이 있다는 것을 처음 알았다. 공연 팸플릿 뒷면에 그의 이름이 들어간 무도 학원 광고가 빨간 구두 로고와 함께 조그맣게 실려 있었다. 부에나비스타 탱고 클럽. 그녀는 다음 날 전화를 걸었다.

수강 첫날, K는 창가에 서서 차분한 목소리로 말했다.

탱고를 육체로 쓰는 시라고 하지요. 춤이 별건가요. 언어를 대신해서 감정을 몸으로 표현하는 거지요. 자기 몸이 말하고 싶은 게 뭔지 귀 기울이기만 하면 돼요. 다들 마음이 몸을 움직인다고 하지만 알고 보면 몸이 마음을 움직이게 합니다.

그의 말을 다 이해할 수는 없었지만 탱고에 대한 자부심만은 알 수 있었다. 짙은 눈썹과 구레나룻이 조금은 이국적인 분위기를 주었다. 웃을 때마다 구레나룻이 올라가 오만하게 보일 때도 있었지만 그는 그걸 즐기는 듯했다.

고개는 항상 직각, 턱은 살짝 치켜들고 당긴다는 느낌이 들게. 어, 거기, 방금 한숨 쉰 회원님, 동작이 기억 안 난다고 그렇게 바보처럼 서 있을 건가요? 탱고에서는 실수 같은 거 없습니다. 모든 동작이 춤이 되니까 겁먹지 말고, 배에 힘주는 것만 잊지 않으면 돼요.

미운 오리처럼 번번이 지적받았지만 연배가 비슷해서인지 수강생들에게 새로운 동작을 설명하고 시범을 보일 때마다 J는 K의 파트너가 되었다. 어느 순간 겨드랑이 사이로 들어온 그의 손이 의식되었다. 따스하고 힘이 들어간 손이 허리를 돌려세우고, 배 위를 지나 등 뒤에서 리드할 때마다 숨을 쉴 수 없었다. 탱고는 둘이 하나 되는 가장 매력적인 방법 중의 하나였다.

너한테 고소한 냄새나. 비린내 없이 잘 구운 고등어 냄새나, 바삭하게 구운 식빵 냄새 같은 것 말이야. 한 존재가 만들어낼 수 있는 가장 맛있는 온도가 있다면 넌 그 적정 온도에서 풍기는 가장 향기로운 냄새를 가지고 있어.

그는 말했다.

너한테서도 비슷한 냄새가 나.

어릴 적 J는 다림질하는 엄마 옆에 쪼그리고 앉아 무언가 고소하게 타들어가는 냄새를 맡곤 했다. 다리미가 옷 위를 지날 때마다 고소한 냄새와 함께 나른하게 익은 팔과 다리가 하나씩 빠져나왔다. 그때 그 냄새를 그에게서도 맡을 수 있었다.

얼마 후 두 사람은 숟가락 포갠 것처럼 나란히 잠이 들고, 또 그렇게 잠에서 깨었다. 온몸이 밀착되어 오는 느낌, 온 등판이 그의 가슴에 따뜻하게 데워지는 것을 느꼈다. 그때마다 그녀는 노릇하게 잘 구워진 식빵이 되는 것 같았다. 또 그의 친절은 네온 불빛처럼 노골적이기도 했고, 때론 공원의 가로등처럼 은근했다.

우리 같이 사는 건 어때? 지금 당장.

어느 날 K가 말했다. '지금 당장'은 그가 좋아하는 말이었다. 하루에도 몇 번씩 그렇게 말했다.

인생은 언제나 라이브 무대야. 재방송 같은 건 없어. 지금이 아니면 없어.

그때까지 J가 만난 사람들은 아무도 '지금 당장'이라고 말하지 않았다. 어쩔 수 없는 일이야. 다음엔 꼭 같이 하자, 다음엔. 세상은 늘 그렇게 말했고 '다음'이란 시간은 오지 않았다. 그래선지 그는 특별해 보였다.

카르페 디엠. 남자는 이 순간을 살아. 죽음 같은 이 느낌. 이게 살아 있다고 느끼게 해주지.

생각해보면 K는 '순간'을 사는 남자였다. 그는 J가 서른이 되도록 포기하지 못한 콤플렉스를 일찌감치 버린 이기주의자였다. 그런 그가 발하는 매력은 불순하면서도 거부하지 못할 것이었다.

폭우가 다시 쏟아진다. 아래층에서 다투는 소리가 들려온다. J는 창 쪽으로 고개를 돌린다. 악에 받친 남자아이와 중년 여자의 음성이다. 늦은 밤이나 새벽, 복도에서 악다구니 소리와 쾅쾅, 문을 여닫는 소리가 났다. 남자아이의 고함 소리와 여자의 울음소리 너머로 길고양이 울음소리가 들린다. 박자를 잃은 듯 절정으로 치닫는 첼로와 반도네온 소리도 끝없이 이어진다.

한 번만 더 지각하면 자른다고 소리 지르던 소장의 얼굴이 떠오른다. 고객과의 약속은 여러분에게 칼입니다. 여러분에게는 수많은 약속 중의 하나지만 고객들은 단 한 번의 약속입니다. 내 목을 벨 수도 있어요. 고객에게 한 번도 클레임 받지 않은 기록이 날 살리고 있는 겁니다. 소장은 뒷주머니에서 빗을 꺼내 몇 가닥 남지 않은 앞머리를 조심스럽게 빗으며 말했다. J는 가방 속에서 플래너 수첩을 꺼낸다. 오늘도 한 쌍의 커플이 웨딩마치를 울린다. 시내 중심가의 호텔에서 치르게 될 예식은 두시다. 하지만 오전에 신부를 만나 웨딩 촬영까지 하려면 시간이 빠듯할 것이다. 오늘 신부는 또 얼마나 아름다울 것인가.

샤워기의 물줄기가 세차게 머리 위로 쏟아진다. K의 전화기는 며칠째 꺼져 있다. 이럴 때 J를 웃게 만드는 가족이 곁에 있었으면 좋겠다고 생각한다. 그녀가 무얼 하는지, 누구를 만나는지, 어떻게 아파하고 어떻게 빛나는지를 봐주는 사람.

그가 가끔 여동생과 통화하는 소리를 들었다. 그의 여동생도 그와 비슷한 성격인지 통화하는 내내 그는 유쾌하게, 장난스럽게 웃었다. J는 얼굴도 모르는 그 여동생을 질투했다. 그를 웃게 할 수 있는 친구 같은 여동생의 존재, 그런 존재가 그녀에게도 하나쯤 있으면 좋겠다고 생각했다.

그녀의 엄마는 절 입구의 사천왕처럼 여장부의 모습으로, 아버지 없는 그녀를 아무도 손가락질 못하게 지켜주었다. 고등학교에 입학했을 무렵 그녀가 엄마 일을 돕기 위해 가게로 간 적이 있었다. 어머니는 너 죽고 나 죽는 꼴 보기 싫으면 가게 근처에는 얼씬도 하지 말라고 눈을 부릅떴다. 또, 남편 없이 혼자 사는 여자라 얕보고 수작을 거는 손님 앞에서 돼지기름이 흐르는 불판을 뒤집어엎기도 했다. 그런 어머니도 병 앞에서는 속수무책이었다. 담배 연기만 맡아도 손을 내저었는데 폐암 말기라니. 병원 몇 군데를 전전했다. 손쓸 시기가 지난 후여서 고통 없이 끝나기만을 바랐다.

대학 입학을 앞두고 J는 혼자가 되었다. 그녀의 곁에 있던 것들은 새벽이 지나면 사라지는 유성처럼 하나씩 모습을 감추었다. 우연처럼 그렇게 되었다. 달라진 점이라면 더 이상 '다음'을 약속하지 않고 떠나갔다는 점이다. 운이 없는 엄마에게서 운이 없는 딸이 나오는 게 당연한 일은 아니지만 그녀에게는 오히려 그 사실이 위로가 되었다. 처음부터 운이 없었던 그녀는 운 같은 걸 바라지 않는 법도 배웠다. 운이 좋아질 때까지 기다리는 인내심 또한 배웠다. 그를 만나고 또 그와 함께 살게 되었을 때 운도 때로는 길을 잃어 내게로 오는 구나, 그녀는 생각했다.

아래층에서 시끄러운 메탈 음악이 올라온다. 가끔 전자 기타 소리와 드럼 소리가 섞인다. 미친 듯이 무언가를 두들기는 소리다. J는 거울 앞에서 진한 색깔의 립스틱을 바르고 펜슬로 아이라인을 그린다. 움푹 들어간 눈이 그나마 생기 있어 보인다. 오늘은 블랙 톤의 블라우스에 흑장미 색깔의 스커트를 입을 것이다. 신부보다 예뻐 보이면 안 된다. CD가 잠시 멈췄다 다시 돌아간다. '리베르 탱고'가 흘러나온다. J는 자신도 모르게 반도네온과 첼로 소리에 맞춰 몸을 움직인다. 거실을 탱고 스텝으로 한 바퀴 돈다. 그의 팔이, 그의 손이 가슴께로, 겨드랑이 사이로 감겨오는 것 같다. 등을 쭈욱 펴본다.

탱고의 기본은 대나무처럼 곧은 어깨와 얼굴의 각도야. 그의 목소리가 머릿속에서 튀어나온다. 배에 힘을 줘. 그리고 등을 펴.

K의 닥터 마틴 새철 백 안에는 mp3 플레이어가 항상 들어 있었다. J는 고객과 약속이 없는 평일 그가 부려놓은 음악들을 차례대로 들었다.

'죽음의 무도' '천사의 죽음', 열정적인 탱고가 죽음과 어울려? 제목에 '죽음'이 들어가는 게 왜 이렇게 많지?

J가 엎드려 발을 탱고 리듬에 맞춰 까딱거리며 물었다.

모르는 소리. 암 말기 할머니한테 죽기 전에 뭐 하고 싶으냐고 물었더니 탱고가 추고 싶다고 했다잖아.

정말? 죽음이 코앞인데 탱고라니.

그러자 그는 고개를 절레절레 흔들며 말했다.

극과 극은 서로 통하는 거야. 삶과 죽음은 동심원의 시작과 끝이지. 그게 본능 아냐? 죽음 앞의 강렬한 삶, 그로테스크하면서도 아름답잖아. 은발의 탱고라면 더더욱. 그는 경이롭다는 듯 어깨를 으쓱해 보였다.

어느새 곡이 바뀌어 아코디언 소리와 비슷한 악기가 메인 테마를 연주하고 있었다.

아, 이 곡은 또 뭐야? 심장이 조이는 것 같아. 숨을 못 쉬겠는 걸?

J는 처음 듣는 곡이었다.

이거 죽이지. 피아졸라의 '리베르 탱고', '자유의 탱고'야. 근데 탱고가 흑인들에게서 전해진 춤이라는 것 알아?

그는 물었다. 그녀는 눈을 크게 떴다.

어떤 소설가는 뒷골목 창녀들이 선원들을 유혹하려고 탱고를 췄다고 하던데 그게 아냐?

그는 고개를 저었다.

그보다 더 오래된 이야기야. 아프리카 흑인들이 노예선에 실려 대양을 건너는 동안 배 밑바닥에 갇혀서 뭘 했겠어? 사진에서 보면 흑인들은 통조림처럼 포개져서 숨도 제대로 쉴 수 없는 상태로 들어오다 절반 이상이 전염병이나 다른 이유로 죽어나간 거지. 그때까지만 해도 그들은 인간이 아니라 '짐'이어야 했거든. 어쩌다 몸을 움직일 수 있는 시간이 되면 좁고 컴컴하고 냄새나는 그곳에서 춤을 췄대. 서로 몸을 부딪치고 만지면서 죽음의 공포를 이겨냈다는 거야.

J는 으으, 겁먹은 흉내를 내며 어깨를 움츠렸다. K는 말했다.

상상해봐. 어둠 속에서 추었을 춤이 얼마나 격정적이고 처연했을지. 탱고에서 선혈이 뚝뚝 떨어지는 느낌을 받았다면 그게 진짜 탱고지. 죽음에 버금가는 절체절명의 순간의 스킨십. 그래서 에로틱할 수밖에 없잖아. 이렇게 말이야.

그는 장난스럽게 J의 목을 움켜쥐었다. 그녀의 입술에 묻은 딸기셰이크 때문에 그의 입술도 붉어졌다. 격정적인 반도네온과 첼로의 앙상블처럼 둘은 하나가 되었다.

J는 문을 두드린다. 좁고 긴 복도 끝에 그녀는 서 있다. 사각 무늬가 빽빽한 벽과 높이를 알 수 없는 천장. 그곳에 노란 물이 차오른다. 빨간 구두 굽을 적신 물은 무릎까지 순식간에 올라와 찰랑거린다. 포르말린 냄새가 진동한다. 스커트를 걷어 올리고 문을 두드린다. 텅텅, 빈 소리만 허공에 울릴 뿐이다.

경적 소리에 눈을 뜬다. 강남의 사거리 한복판이다. 앞차는 벌써 출발했다. J는 허둥지둥 기어를 넣고 액셀을 밟는다. 화려한 쇼윈도가 빠르게 지나간다. 언제부턴가 기면증처럼 졸음이 쏟아진다. 희미하게 포르말린 냄새가 차 속에 가득하다. 꿈이었을까. 아스팔트에 닿은 타이어는 끈적거리는 마찰음을 낸다. 백미러에 비친 눈이 더 빨개져 있다.

몸은 녹아내리면서도 약 기운 때문인지 정신은 명료하다. 아직도 포르말린 냄새가 코끝에 남아 있다. 매번 반복되는 꿈이다. 비 때문인지 온몸이 사시나무 떨듯 떨려온다. 그날처럼 온몸이 얼어붙는다. 고개를 저으며 그녀는 어깨를 움츠린다.

석 달 전이었다. 관계가 끝난 후 미역 줄기처럼 풀어진 몸으로 그의 등을 쓸며 누워 있을 때였다. 그가 그녀의 아랫배 한쪽을 손으로 쓰다듬었다.

여기 이게 뭐지? 당신은 배 속에 포도를 키워?

J는 K의 손등을 덮으면서도 그 말의 심각성을 알지 못했다. 그의 손등에 불거진 힘줄을 가만가만 쓰다듬고 있었다.

며칠 후. 젊은 여의사도 J의 배를 손으로 꾹꾹 눌러보고 문지르며 답답하다는 듯 그녀를 바라보았다.

미혼인 것 같은데 어쩌자고 이렇게나 되도록 몰랐어요? 여길 봐요.

여의사는 모니터를 가리켰다. 아랫배에 차가운 스캐너 같은 기구가 지나갈 때마다 J는 어깨를 움츠렸다. 띠띠띠 기계음과 함께 모니터의 검은 화면이 바뀌었다. 하얀 덩어리가 화면 전체에 퍼져 있었다. 연못 속에 몽글몽글 뭉쳐 있는 개구리 알 같기도 하고 성글게 달린 포도송이처럼 보이기도 했다. 의사는 지시봉으로 책상 위에 놓여 있는 모형을 가리켰다. T자 모양의 나팔관을 단면으로 잘라놓은 모형이었다.

보이죠? 이 막에 둘러싸인 종 모양의 방. 아까 모니터로 봤죠? 이 안에 이런 게 십여 개가 들었어요. 포도 알맹이만 한 것들이 모인 덩어리가 두 개.

블라인드 사이로 들어온 볕이 하얗고 말랑말랑해 보이고 약간은 징그럽게 생긴 그 안을 비추고 있었다. 그 안에 들어 있지 않아야 할 것이 들어 있다는 말은 마치 갖지 말아야 할 나쁜 품성이나 도벽을 가졌다는 말처럼 수치스럽게 들렸다. 그날 여의사는 자궁과 나팔관 하나가 J의 몸에서 영원히 사라져야 한다고 선고했다. 여의사의 말은 너무 가벼워, 수술용

칼에 의해 냉정하게 잘려나갈 몸 일부가 정육점에 걸린, 한 근도 안 되는 고깃덩이처럼 느껴졌다.

몇 주가 지난 후 그녀는 산부인과 침대에 다시 누웠다. 여자들이 가장 싫어한다는 굴욕 의자에 누워 다리를 걸대에 올리고 눈을 감았다. 몸을 무방비하게 열어놓은 자세가 더없이 불안했다. 의사는 수술이 급하다고 말했다.

한기에 파들파들 떨면서 회복실에서 J는 눈을 떴다. 희미한 빛을 따라 의식에 처음 감지된 것은 옅은 포르말린 냄새였다. 음습하고 싸늘한 바람, 축축하고 끈적한 느낌의 온갖 불쾌한 것들을 모두 모아놓고 얼린 것 같은 공기, 그 사이에서 맡아지던 포르말린 냄새를 좇으며 마취에서 깨어났다. 학교의 어둑한 생물실에 들어가면 제일 먼저 코를 자극하던 냄새, 검은 커튼 사이로 비쳐든 볕에 희미하게 드러난 시험관들, 표본을 보존하는 원통형의 투명한 시험관 속에 담겨 있던 정체 모를 생물들과 장기들, 그 틈에 누워 있는 것 같았다. 퉁퉁 분 몸으로 노리끼리한 포르말린 속에 푹 잠겨 있는 광경이 머리에 떠올랐다. 몹시 추웠다. 마치 해가 들지 않는 배 밑바닥에 흑인 노예처럼 던져진 것 같았다. 의식은 명료했으나 가위에 눌린 것처럼 소리를 지를 수도, 몸을 움직일 수도 없었다.

그때 J는 깜깜한 배 밑바닥에서 서로 몸을 부딪치고 만지면서 외로움과 죽음과 절망의 공포를 이겨냈을 그 축축한 밤을 떠올렸다. 검은 피부는 땀으로 번들거리고 숨을 헐떡거리면서도, 하얀 눈동자를 반짝이며 리듬에 맞춰 서로의 몸을 더듬기를 멈출 수 없었던 시간 속으로 정신없이 빨려 들어갔다. 그리고 이를 덜덜 떨면서 K와 함께 추었던 탱고를 떠올렸다. 한 박자라도 놓치면 다시는 되돌아가지 못하고 길을 잃을 것처럼, 끊임없이 입속으로 박자를 중얼거렸다. 더위와 땀, 썩는 냄새와 죽음의 공포 속에서 그들과 함께 서로의 몸을 부둥켜안고 노래를 부르고 춤을 추었다.

병원 문을 나서자 노란 하늘이 맴맴맴맴 끝도 없이 맴을 돌았다. 한동안 몸의 중심 어딘가에 있다가 없어진 자리가 허전했지만 K가 있었기에, 그의 어깨에 기대어 편안히 잠이 들 수 있었다.

하지만 그녀가 집으로 돌아온 후 얼마 동안 개미와 바퀴벌레, 날파리, 모기 등 손에 잡히는 모든 생물들이 J의 손끝에 야무지게 눌려 죽어나갔다. 힘없고 연약한 것들은 그 자체로 세상에서 없어져야 할 것 같았다. 그 후부터였다. 잠에서 깰 때마다 포르말린 냄새를 맡았다. 마취에서 깨어날 때 기억은 사라지지 않았다. 가끔은 몸에서 떨어져 나간 포도송이들이 물속에 퉁퉁 분 채 잠겨 있는 것을 보았다. 자궁은 풍선처럼 부풀다가 펑 터졌다. 종내 포르말린 속에 담긴 자신의 모습을 보면서 잠에서 깼다. 몸에서 덜어낸 것은 겨우 51그램밖에 안 된다고 의사는 말했지만 그 자리를 51킬로그램의 돌덩이가 대신 차지하고 있었다.

점점 퇴화되어가는 꼬리뼈처럼 J의 아랫도리는 화석처럼 굳어졌다. 어느 날부터인가 그와의 관계는 낯선 사내와 추는 탱고 같았다. 무엇이 부끄러운지도 모르게 부끄러웠고, 그래서 슬펐고 당황스러웠다. 살아 있지만 아무도 받아들이지 못하는 몸에서, 썩지도 못하면서 서서히 발효되는 과정처럼, 시고 씁쓸하고 들큰한 냄새가 나는 것 같았다. 그때부터였을까, K는 들어오는 날보다 안 들어오는 날이 많았고 그의 전화기는 늘 꺼져 있었다.

쏟아지는 잠 때문에 눈꺼풀이 무겁다. J는 눈을 껌벅인다. 출근 도장만 찍고 다시 시내로 향한다. 예식 때문에 호텔 앞 도로는 비가 오는데도 꽉 막혀 있다. 한 달 전 유튜브 셀럽의 결혼식이 이 호텔에서 비밀리에 진행되었다는 사실이 밝혀진 후 호텔은 파파라치들로 더 붐빈다. 긴장 때문인지 대기실에서 담배를 피우던 신부는 J를 보자 화들짝 담배를 종이컵 속으로 밀어 넣는다. 오늘 신부는 신랑과 나란히 손을 잡고 입장할 것이다. 양가 부모와 협의하는 데 꽤 시간이 걸렸다.

난 걸어다니는 마론 인형이 아니에요.

신부는 당차게 아버지의 손을 거부했다.

드디어 하얀 주단 위로 어깨를 당당히 드러낸 신부와 검정 예복의 신랑이 손을 잡고, 아직도 버진 로드라고 불리는 꽃의 터널을 걸어 들어갔다. 변함없이 「로엔그린」의 '축혼 행진곡'

이 이들의 결합을 축하해주는 가운데에도 손님들은 조용조용 스테이크를 썰고, 박수를 치고, 축가를 감상했다.

폐백과 피로연을 마친 후 두 사람이 공항으로 출발하는 것까지 오늘 일정을 무사히 마쳤다. 사무실로 돌아왔을 때 그녀는 녹초가 되었다. 블라우스는 구겨지고, 구두는 비에 젖었다. 다들 외근 중인지 소장만 자리를 지키고 있다. 보고서를 작성하고 플래너를 확인한다. 다음 주쯤 있을 예식의 폐백 음식 주문할 업체를 물색한다. 연회장의 혼주석이 불만이라고 컴플레인이 들어온 경우도 있다. 업체와 다시 상의해야 한다.

액자 하나가 J의 책상 위를 지키고 있다. 야외무대에서 사람들이 짝을 맞추어 탱고를 추고 있다. 사람들은 자유로운 분위기 속에서 제각각 다른 포즈와 다른 움직임으로 춤을 춘다. K와 함께 탱고에 관한 다큐멘터리 영화를 보고 나오면서 산 포스터다. 사진은 역광을 받은 드레스의 실루엣 때문에 강렬하게 보인다. 그때 그는 말했다.

우리도 쿠바로 가는 거야. 그곳의 어느 골목 끝의 탱고클럽에서 춤을 추는 거야.

얼마 전, 두 사람이 간 곳은 쿠바의 탱고클럽이 아니었다. 홀연히 사라졌다 열흘 만에 돌아온 K는 J에게 기차표를 내밀었다. 그녀는 마지못해 그를 따라나섰다. 일출 관광객이 떠난 휴양지는 쓸쓸했고, 끝없이 펼쳐진 바다는 스산했다. 하지만 올라오는 길은 더 스산했다. 세상은 모두 흙빛이었다. 검은 구름에 가려 노랗게 해가 져가는 바다는 세상의 끝 같은 비운의 느낌이 진했다. 두 사람은 바다를 배경으로 탱고를 추었다. 탱고를 출 때만큼은 예전의 그와 다를 바 없었다. 탱고를 추고 있는 시간만큼은 모든 것을 잊을 수 있었다. 구레나룻이 부드럽게 뺨을 스쳤다. K의 손은 여전히 뜨거웠다. 더 이상 운이라고는 올 것 같지 않던 생이 벌을 거두고 또 한 번 기회를 주려나 기대했다. 몸은 이곳이지만 마음은 탱고클럽의 무대 한가운데서 춤을 추고 있었다. 환호성이 들렸다. 사람들의 박수 소리와 남자들의 휘파람 소리, 반도네온 소리가 귀에 맴돌았다. 두 사람이 있는 곳이면 어디나 부에나비스타의 탱고클럽이 되었다.

탱고가 끝나자 무대는 순식간에 사라졌다. 휘파람도 박수 소리도 환호성도 모두. 대신 구름 사이로 붉은 해가 내비치기 시작하자 경이로운 광경이 펼쳐졌다. 천상의 붉은빛이 곧게 떨어지자 바다는 붉은 잉크를 풀어놓은 것처럼 붉게 타올랐다.

불구덩이 속에 들어와 있는 것 같군. 너무 환상적이야.

그가 말했다. 해가 떨어지는 바다는 그야말로 불구덩이였다. 어쩌면 지옥 불처럼 타오르는 바다인지도 몰랐다. 끝을 알 수 없는 구덩이 속에 얼굴을 박고 있는 것처럼 그녀의 눈이 시큰거렸다. 푹푹 빠지는 모래 때문에 다리는 납덩이처럼 무거웠다. 모래를 움켜쥐었다. 그리고 손가락 사이로 모래가 빠져나가는 것을 내려다보았다. 수천 년이 흐르면서 바위가 깎이고 또 깎여 먼지처럼 사라지는 것이 눈에 보였다.

해가 지고 난 후, 초승달이 떴다. 세상의 이쪽 끝과 저쪽 끝에 각기 해와 달이 함께 떠 있었다고 해도 놀라지 않았을 것이다. 그녀의 마음은 이미 사막 한가운데를 걷고 있었다. 그는 그 밤 다시 사라졌다. 예약해놓았던 랍스터가 식어갈 때쯤 그녀는 혼자서 와인 한 병을 비웠다.

출근하자마자 J의 핸드폰이 울린다. 지난주 예식을 치른 서른한 살의 고객이다. 죽고 싶어요. 칸쿤으로 신혼여행 간 신부의 카톡이 죽고 싶다니. 여자보다 다섯 살 어린 신부다. 우리 선우 씨, 선우 씨, 하고 부르던 콧소리가 떠오른다. 언니는 참 웃는 모습이 예쁘네요. 그 신부는 J를 볼 때마다 그렇게 말했다. 한 번도 제 몸으로 노동하고 돈을 벌어본 적이 없는 신부, 눈꼬리에 부챗살을 만들고 '하와이' '와이키키' 하며 입술 끝을 올리면, 우아하고 완벽한 비즈니스용 웃음이 된다는 것을 알 턱이 없다.

무슨 일일까? J는 모니터의 시간을 본다. 지금쯤 칸쿤의 한 호텔에서 깨어날 시간이다. 그 신부는 결혼식 날까지 밤이며 낮이며 전화를 걸어왔다. 이 결혼 정말 해도 되는 걸까요? 오빠가 갑자기 변한 것 같아요. 웨딩 촬영 도중에도 말다툼이 생기면 곧장 쪼르르 달려와 훌쩍거렸다. 그러는 동안에도 신부는 행복해 죽겠다는 표정을 잃지 않았다. 신혼여행 가던 날 신부에게서 카톡이 왔었다. 예쁘게 잘살게요. 그동안 고마웠어요. 이모티콘이 가볍게 윙크를 했다. 그런데 느닷없이 무슨 일일까? J는 전화를 건다. 벨이 울리다 어느 순간 툭 끊어진다.

가끔 고객들에게 안부 전화를 하다보면 받지 않을 때가 있었다. 사고 소식을 듣기도 한다. 사람 사는 곳에서 무슨 일이 못 일어나랴만 그때마다 허탈해지는 감정을 여자는 주체하기 힘들다. 그녀의 울음소리가 내내 마음에 걸린다.

오늘은 다음 달 예식을 앞둔 고객과 이태원에서 만나기로 했다. 남들이 다 쓰는 가구는 싫다고 하여 이태원의 앤티크 거리의 가구점을 뒤졌다. 골목을 한 바퀴 돈 후 신부의 어머니는 일찌감치 포기하고 돌아갔다. 가구 골목 마지막 집에서 드디어 고객의 마음에 드는 소파를 발견했다. 신부는 누구보다 기뻐하고 그녀에게 미안해했다. 신부를 예비 신랑이 기다리는 곳까지 태워다주고 차를 돌리자 갑자기 긴장이 풀리면서 몸이 가라앉는 느낌이 든다.

J는 길을 막고 있는 붉은 신호등을 바라보며 어디로 가고 있는 걸까 자신에게 묻는다. 다시 녹색등이 켜졌다. 길은 사방으로 나 있지만 어디로 가야 할지 생각나지 않는다. 끝없이 이어진 길과 차들, 빗속에 서 있는 가로수만이 무심히 그녀를

지켜보고 있다. 멀리서 와인바의 네온 불빛이 반짝인다. 불량하지만 다정한 친구처럼 손짓한다. 칸쿤에서는 아직도 연락이 없다. 신부를 울렸던 사건이 무사히 해결된 것일까? 그녀가 가보지 못한 칸쿤의 해변은 어떤 곳일까? 멕시코라면 어쩌면 쿠바와도 가까운 곳일 것이다. 수화기 너머로 들려왔던 신부의 울음소리를 안주 삼아 J는 와인 한 병을 비운다. 당장 급한 일이 마무리되자 다시 무기력이 찾아온다.

바에서 마신 술기운에 피로까지 겹쳐 다리가 후들거린다. 대리기사비와 택시비를 가늠해본다. 카카오 택시를 기다리며 보라색으로 멍든 하늘을 본다. 내일은 다른 고객의 예복을 찾아야 하고, 또 콘솔 고르는 데 따라가기로 했다. 수입 가구점 몇 군데를 돌아야 할지도 모른다. 고단한 하루가 될 것이다. 월화수목금금금. 일반 직장인이 누리는 불금 같은 이벤트는 없다.

J는 대학교 다닐 때부터 하루도 쉬어본 적이 없다. 첫 아르바이트는 도심 한복판의 인공 호수가 보이는 패밀리 레스토랑에서 시작했다. 장난치는 아이들을 달래고, 생일 축하곡을 부르고, 아이들이 분탕질해놓고 간 빈 테이블을 정리했다. 그러다 짬이 나면 시험을 앞둔 강의 노트를 뒤적였다. 노을이 아름다운 카페라고 소문이 났지만, 가끔 고개를 들어보면 이미 노을 같은 것은 사라지고 없었다. 알바로 등록금을 대기에는 턱없이 부족했고, 대출금은 쌓였다. 졸업을 하고 직장을

가진 후에도 여전히 대출금을 갚았고, 신용불량자가 되지 않기 위해 밤샘 알바를 했다. 10년이 지났지만 달라진 게 없다. 가끔 대출금 통장을 보면서 외롭다고 생각했고, 당장 올려줘야 할 월세 액수가 머릿속에 고치처럼 들어앉아 있을 때는 그가 옆에 있어도 외로웠다. J는 가난하면 마음이 외로워진다고 했고, 그는 외로우면 마음이 가난해진다고 했다. 그때보다 지금이 더 외로운가.

비는 점점 더 거세지고 있다. 다리가 휘청거린다. 대로변에 선 택시는 J를 태우고 조용히 달린다. 사내는 백미러로 그녀를 흘끔거린다. 빌라로 들어가는 골목길에서 J는 택시를 세운다. 와인과 함께 먹은 노가리 가시가 목구멍을 간질이는 것 같다. 전봇대를 붙들고 한동안 헛구역질을 한다. 기역자로 꺾인 J의 등에 빗방울이 쏟아진다.

불규칙한 발소리와 함께 검은 그림자가 그녀를 향해 다가온다. 택시에 뭘 놓고 내렸나 잠시 생각해본다. 어느 틈엔가 전봇대 옆으로 바싹 다가선 사내는 무슨 말인가를 웅얼거린다. 가로등 아래 사내의 얼굴이 드러난다. 검은 얼굴 가운데 눈빛만 번질거린다.

비도 오는데 어디 가서 한잔 어때?

사내의 입에서 음식물과 술이 한데 섞인 냄새가 난다. 한순간 출렁거리던 사내의 어깨가 J의 어깨에 부딪친다. 그녀는 찬물을 뒤집어쓴 것처럼 정신이 든다. 이럴 땐 찰진 욕설 한번 제대로 쏟아내고 싶은데 입속에 갇힌 말들이 나오지 않는다.

사내가 앞을 가로막고 그녀의 어깨를 움켜쥔다.

사람이 외롭다는데, 내 말이 말 같지가 않아?

그렇게 말하는 사내의 눈빛이 흐리멍덩하게 그녀를 향한다. 지나가던 택시의 헤드라이트가 그녀를 비춘다. 사내는 택시 쪽을 향해 눈을 찡그린다. 그녀는 우산을 팽개치고 달리고 또 달린다.

더 이상 지킬 것이 없는 사람은 모든 것이 새털처럼 가벼울 것이다. 불운하게 부모를 여의고, 제 몸이 도려져 나가는 것을 지켜봐준 남자를 또 떠나보낸 여자는 비 오는 밤 홀로 걷지 않아도 세상이 무서운 법이다. 발소리가 탱고 스텝처럼 빠르게 움직인다. 빗줄기 때문에 앞이 보이지 않는다. 세상은 점점 희미해진다. 입간판이 발에 부딪쳐 나동그라지는 소리를 들으며 J는 철퍽 바닥에 주저앉는다.

스커트에서 물이 떨어진다. 집은 여전히 비어 있다. J는 흙탕물이 튄 구두와, 빗물과 핏물이 얼룩진 스타킹을 차례로 벗어놓는다. 열어놓은 창으로 비가 들이친다. K의 방문 앞에 서서 가만히 노크를 한다. 금방이라도 손잡이가 돌아가며 문이 열릴 것 같다. 평소에는 들어가는 것조차 떨렸던 방이다. 처음 그 방에 들어갔을 때 느껴지던 후끈한 열기가 떠오른다. 그의 몸에서 나온 열기가 고스란히 채워져 있던 방. 그래서 들어갈 때마다 숨이 막혔던 방이다. 손잡이를 돌리자 문이 스르르 열린다. 더 이상 사용하지 않아 눅눅해 보이는 침대와 축축한 기운이 서린 벽이 있다. CD들이 장식장 위 CD꽂이에 그대로 꽂혀 있다.

고여 있는 삶에서는 조그만 변화도 버겁게 느껴질 때가 있다. 언제부턴가 콘돔이 들어 있던 서랍이 비어 있었다.

이 서랍에 있던 것, 언제 없어진 거지?

그게 왜?

K가 그녀의 등에서 얼굴을 떼며 말했다. 마음 한구석에 시린 바람이 지나갔다.

지난번 방 정리하면서 치웠어.

그렇게 말하는 그의 입술을 J는 오래도록 노려보았다. 구덩이 속으로 하염없이 떨어지고 있는 중이었다. 한참을 떨어지고서도 바닥에 닿지 않았다. 그는 고개를 숙이고 한숨을 쉬었다.

또 뭐가 문제야? 넌 처음부터 독신주의자였고 임신 같은 건 원하지도 않았잖아. 그리고 그 일은 어쩔 수 없는 일이잖아. 그냥 이렇게 사는 방법도 있는 거야. 살다보면 또 좋은 일이 있을지 누가 아니?

J는 그의 말을 가로막았다.

너도 그런 말을 쓰는구나. 어쩔 수 없어. 어쩔 수 없는 일이란 게 뭐지? 그리고 나한테 좋은 일이 뭔데?

K는 천장을 바라보았다.

그건 네가 더 잘 알잖아.

아마 K가 떠나는 것도 어쩔 수 없는 일 중의 하나일 것이다.

우리 이제 그만할까.

서로에게 더 이상 해줄 게 없을 때 관계는 끝난다. 영원히 파트너가 바뀌지 않는 춤은 없다.

그냥 이렇게 헤어지면 넌 어쩌려고?

K가 옷을 주섬주섬 입으며 말했다. 구레나룻 내문에 입술이 묘하게 뒤틀렸고, 그것은 그녀를 비웃는 것처럼 보였다.

정말 괜찮겠어? 언제든 전화해.

거울 속에 J의 얼굴이 비쳤다. 포르말린 속에 잠긴 투명한 그녀의 몸이 거울 속에서 비명을 지르고 있었다. 그녀는 탁자 아래에 있던 CD 케이스를 거울을 향해 집어던졌다. 케이스가 열리면서 CD들이 옆으로 날아가 K의 이마를 쳤다. 쏟아져 나온 CD들이 바닥으로 흩어졌다. 그녀가 고개를 들었을 때 거울 속에 낯선 여자가 서 있었다. 방사형으로 금이 간 거울은 그녀의 몸을 기하학적으로 분할해놓았다. 그는 셔츠로 그녀의 어깨를 덮어주고 곧장 현관문을 열고 나갔다.

네 삶이 변했으면 좋겠어. 내가 바라는 건 그것뿐이야.

K가 그녀에게 마지막으로 건넨 말이다. 그녀가 엘리베이터를 타고 내려갔을 때 이미 그의 차는 떠나고 있었다.

폭우가 다시 쏟아진다. 카톡으로 몇 통의 메시지가 도착해 있다. 내일 만날 신부와 칸쿤의 신부다. 칸쿤에서 온 카톡에는 아주 짧은 메시지가 있을 뿐이다. 일정에 차질이 생겼어요. 근처에 좋은 곳 소개해주세요. 신부의 전화기는 꺼져 있다. 무슨 일인지 모르지만 제발 돌아올 때까지 별일 없기를 바랄 뿐이다.

번개가 번쩍하자 격자창의 그림자가 벽에 선명하게 그려진다. 빗소리 너머로 길고양이 울음소리가 들린다. J는 창밖을 내다본다. 빗방울은 시멘트 바닥을 뚫어버리기라도 할 듯 매섭게 내리꽂힌다. 베란다 난간에 안간힘을 쓰며 매달려 있던 빗물은 제 무게를 감당 못해 아래로 곤두박질친다. 술기운 때문인지 매트 위를 걸을 때처럼 몸이 기우뚱거린다. 피곤한데 잠이 오지 않는다. 수면제 몇 알을 삼키고 소파에 눕는다. 카톡 메시지 창을 연다. 사는 건 계획대로 되는 게 아니지요. 걱정 마세요. 인생이 계획대로 된다면 얼마나 재미없을까요. 쿠바에 가보세요. 비행기로 한 시간 남짓 거리입니다. 아마 거기라면 탱고도 배울 수 있을 거예요.

내일도 여전히 바쁠 것이다. 세상이 개벽을 해도 커플들은 쏟아져 나온다. 좋은 일이다. 내일 신부에게 예쁜 콘솔을 골라준 후 돌아와 목욕을 하고 달콤한 초콜릿 요리를 할 것이다. 마음과는 반대로 몸은 점점 더 가라앉는다. 이대로 잠들면 영원히 깨어나지 못할 것 같다. 죽음의 저쪽도 아니고 이쪽도 아닌 그 중간쯤에 있는 것 같다. 꿈을 꾸는 것일까. 달콤한 냄새와 함께 뜨거운 입김이 귓가에 전해진다. 음악 소리가 들리지 않아? 어서 눈을 떠. 그는 딸기셰이크 묻은 입술로 여자의 입술을 더듬고 귀에 속삭인다. 저 소리 들리지 않아? 어서 눈을 떠. 여기가 네가 바라던 바로 부에나비스타의 클럽이야. 인생은 언제나 라이브야. 넌 지금 그 무대 한가운데에 있어.

J는 무거운 눈꺼풀을 힘겹게 들어 올린다. 어느새 '리베르탱고'의 반도네온 소리가 이명처럼 울린다. J 앞에 한 사내가 서 있다. 사내 뒤로 아프리카의 대평원이 펼쳐지고 그 평원 너머 해가 지고 있다. 땀으로 번들거리는 검은 피부와 노동으로 단련된 근육, 건강한 생기와 고통 앞에 의연한 눈망울이 J를 바라본다. 검고 굵은 입술 사이로 하얀 이가 반짝인다. 그가 콜타르처럼 검은 손을 내민다. 그녀 손의 두 배는 됨직한 커다랗고 두꺼운 손이다. 그 손이 그녀의 손을 힘주어 잡는다. 악력이 그녀를 지탱한다. 사내가 먼저 첫발을 떼자 그녀도 엉거주춤 발을 움직인다. 바짝 다가오는 시선에 숨이 막힌다. 그가 앞으로 전진할 때 그녀는 뒤로 물러난다. 그가 뒤로 물러나면 주춤 앞으로 다가선다. 맞잡은 손과 손, 대칭을 이루는 어깨, 서로 엇갈린 다리, 맞닿을 듯 밀착된 가슴. 피가 얼굴로 몰리고 호흡이 가빠져온다. 어느새 빨간 구두가 그녀의 발을 조이고 있다. 사내가 그녀의 몸을 돌릴 때마다 사내

의 검은 손이 그녀의 배를 지나가고, 발을 바꿀 때마다 허벅지가 부딪친다. 가슴이 뛰고 온몸이 스멀스멀 간지러워 온다. 그의 가슴이, 그의 배가 여자의 몸에 닿을 때마다, 그리고 그의 팔꿈치가 가슴을 스칠 때마다 호흡은 가빠지고 피돌기도 빨라진다.

어려워. 발은 꼬이고 머리는 어지러워. 힘없이 중얼거리면서도 발은 빠르게 움직인다. 박자를 놓치지 않으려고 필사적으로 몸을 움직이며 검고 검어 먹빛이 나는 손을 움켜잡는다. 빗소리가 잦아들수록 탱고는 점점 더 빨라진다. 무대의 환호성도, 그도 없지만 J는 춤을 멈추지 않는다. 그 너머로 아득한 시간이 흘러간다. J는 어깨를 뒤로 젖히고 턱을 치켜든다.

끝과 시작

여자는 바삐 걷던 걸음을 멈추고 대형 화면 속의 지평선 너머를 바라본다. 황색의 거대한 사막이다. 대형 화면에 황금색 결이 나 있는 사막이 지루하게 펼쳐지다가 그 지루한 사막에 말이라도 걸듯 가끔 전갈류의 곤충이 지나간다. 바람이 불자 그 자국마저 지워진다. 어느 틈엔가 도마뱀 한 마리가 두 갈래의 혀를 날름거린다. 내레이터가 코모도 도마뱀이라고 소개한다. 육중한 몸집을 좌우로 흔들고 뒷다리로 균형을 잡으며 뒤뚱뒤뚱 걷는다. 단단한 외피로 둘러싸인 몸은 포클레인이 찍어 누른다 해도 끄떡없을 것 같다. 동전을 세로로 세운 것처럼 가는 눈동자가 카메라를 노려본다. 가만히 눈을 돌리더니 여자에게 말을 건다. 여긴 너무 외로워. 거긴 어때?

도마뱀은 다시 사막을 응시한다. 코모도 도마뱀은 참선을

하는 것처럼 지평선을 바라보고 꼼짝하지 않는다. 평생 배를
바닥에 깔고 살아온 짐승의 비애가 묻어나는 눈이다. 코모도
도마뱀이 보고 있는 사막 끝을 여자도 가만히 바라본다. 모래
바람이 사구를 만들고, 제 발자국을 지우고, 새로운 길을 만
들어가는 것을 끝도 없이 응시한다.

그 도마뱀에게도 치명적인 독이 숨겨져 있다. 코모도 도마
뱀의 입속에 수십 가지의 바이러스가 숨어 있단다. 한 번 물
기만 하면 코끼리도 죽일 수 있다는 치명적인 독이다. 여자는
도마뱀이 혀를 날름거릴 때마다 움찔거린다. 호주머니 속에
있던 여자의 손에 힘이 들어간다. 손바닥 안에서 차갑고 매끈
한 감촉이 느껴진다. 박 여사가 준 열쇠고리를 움켜쥔다. 거
기에는 130데시벨의 강력한 소리를 낼 수 있는 경보기가 달
려 있다.

지하철역과 쇼핑몰이 함께 있는 복합 터미널 실내는 새로
설치한 조명 탓인지 이물스럽게 밝다. 여자는 복합 터미널 대
합실과 연결된 통로를 지나 쇼핑몰로 간다. 시계는 한시 반을
넘기고 있다. 이미 전화가 여러 통 왔다. 여자는 전화기를 끄
고, 초조한 발걸음을 빨리하여 대합실을 벗어난다. 그를 만나
기 위해 이곳에 왔지만 오는 도중 생각이 바뀌었다. 여자는
그와 마주치지 않기 위해 쇼핑몰로 향한다.

백화점 입구의 한 매장에서 점원이 여자에게 티켓을 한 장
건넨다. 행운권 추첨 티켓이다. 여자는 걸으면서 열쇠고리로

은색 동그라미 부분을 긁어낸다. 1등. 50% DC. 검은 고딕체
가 선명하다. 여자는 걸음을 멈추고 뒤를 돌아본다. 하얗고
말쑥한 젊은 점원이 정중하게 고개를 숙인다. 점원은 여자의
티켓을 두 손으로 공손히 받아 살펴본 후, 50퍼센트 디스카운
트 되는 행운권이라고 설명해준다.

각종 소품이 고급스럽게 전시되어 있다. 장갑과 머플러, 스
카프, 모자 등 방한 용품이 선반 위에 가지런히 정리되어 있
다. 가격이 싼 것은 아니다. 어쩌면 두 배의 가격을 붙여놓고
50% DC라고 하는지도 모른다. 그런데도 여자는 작은 행운
이라도 잡고 싶은 사람처럼 망설이지 않는다. 손목에 리본이
달린 얇은 가죽 장갑을 집었다 내려놓고 알파카 머플러를 베
이지색 체크무늬로 고른다. 어쩌면 일을 다 망쳐버린 여자 자
신에게 주는 위로의 새해 선물이다.

다시 터미널 쪽으로 걷던 여자는 버스 시간을 알리는 전광
판을 보다 누군가와 부딪친다. 쇼핑백을 떨어뜨렸다 다시 집
어 들며 여자는 고개를 든다. 검정 롱패딩에 아이돌이 광고
하는 스니커즈를 신은 여자아이가 인상을 쓴다. 십대로 보이
는 여자아이는 스니커즈의 발등을 탁탁 털고 고개를 든다. 탈
색으로 거칠어진 머리카락이 제멋대로 여자아이의 어깨 위
에 늘어져 있다. 여자보다 띠동갑만큼 어릴 텐데도 얼굴이 왠
지 낯이 익다. 요가 학원이나 명상 센터에서 만난 것도 아닐
것이다. 여자아이는 구겨진 얼굴을 숨기지 않고 여자를 본다.

새해 첫날부터 재수 없다는 표정이다.

여자는 터미널 쪽 대합실의 창가에 앉는다. 오늘이 연휴의 시작이다. 사람들의 손에는 쇼핑백이 힘에 겨울 정도로 들려 있다. 여자는 광장에서 철거 중인 트리를 본다. 전구들과 전선들이, 배 밖으로 드러난 창자처럼 매달려 있다. 새해 첫날 크리스마스트리는 아무도 찾지 않는 박물관의 전시물처럼 남루하게 서 있다. 꼭대기에 매달린 별이 방향 잃은 표창처럼 무표정하다. 남자 서너 명이 철제 골조에 매달려 반짝이 공과 막대 사탕, 선물 상자 같은 장식품들을 철거하고 있다. 어쩌면 여자는 이 크리스마스트리를 보러 온 것인지도 모른다. 이렇게 빨리 철거하게 될 거라고는 생각하지 못했다. 작년에는 1월까지 점등이 되어 있었다.

여자의 의자 대각선 쪽 맨 앞에 눈에 익은 얼굴이 보인다. 좀 전에 여자와 부딪쳤던 롱패딩 입은 여자아이다. 휴대폰을 연신 들여다보다 화를 못 참겠다는 듯 자신의 이마를 치고는, 휴대폰을 주머니에 넣는다. 안절부절못하던 여자아이는 다시 호주머니에서 핸드폰을 꺼내고 하얀색의 콩나물 대가리 같은 이어폰을 끄집어내어 제 귀에 꽂는다. 금세 눈을 감고 고개를 까닥거리고, 몸을 시계추처럼 흔든다.

여자는 순간적으로 통증이 지나간 가슴을 지그시 누른다. 간헐적인 통증은 늘 기습적으로 찾아왔으므로 속수무책이었다. 위염 때문인지 속도 쓰리다. 이럴 때 박 여사라도 있었으면 새해 첫날부터 아침을 건너뛰지는 않았을 것이다. 여자는 주머니 속의 열쇠고리를 감아쥔다.

퇴원 후 처음으로 외출을 하려고 화장을 하고 있을 때였다. 문이 살그머니 열리고 젖은 머리카락을 타월로 감싼 박 여사가 들어서며 웃음을 터뜨렸다. 란제리 밖으로 쏟아질 듯한 가슴이 반쯤 드러나 출렁거리고 아직도 처녀의 것 같은 분홍빛 유두가 꼿꼿하게 서 있었다. 쉰 넘어 살이 불면서 커지기 시작했다는 박 여사의 가슴은 한껏 부푼 풍선처럼 팽팽했다.

—역시 사람은 연애 세포가 살아 있어야 해. 결혼도 안 한 미스가 무슨 꼴인가 싶더니.

여자는 가는 한숨을 내쉬었다. 연애 세포라니. 정작 이 일을 하게 된 것은 박 여사 때문이지만 그런 박 여사에게도 차마 결혼식 하객 대행이라고 말하지는 못했다.

'지니 매직 엔터테인먼트'라는 이름을 쓰는 회사는 현대판 지니가 여러분이 해야 할 업무라고 소개했다. 사무실 문 앞에는 윌 스미스를 닮은 파란 몸의 지니가 코믹한 표정으로 램프를 들고 있었다.

—나 봐라, 이제 부기도 가라앉고 감쪽같지? 친구들이 십 년은 더 젊어졌다고 하더라.

보름 전, 박 여사는 눈 주위 혈관이 터져 시퍼렇게 멍이 든 채로 돌아왔다. 일주일이 지나고 멍과 부기가 빠지자 새살이 돋은 것처럼 뽀얀 피부가 되었다.

─너도 좀 꾸며라. 잊어버릴 건 얼른얼른 잊고. 아, 잠깐만 기다려봐. 요새 세상이 얼마나 험한지. 호신용 스프레이 사면서 이것도 하나 샀다.

방으로 다시 들어온 박 여사의 손에는 은색 열쇠고리에 달린 경보기가 들려 있었다.

─정말 네 엄마가 예쁘긴 예뻤나 보다. 혹시 모르니 꼭 갖고 다녀.

그동안 아주머니라고 불렀다가 박 여사라고 불렀다가 제멋대로였다. 그렇게 몇 번 불러보지도 못하고 갈 줄 알았다면 열심히 새엄마라고 불러주었을 텐데.

박 여사는 병원에서 간병할 때부터 출렁거리는 가슴을 들이대며 결핵 환자였던 아버지를 사로잡았다. 퇴원 후 아버지는 한동안 박 여사의 치마폭에서 벗어나지 못했다. 6개월 전, 박 여사는 여자에게 남은 가족인 아버지마저 데리고 가버렸다. 어쩌면 아버지가 박 여사를 데리고 간 것인지도 모른다.

아버지는 음주 운전 차량과 정면으로 부딪혔다. 아버지는 수술 하루 만에 숨이 멎었고, 박 여사는 중환자실에서 일주일 더 있다 아버지 뒤를 따라갔다. 여자의 파혼 소식만 아니었다면 그 밤중에 미친 듯이 드라이브를 나서지는 않았을 것이다. 하루 종일 눈을 감았다 떴다 주먹을 쥐었다 폈다 하던 아버지는 잠자리에 들어서도 쉬이 잠이 들지 못했다. 여자의 항암 치료까지 잘 견뎌낸 아버지였다. 한밤중에 바람을 쏘이겠다고 아버지가 나서자 박 여사가 따라나섰다. 그게 두 사람의 마지막 걸음이었다.

아버지는 박 여사와 합친 후로 아침마다 녹즙을 챙기며 오래 살고 싶어 했다. 늘 소원은 한 박자 늦게 이루어진다. 두 사람은 서로의 죽음을 확인하지도 못한 채 각자 왔던 곳으로 되돌아갔다. 박 여사와의 결합을 반대했던 여자의 동생은 장례식이 끝나자마자 떠났다. 여자의 엄마가 살아 있을 때 입버릇처럼 말하던 '매정한 놈'이란 말이 뼛속 깊이 다가왔다.

여자가 창 쪽으로 몸을 돌리자 호주머니 속의 열쇠고리가 달그락 소리를 낸다. 박 여사가 숨을 멈췄을 때 기계에서 나던 소리 같다. 박 여사의 죽음이 고요하고 엄숙했다고 말하고 싶지만 마지막 일주일은 고통과의 싸움이었다. 다만 피부과 박피 시술까지 받은 팽팽한 얼굴은 숨이 넘어가는 순간까지도 윤기를 잃지 않았다.

여자는 목덜미가 서늘해지자 얇은 스카프를 벗고, 포장지를 벗긴 알파카 머플러를 숄처럼 두른다. 베이지색의 알파카 머플러는 부드럽다. 추운 날씨에도 끄떡없다는 점원의 말에 냉큼 집어 들었다. 올해 자신에게 주는 첫 선물이다.

여자는 시계를 본다. 두시다. 그와 만나기로 한 것은 한시. 이미 그가 떠났을 시간이다. 부재중 전화가 여러 통 와 있다. 광장의 크리스마스트리 앞에서 만나기로 했지만 여자는 나가지 않았다. 정확히 지금 하고 있는 일이 잘하는 것인지 아닌지 모르겠다. 고객과 따로 만나는 것은 계약 위반이기도 했다. 일을 계속해나가는 데 사심은 결정적인 장애가 되기도 한다. 그것 때문만은 아니다.

그는 여자가 약속 장소에 나타나지 않은 걸 확인하고 지금쯤 부모님이 계시는 곳으로 향하고 있을 것이다. 그리고 곧 무슨 일이 일어났는지 알아챌 것이다.

그의 부모님께 인사를 드리러 갔던 날 이 복합 터미널에서 처음 그를 만났다. 그는 여자에게 동행만 해주면 다른 일은 자신이 알아서 한다고 했다. 다만 그를 언제 만났는지 등등 그와 여자의 연애사에 대해 그는 자세히 여자에게 입력을 시켰다. 회사 동료의 결혼식 뒤풀이에서 처음 만났고, 만난 지는 1년이며, 곧 집을 합칠 거라는 정도의 정보들이었다.

경기도 외곽의 자그만 아파트에 두 노인만 살고 있었다. 노부는 거동이 불편한지 인사만 받고 다시 자리에 누웠다. 아무것도 모르는 순진한 노부부에게 못할 짓을 하는 게 아닌가 하는 생각이 무겁게 여자를 눌렀다. 그는 베란다에서 담배를 피웠다. 귀찮은 숙제를 하는 것처럼 부모에게 데면데면한 그가 매정하게 느껴졌다. 노모의 눈이 여자의 배 근처를 배회했다. 마른 몸에 눈매가 노인의 것 같지 않게 맑고 매서웠다. 노인의 눈길을 따라 여자의 손이 배 근처로 방어하듯이 움직였다.

임신 4개월이라고 말했으니 알아서 잘해주세요. 그는 차 안에서 미리 여자에게 귀띔을 했다. 부모님이 손자를 기다리는데 난 능력이 안 돼요. 아버지 돌아가실 날도 얼마 남지 않았으니 그때까지만 부탁드립니다. 나중에 유산했다고 하든지, 헤어졌다고 하든지, 뒤처리는 내가 할 테니 걱정 말고요.

얼굴이 화끈거렸다. 초면인 남자와 살을 섞은 사이가 되라는 것이었다. 어차피 거짓 관계를 연기하는 인생이지만 역할극에 몰입이 되기도 한다. 아니 역할극을 하는 순간은 그 당사자가 되어야 했으므로, 맡은 역할에 따라 여자의 성격은 조금씩 바뀌기도 했다.

그의 부모는 남아 있는 땅과 집에 대한 등기부 등본 명의를 그의 이름 앞으로 할 수도 있을 것이다. 최종 목적은 그것이다.

재들 공부시키느라 땅도 많이 팔았지. 남은 거라곤 이 집밖에 없어. 아들 둘 다 서울서 공부시킨 건 우리 집뿐이야.

그렇게 말하는 그의 노모의 눈에는 자랑스러움과 회한이 함께 들어 있었다. 문득 눈이 마주쳤다. 회색 구름도, 붉은 노을도 모두 검푸른 하늘 속으로 침잠해버리기 직전의 시간, 노모는 그 시간을 견디고 있었다. 어쩌면 그 시간은 영원토록 길지도 몰랐다. 짧은 순간이지만 그 가운데 서 있으면 시간은 언제나 기다리듯 멈추어 있었으니까.

유방 절제술과 함께 복원 수술에 대해 이야기를 꺼내는 의사의 말에 여자의 표정이 굳었다.

암은 벌써 2기를 넘었어요. 복원 수술까지 하려면 열두 시간이 넘는 대수술이 되는데 체력이 안 돼요. 당분간은 체력을 키워야 해요.

누구에게나 준비랄 건 없는 게 인생이지만 여자에게 유독 인생은 판결문을 읽듯이 그렇게 왔다. 유예 같은 게 있을 리 없었다.

여자는 수술 후 2년 동안 집과 명상 센터까지의 네 정거장을 다람쥐 쳇바퀴 돌듯이 오고 갔다. 유방 절제 수술이 끝난 몇 달 후부터 절단된 환부에 감전되는 듯한 통증이 왔다. 가끔은 유두가 빠질 듯한 고통으로 가슴이 남아 있다는 착각에 빠지기도 했다. 착각은 짧은 희열을 동반했지만 실체가 없는 통증일 뿐, 환부의 통증을 기억하고 있는 신경이 가끔 그 통증을 재생하는 것에 불과했다. 이미 환부가 사라진 터라 치료도 불가능했다. 고통은 누구도 대신해줄 수 없는 것이었다. 고통이 사라진 후의 무통이 주는 더없는 안도감을 여자는 사랑할 수 있을 뿐이었다.

명상 센터의 선생은 말했다.

눈을 감으세요. 차가운 물이 점점 흘러들어오고 있습니다. 일 분 후 여러분이 탄 유람선이 가라앉습니다. 신께서 여러분에게 단 한 번의 기회를 주었습니다. 자, 마지막으로 영혼이 되어 날아갑니다. 누구의 모습을 마지막으로 보고 싶습니까?

사람들은 저마다 아내, 자식, 부모, 남편, 연인을 차례로 꼽

았지만 여자의 머릿속에는 어느 누구도 떠오르지 않았다.

사막은 히브리어로 '미드바르'입니다. 이 말의 어원은 말씀을 듣는다는 뜻이지요. 살아서도 죽어서도 인간은 혼자라는 사실을 받아들인다면 결코 세상이 두렵지 않을 겁니다. 오히려 타인에게 다가가기가 더 쉬워요. 타인 역시 고독을 두려워한다는 것을 알게 될 테니까요. 그때 자신의 고독도 함께 치유할 수 있습니다.

선생의 요지는 고독을 누려워하지 말라는 것이었다. 하지만 그 시간은 길게만 느껴졌다.

그의 부모님을 뵙고, 다시 이곳 터미널에 도착했을 때 그는 손에 들고 있던 플라스틱 백을 여자에게 내밀었다.

갖고 가세요. 난 집에서 밥을 안 먹어요.

가방 안에는 잡채와 갈비와 새우튀김이 들어 있었다. 얼마 후 다시 그를 이곳에서 보게 되었을 때 여자는 누군가 옆에 있다는 사실만으로 깊은 위안을 받았다.

그는 고객 중 드물게 투머치토커였다. 하지 않아도 되는 말을 했고, 여자가 궁금해할 일에 대해서는 미리 말을 해 여자의 머릿속을 깔끔하게 정리해주었다. 여자에게 무엇을 좋아하냐고 물은 것도 그가 처음이었다.

새해 마지막으로 한 번만 더 노모를 만나는 것으로 그와의 계약은 끝난다. 오늘이 그와의 마지막 만남이다. 하지만 여자는 그곳에 다시 갈 수 없다. 이유를 모르는 사람은 남자뿐이다. 이렇게까지 깊게 빠지는 것은 처음이다. 거절했어야 했는지도 모른다.

처음 이 일을 권한 것은 박 여사였다. 결혼식에 하객으로 아르바이트를 다녀온 날, 땀에 전 스타킹을 벗어던지며 박 여사는 말했다.

젊은 애가 왜 그리 융통성도 없냐? 내가 간병할 때 옆 병실의 노친네 하나는 병원에 올 때마다 사람을 사서 온다잖아. 어찌나 살갑게 구는지 다들 딸인 줄 알았다니까. 요새 며느리들이 그렇게 하냐? 요즘은 돈이면 다 돼. 까짓 하객으로 가는 게 뭐 대수냐?

여자가 아무 대답이 없자 박 여사는 눈을 살짝 흘겼다.

손님 없는 집에 가서 축하해주는 일은 덕을 쌓는 일이지. 그냥 웃는 얼굴로 신랑 신부 축하해주고 덕담 한마디 해주고 오면 되는 거야. 특별히 평창동 친구의 부탁이라니 안 갈 수도 없지 않냐? 남자 쪽 부모가 모두 이산가족이라 일가친척이 없다고 하잖니? 손님 없어 썰렁해봐. 그것도 혼주로서는 불쌍한 노릇이지. 요즘 젊은 애들한테는 부부 동반 모임이나 커플 모임 파트너가 더 인기라더라.

그렇게 시작된 일이었다. 박 여사는 핑계고 사실은 사람들 사이에 있고 싶었다. 수술실에서 깨어난 여자가 경험한 것은 살아났다는 안도감이 아니라 무력감이었다. 매일 면회 오는 약혼자가 유일한 위로였다. 켈로이드 피부가 부풀어 실뱀 한 마리가 똬리를 튼 것 같은 가슴은 발갛게 부풀어 있었다. 퇴원 후 약혼자를 마지막 만난 날 그는 미안하다고 했다. 저녁을 먹고 헤어질 때까지 미안하다는 말만 했다. 그리고 여자에게 말도 없이 오지 근무를 자청하여 아프리카로 떠났다. 그렇게까지 하지 않아도 된다는 말을 할 새도 없었다.

직장에서도 여자를 기다려주지 않았다. 다니던 부서는 없어지고 동료들은 뿔뿔이 흩어졌다. 시간은 귀속 같은 걸음걸이로 왔다가 엉거주춤 서 있는 여자를 못 본 척 유유히 세상 속으로 흘러갔다. 생의 의욕이 조금씩 떨어져가고, 꼭 그만큼의 서른이 지나가고 있었다.

기대가 없으면 실망도 없듯이 무얼 '열심'히 해본 적도 없다. 더 이상 지켜야 할 게 없어진 것 같았고, 무언가를 가진다는 것에 애착하지도 않았다. 하지만 가끔 부드러운 밤바람을 맞으며 편안하다고 느낄 때 무엇인가 잃어버리고 찾지 못한 것처럼 허전했다.

여자는 여자를 모르는 사람들을 만나는 게 싫지 않았다. 여자에 대해 아무것도 모르는 사람들이 오히려 편할 때도 있었다. 여자의 성격이나 여자의 가족이나 여자의 직장이나 여자의 습관을 모르는 사람들을 만나며 그때그때 상대에게 필요한 사람이 되었다. 가끔 여자는 자신이 일본의 AV배우 같다는 생각도 했다. 어떤 적극성도 잃어버린 자신의 모습은 남자

직장 동료들의 잡담 속에 등장하는 꼭두각시 여배우와 뭐가 다를까 싶었다. 물론 그것은 여자가 그런 직업에 대해 무지해서 드는 생각이기도 할 것이다.

이 일을 시작한 후 여러 사람들을 만났다. 새해 첫날 떡국을 함께 먹자는 남자, 주말에 영화를 같이 보자는 남자, 퇴원하는 데 보호자가 되어달라는 여자, 숙박 여행에 동행해달라는 여자도 있었다. 눈에 띄는 외모는 아니지만 있는 듯 없는 듯 눈에 띄지 않게 처신하는 태도 덕에 오히려 여자는 꽤 바쁜 생활을 했다.

이 일을 그만두려고 했던 적도 있었다. 부모님이 계신 공원묘지에 함께 다녀와야 한다고 한 남자가 있었다. 차가 산길로 들어서는 것을 보며 불안하게 앉아 있었다. 남자가 차를 세운 곳은 한적한 낚시터였다. 저수지만 돌아가면 공원묘지가 나온다고 불안해하는 여자를 안심시켰다. 잠시 후 차가 산길 언덕에 멈추었고, 헛바퀴질을 좀 하는 듯했다. 남자는 몇 번의 시도 끝에 포기하고, 자동차 보험회사에 전화를 걸어 위치를 설명했다. 견인차를 기다리는 동안 피로가 몰려와 눈을 감았다. 잠시 후 덜거덕거리는 소리에 눈을 떴다. 남자의 몸이 여자 눈앞으로 바짝 다가와 있었다. 안전벨트 푸는 걸 잊었기에 그의 몸은 더 이상 다가오지 못하고 멈추었다. 놀란 여자는 남자의 얼굴을 향해 숄더백을 날렸다. 욕을 하는 남자의 거친 목소리가 따라 나와 눈물이 찔끔 나올 뻔했다.

지난주에 만난 남자와는 인사 후 몇 마디밖에 하지 않았다. 그런 자리에서는 나서지 말고 다소곳이 남자 옆에 앉아만 있으면 된다고 같은 일을 하는 언니가 말해주었다. 카키색 스커트를 입은 단발머리는 여자 앞에 꼿꼿이 앉아 있기 위해 안간힘을 쓰고 있었다.

누구야?

그녀의 손이 파르르 떨리고 있었고, 눈동자가 커졌다.

네가 나한테 어떻게 이럴 수가 있어? 내가 너한테 어떻게 했는데? 벌써 다 잊었어?

그녀에게 여유롭게 뺨을 한 대 내준 남자는 그녀가 사라지자 홀가분한 표정으로 여자를 바라보며 희미하게 웃었다. 그 남자에게서 다시 연락이 왔지만 여자는 전화를 받지 않았다.

첫 만남 이후 두 번 다시 만나는 일은 없다. 두 번 다시 마주칠 일 없는 사람이라고 생각하는 것은 편리한 처방이었다. 세상의 남자는 모두 고객으로 보였고, 고객은 시간과 돈으로 환산되었다. 하지만 어디에나 예외는 있었다. 그에게서 두번째 요청이 들어왔을 때 유일하게 거절하지 않았다. 그에게는 6년 동안 동거한 동성의 룸메이트가 있다는 것을 첫 만남에서 밝혔기 때문이었다. 물론 이십대에는 남들과 다르지 않게 이성을 사랑한 적이 있었다고 덧붙였다. 경계심이 들지 않는 상대여서 거절할 필요가 없었다. 무엇보다 그는 여자와 오래 알아왔던 것처럼 느껴졌다. 여자가 무엇을 좋아하는지, 무엇을 싫어하는지 알고 또 비슷한 취향이라는 것이 운명처럼도 느껴졌다.

　전화벨이 울린다. 8399, 그의 번호다. 이제 와서 무슨 말을 할 수 있을까. 여자는 다시 전화기를 끈다. 일이 이렇게 되고 나서야 오히려 여자는 마음이 편하다. 그동안 무언가를 붙잡기 위해 아등바등했던 모양새가 우스꽝스럽다. 슬그머니 가슴으로 올라가던 손이 보드라운 알파카 머플러의 끝자락을 쓸어내린다.

　엄마가 당신을 찾아갈지도 몰라요.

　며칠 전 남자는 다급한 목소리로 전화했다.

　미안해요. 갑자기 집으로 와보시겠다고 하는데, 내가 지금 엄마를 모실 형편이 안 돼요. 이런 말까지는 안 하려고 했는데 전세금 날린 걸 모르세요. 엄마를 고시원으로 모실 수는 없잖아요. 그래서 당신과 집을 합쳤다고 둘러댔어요. 그런데 아들 사는 꼴을 기어이 봐야 한다고 고집을 피우십니다. 노인 고집이 보통이 아니거든요. 미안해요. 당신이 적당히 거절하든지 해줘요. 불편하면 전화기 꺼놓아요. 다시는 이런 일 없을 거예요. 적당히 하고 돌려보내세요.

　미쳤어요? 나보고 어쩌라는 거예요?

　나중에 근사한 곳에서 저녁 쏠게요. 이건 내가 개인적으로 약속하는 겁니다.

여자는 그렇게는 못한다고 펄쩍 뛰었지만 그는 수화기를 성급히 내려놓았다. 며칠 후 여자가 노파의 전화를 받은 건 우연이었다. 누군가 그 시간에 전화를 할 거라고 생각 못할 새벽이었다. 잠결에 전화를 받았다. 누군지 알고 나서야 이마를 쳤다. 하지만 벌써 일은 벌어지고 있었다. 그의 어머니는 여자가 그냥 보고 싶다고 했다. 다른 이유는 없다고.

여자는 밖을 내다본다. 시계납 앞 목련 가지 끝에 어디에선가 날아온 연이 대롱대롱 매달려 있다. 살이 부러지고 왼쪽 꼬리도 떨어져 나갔다. 연의 몸통도 반쯤 찢겨져 있지만 연은 금방이라도 날아가버릴 듯 버둥거린다. 연 위로 잠시 햇볕이 내려앉는다.

시계탑 아래 벤치에 롱패딩의 그 여자아이가 비스듬히 앉아서 휴대폰에 코를 박고 있다. 반쯤 벗은 롱패딩 안의 목이 휑하다. 탈색된 머리카락이 벤치 위에 아무렇게나 흩어져 있다. 정수리에 검은 머리가 3센티 정도 자라나고 있다. 여자아이는 몸을 벤치에 비스듬히 눕힌 채 휴대폰에 연신 문자를 새겨 넣는다. 재빠른 손놀림이 신경질적으로 움직인다. 터미널을 찾는 사람들은 여자아이를 힐끔거리며 지나간다. 여자아이는 그런 사람들의 반응에 무표정하다. 몇몇의 남자들이 여자아이를 주시하고 있다. 사람들은 바쁜 걸음을 멈추지 않고 1초, 아니 그보다 더 짧은 시간 힐끔거리며 스쳐 간다.

전광판의 빨간불이 다시 들어오고, 사람들은 제시간에 맞춰 버스가 서 있는 곳으로 빠져나간다. 일어서려다 여자는 휘청거리며 다시 의자에 앉는다. 구두를 벗자 뒤꿈치에 피딱지가 굳어 있다. 서른이 넘자 좀체 쉽게 길들여지는 것이 없다. 새로 산 구두조차.

대형 텔레비전에서 노래가 흘러나오고 낙타의 행렬이 나타난다. 끝도 없이 가야만 하는 사막, 목마른 사막 위에서 목마른 사람들은 말하지, 신기루처럼 행복이 있다고…… 태양이 화면 가득하고 그 안으로 낙타가 하나둘씩 꼬리를 물고 사라진다. 마지막 낙타가 화면에서 사라지자 뽀얀 먼지만 붉은 사막을 덮는다. 사막에 아지랑이가 피어오르는 것에 맞춰 내레이터의 설명이 이어진다. 신기루 현상은 아주 먼 곳에 있는 오아시스가 태양 볕에 왜곡되어 비쳐 가까이 있는 것처럼 보이는 것이라고. 그러니까 오아시스는 없는 게 아니라고.

정말일까? 아지랑이처럼 피어오르는 허상으로 알고 있지만 존재하지 않는 건 아니야. 다만 내 눈앞에, 그리고 여기 있지 않다뿐이지.

평소 아버지와 사이가 좋지 않았던 동생은 아버지의 재혼 후 발길을 끊었다. 또 올케까지 박 여사와 사이가 좋지 않아 왕래가 없어지자 여자와도 멀어졌다. 십대는 홀로된 아버지 옆에서, 이십대의 대부분은 간병과 투병을 오가며 병원에서 지냈다. 여자의 삼십대는 무한히 펼쳐진 사막 같다. 오아시스가 있든 없든 여자는 이 사막을 낙타도 없이 건너야 할 것이다.

뉴스가 흘러나온다. 연말을 앞둔 오늘 유독 사건 사고가 많다. 굶어 죽은 독거노인의 시신이 한 달여 만에 발견되었다는 뉴스가 나온다. 끔찍한 세상이야. 그런 데 비하면 여자는 행복하다. 집도 있고, 얼마 전까지지만 엄마도 있었고, 애인도 있었다. 광고가 끝나자 예능 프로그램의 예고편이 나온다. 무대 반대편에서 각각 달려 나온 두 사람이 뜨겁게 포옹하며 눈물을 흘린다. 역시 TV는 해피엔딩이다.

여자는 자신의 인생에서 곧 있을 해피엔딩이 어떤 식으로 등장할지 기대했다. 그가 여자에게 프러포즈 할 수도 있다고 생각했을까. 99퍼센트는 상상에 불과하지만 세상에 일어날 법한 일만 일어난다면 얼마나 지루하겠는가. 그도 한때는 여자를 사랑한 적이 있었다는 사실이 일말의 호기심을 자극했다.

여자 옆에 앉아 있던 남자가 전광판의 시계를 보고 벌떡 일어나 뛰어나간다. 남자의 자리에 신문이 펼쳐져 있다. 역대 뮤지컬 순위를 매겨놓은 기사다. 「오페라의 유령」과 「맘마미아」 「캐츠」가 나란히 순위에 올라갔다. 「오페라의 유령」의 성공 요인에 대해 분석해놓았다. 사고로 흉측하게 변한 얼굴을 가면으로 가린 괴신사가 아름답고 젊은 프리마돈나를 짝사랑하는 비현실적인 이야기다. 어떻게 대중성 없어 보이는 뮤지컬이 성공할 수 있었냐는 물음에 제작자는 대답했다.

'30만 개의 유리 구슬로 만들어진 샹들리에, 100여 개의 촛불, 미로처럼 수백 개의 계단이 있는 지하 통로, 호수와 조각배가 있는 신비로운 무대, 환상이지요. 그리고 가면 속에 가려진 남자의 고독이 관객들의 가슴을 어루만지지요.'

얼마 전 웨딩 스튜디오에서 본 보라색의 둥근 침대와 58면체로 깎여나간 다이아몬드를 떠올린다. 허니문 룸의 침대가 둥글고, 다이아몬드를 공들여 깎는 것은 그래야만 환상적이기 때문일 것이다. 환상은 현실을 숨기기에 좋은 속임수다.

여자는 핸드폰 속의 사진첩을 연다. 신부가 웨딩드레스 자락을 치켜들고 뒤를 돌아보고 있다. 신부의 등 뒤에 선 여자가 사뿐히 꺾인 다리로 공중에 떠 있는 부케를 향해 양손을 벌리고 있다. 여자가 하객으로 가서 찍은 사진들이다.

샹들리에에서 뿜어져 나오던 빛들, 꽃길의 드라이아이스, 신부의 몸을 감싸던 실크의 광택과 보석과 레이스. 그날 여자는 신부에게서 부케를 받았다. 신랑 친구들은 휘파람을 불었고, 호텔 웨딩홀에 모인 사람들은 박수를 쳤다. 둥근 연분홍 장미 부케는 정확히 여자의 손 위에 떨어졌다. 부케는 여자의 집에서 시들어가고 있는 중이다.

여자는 터미널 밖으로 나간다. 트리는 완전히 앙상한 몰골로 서 있다. 점등식이 있던 날 밤 여자는 이곳에 있었다. 그를 두번째 만나 동창회에 다녀오던 밤이었다. 두 사람이 도착했을 때는 식이 중간쯤 진행되고 있었다. 성가대 합창이 울려 퍼지고 도우미가 사람들에게 풍선을 나눠주고 있었다. 여자는 엉겁결에 받아 든 풍선을 내려다보았다. 고개를 들었을 때 그가 여자를 내려다보고 있는 것을 보았다. 곧이어 팡파르와 동시에 환호성이 터졌다. 트리에 불이 들어오고 꼭대기의 별은 황금빛으로 빛나고 하늘에는 풍선이 가득했다. 그때 여자와 그는 다시 눈이 마주쳤다. 남자는 말했다.

내 친구들은 당신을 제수씨라고 부르네요. 미안합니다.

그날의 토크 주제는 그의 친구들이었다. 처음 본 그의 친구들에 대해 그는 나중에 또 만날 사람들인 것처럼 자세히 설명했다.

하지만 이런 관계도 곧 끝나겠지요.

그는 쓸쓸한 듯 말했다. 여자 역시 그 말을 듣자 무언가 할 일을 못 마친 사람처럼 허전한 가슴에 자상 같은 통증이 밀려왔다. 수술 후 처음으로 가진 욕망 때문이었다. 그를 보는 것은 불안하면서도 내밀한 기쁨이었다. 여자는 그의 넓은 등에 눈을 실었다. 그의 숨소리가 느린 3박자의 미뉴에트처럼 부드럽고 평화롭게 느껴졌다. 그를 기다렸다. 언제부턴가 습관처럼 그를 떠올리며 잠이 들었고 밥을 먹었다. 달콤하면서도 두려운 밀월이었다.

벤치는 비어 있다. 추운 겨울에 스니커즈를 신은 여자아이는 어디로 갔을까. 여자아이가 있던 자리에 비둘기 한 마리가 앉았다 날아오른다. 여자는 시장기를 느끼고 쇼핑몰 안에 있는 카페에 들어간다. 주문한 스파게티는 적당히 따뜻하고 부드러웠지만 명치끝이 무엇엔가 걸린 것처럼 먹먹해서 아무것도 넘길 수가 없다.

그에게서 문자가 들어온다. 어디에요? 무슨 일 있어요? 왜 전화를 안 받아요? 화났어요?

욕심 많은 늙은이들이에요. 내가 만나서 차근차근 잘 설명할게요. 이번에 어쨌든 한몫 챙겨야 합니다. 안 그러면 동생 놈이 선수 칠 거예요. 무슨 말인지 알죠? 이번에 잘되면 다음에 더 큰 건 부탁드릴게요. 왜 전화 안 받아요? 네? 전화 좀 받아요.

여자는 대답하지 않는다. 우리 엄마가 당신에게 어떻게 했는지 모르지만 내 잘못입니다. 하지만 이렇게 끝낼 수는 없어요. 당신과 아직 계약이 끝난 게 아니에요. 내가 당신한테 어떻게 했는데. 내가 친구들한테 당신에 대해 다 이야기했는데 이제 와서 이러면 안 돼.

여자는 그날 아침 커튼을 걷고, 창문을 열고, 청소를 했다. 다행히 옷장 속에 남동생의 오래전 옷들이 그대로 걸려 있었다. 여자는 급하게 남자가 입을 만한 실내복과 슬리퍼를 늘어놓았다. 그의 노모는 손에 든 커다란 들통을 놓고, 여자의 어깨 너머로 집 안을 살펴보았다. 여자가 허락하지 않으면 들어오지 않을 것 같았다. 눈발이 노파의 어깨에 내려앉아 있었다. 노파는 여자의 손을 잡고 여자의 눈을 보았다. 하지만 아무것도 묻지 않았다. 여자의 손가락에 실반지 하나 없는 것을 확인했는지도 모른다. 여자의 마음을 꿰뚫어보는 눈 같았다.

현금이 든 봉투를 꺼낸 것은 의외였다. 꽤 묵직한 봉투였다. 무엇이 먹고 싶으냐고 했고, 자신은 해줄 수 있는 것이 없으니 맛있는 것을 사 먹고, 사고 싶은 것을 사라고 했다. 그돈은 산후조리원 비용과 아기 용품을 살 수 있을 정도라고 했다. 여자는 그제야 자신이 무슨 일을 벌이고 있는지 깨달았다.

그날 여자는 수치심으로 얼굴이 빨개졌을 것이다. 수치심은 가슴으로 내려가 벌겋게 인두 자국을 내었다. 여자의 얼굴이 그때처럼 달아오른다. 갑자기 저려오는 가슴을 감싸 쥔 채 자리에서 벌떡 일어난다. 화장실로 들어간 여자는 왼쪽 브래지어 아래 넣어두었던 패드를 뺀다. 가슴은 볼품없이 꺼지며 균형을 잃은 듯 몸이 휘청거린다. 여자는 세면대 모서리를 꼭 잡고 버틴다. 밖으로 나가려다 거울에 비친 자신의 모습을 본다. 볕에 반사된 머리카락이 하얗게 바래 백발이 된 듯하다.

밖으로 나가자 칼바람이 목으로 파고든다. 머플러를 더 단단히 맨다. 온몸을 흔드는 듯한 충격에 여자는 고개를 든다.

야. 죽으려고 환장했어?

누군가 성급히 여자의 팔을 잡아챈다. 빠앙, 고막을 찢는 경음기 소리와 함께 거대한 트럭이 여자의 코앞을 쏜살같이 지나간다. 신호등이 없는 네거리였다. 교각 때문에 옆에서 오는 차가 보이지 않았다. 뒤를 돌아본다. 검은 롱패딩의 여자아이가 여전히 여자의 팔을 붙잡고 있다 손을 홱 놓는다.

쌍, 아줌마 때문에 애 떨어질 뻔했다고. 목숨이 아흔아홉 개라도 돼? 어른이면 어른 값을 해야지. 눈은 장식이 아니라고. 아이씨, 이거 신상인데 이게 뭐야? 여자아이는 하늘색 스니커즈 위의 흙 묻은 눈을 손으로 털어낸다. 아, 재수 없어. 새해 첫날부터.

여자아이는 여자보다 더 먼저 앞으로 걸어가, 다른 교각 아래에 선다. 누군가를 기다리는 것인지도 모른다. 누군가에게 전화를 걸고 소리를 지른다.

그래서 아 씨발 나보고 어쩌라고.

구겨지는 여자아이의 얼굴과 날선 콧날과 차가운 목소리가 동시에 여자의 몸 안으로 날아든다. 나보고 어쩌라고. 언제부턴가 여자도 그런 말을 자주 썼고, 자주 들었다.

결혼식이 끝난 후 혼자 수변 무대에 남아 있던 여자의 모습이 떠오른다. 공원에서 치러진 야외 결혼식이었다. 만국기가 공원 광장을 둘러싸고 있었고 그 현란한 색깔들이 공원을 조각보처럼 수놓고 있었다. 그날 여자는 신부의 친구가 되었다. 모든 새 출발은 아름다운 법이었다. 지켜보는 여자도 제법 설레고 들떠 있었다. 손님들이 여자를 위해 온 것처럼 생각되었고, 그 많은 꽃다발 역시 자신을 위한 것인 양 여자는 우아하고 품위 있게 행동했다. 여자는 매니저가 시키는 대로 친구처럼 다가가 신부에게 다정하게 축하 인사를 건넸다.

여자는 결혼식이 끝나고서도 집으로 돌아가지 못했다. 사람들이 모두 돌아간 후 이벤트 회사 직원이 테이블과 의자를 치울 때까지 어깨를 늘어뜨리고 앉아 있었다. 화환에서 떨어진 꽃잎과 축하용 장식 테이프, 오색 종이가 어지럽게 여자의 발밑에서 뒹굴었다. 신부가 봉과해갔던 풍선 아치는 탄력을 잃고 서 있었다. 몇 개는 터지고, 몇 개는 바람이 빠져 쪼그라들었다. 여자가 신부에게 다가갔을 때 신부는 여자의 눈을 피했고, 어색하게 웃었다. 여자의 축하 인사는 공허하게 되돌아왔다.

여자가 할 일은 끝났다. 더 이상 신부의 친구도, 이 파티의 들러리도 될 수 없었다. 용도 폐기되어 사라지는 풍선처럼, 여자도 사라져야 할 시간이었다. 그러나 무대에서 쉽게 내려올 수 없었다.

여자는 집에 돌아와 캔 땅콩을 뜯어놓고 술을 비웠다. 하루 종일 풍선 속처럼 텅 빈 가슴을 진정시켜야만 했다. 조금만 바람을 많이 넣어도 압력을 못 이겨 스스로 터지고 마는 풍선처럼 가슴은 저릿해졌다. 너무 가벼워 묶은 실이 풀리는 순간 날아가는, 날카로운 가시에 닿기만 해도 터져버리는 풍선이 된 것 같았다. 마침내 마지막에는 바람 빠진 풍선이 되어 여자는 잠이 들었다. 새벽에 일어났을 때 눈은 퉁퉁 부어 있었다.

여자는 지난번 결혼식 때 받은 부케를 올려다보았다. 부케를 내리자 회색 가루가 떨어졌다. 갑자기 빛을 받은 곰팡이는 여자를 비웃듯 사뿐히 날리며 천천히 바닥으로 떨어졌다. 더이상 나보고 어쩌라고, 어쩌라고. 거무스름하게 변한 부케는 여자에게 이렇게 말하고 있었다. 여자는 가지면 안 될 것을 가진 듯 그것을 창밖으로 멀리 던졌다.

사람들이 길을 가다 한쪽으로 비켜서 지나간다. 바닥에 하얀 래커로 사람의 형상이 그려져 있다. 아마도 사고가 난 표지인 것 같다. 보도블록 위의 빌딩을 올려다본다. 15층 정도되는 빌딩이다. 어디선가 비명 소리가 들리는 것 같다. 앞에 가던 여고생들이 하얀 래커 자국을 가리키며 수근거린다. 하얀 래커 안의 머리 부분에 검붉은 얼룩이 남아 있다. 화선지에 떨어뜨린 먹물처럼 서서히 퍼져나가 눈 위에 양귀비꽃 같은 무늬를 만들었을 것이다. 그 자리에 멈춘 여자의 발이 래커 안으로 향하다 멈춘다. 여기 머물 수도 앞으로 나갈 수도 없다.

약속대로라면 오늘 그와 함께 시골집으로 가서 등기부등본의 명의를 바꾸고 있어야 했다. 하지만 그럴 수 없다. 그날 여자는 그의 노모가 내민 하얀 봉투를 받을 수가 없었다. 노파는 무슨 일인지 몰라 눈이 커졌다. 여자는 한 번도 임신한 적이 없다는 사실도 밝혔다. 노파는 놀란 눈으로 한참을 쳐다보다 무슨 말인지 알아들은 듯 고개를 끄덕였다.

갑자기 여자는 자신의 미래가 궁금해진다. 멍한 눈으로 아무것도 보이지 않는 지평선 너머를 응시한다. 제 몸을 보호할 독이라고는 없는, 겨우 호루라기 하나 몸에 지닌 채 사막을 횡단하는 모습이다.

여자는 버스가 멈추는 것을 발견하고 올라탄다. 버스는 여자가 가보지 못한 곳을 정신없이 구불구불 돌아간다. 라디오에서는 토크쇼가 수다스럽게 진행 중이다.

'요즘은 이야기 친구나 파트타임 애인도 쉽게 구할 수 있답니다. 그뿐인가요? 일본에서는 가족도 통째로 만들 수 있다면서요. 퇴근해서 집에 들어가면 미리 의뢰해놓은 아내와 딸이 우렁각시처럼 밥상 앞에 앉아 기다린답니다. 좋은 세상이죠.' 진행자와 초대 손님의 웃음소리가 그치지 않는다.

감정적인 책임이나 의무가 없는 관계, 이보다 더 쿨할 수는 없다. 그것은 언제든 깨끗이 정산될 수 있는 관계의 편리함이다. 시간과 돈으로 치환될 수 있는 고객에게 돈과 시간으로 대체될 수 없는 것을 바라는 것은 옳지 않다. 버스는 여자를 희롱이라도 하듯 역 광장으로 다시 돌아온다. 여자를 뒤에 남겨놓은 채 앞으로, 앞으로 달려간다.

터미널 앞의 트리는 발가벗은 몰골로 뼈대만 남았다. 피뢰

침처럼 매달려 있던 별도 떨어져 나갔다. 반짝이 공과 장식물이 떨어져 나간 원추형 뼈대는 밤사이 철거될 것이다. 욕망이든 집착이든 환상이든 그것이 헛되고 슬프다는 걸 인정해버리면 사는 게 눈물 나게 즐겁다고 했던가. 쓴 위스키가 든 초콜릿을 한입 베어 문 것 같다.

새해 첫날이라 텅 비었을 거라는 생각과는 달리 피시방의 자리는 꽉 차 있다. 접수대에서 카드를 받아 자리에 앉는다. 무인도 서바이벌 게임을 하는 사내가 칸막이 너머에 보인다. 격투기 선수 같은 체격에 어깨 주변에 길게 그어진 흉터가 여럿 있다. 한겨울에 민소매 차림인데도 흉터의 얼굴은 벌겋게 달아올라 있다. 호루라기를 쥔 손에 힘이 들어간다. 인터넷을 켜고 여자가 등록되어 있는 지니 매직 엔터테인먼트에 접속한다.

'행복한 가족을 만들어드립니다' '하객 대행' '장례식 대행' '오늘 하루 전구를 갈아주거나 못을 박아줄 남자 친구가 필요하십니까?' '요새 세상에 아직도 이런 걸 남자 친구한테 맡겨?' '술친구 구해요' '여행 친구 없나요' '흔들리고 싶은 갈대의 방' '외로운 양치기가 당신에게' '한밤의 오아시스'……어지러운 광고 문구들이 눈에 들어온다. 옆에서 게임을 하던 사내가 칸막이 너머로 여자를 홀끔거린다. 사내는 게임하는 내내 발을 구르고 팔꿈치로 테이블 바닥을 두드린다.

여자에게 의뢰가 들어온 사항은 아무것도 없다. 창을 닫으려 할 때 메신저가 켜진다. 직원용 메신저다.

다 망했어. 당신 때문에 다 망했다고. 너 때문에. 그러고도 무사할 줄 알았어? 아오. 내 삼십 년 인생을 네가 다 망쳐? 널 믿는 게 아니었어. 미친 년 하나 때문에 내 인생이 이렇게 꼬여도 되는 거야? 처음부터 이럴 거면 이 일 왜 맡았어? 내가 이 말까지는 안 하려고 했는데 같은 직원끼리 이래도 되는 거야? 내가 매니서한테 특별히 당신을 콕 찍어서 부탁한 거라고. 당신이 일 잘한다고 소문이 나서. 그런데 일을 이렇게 망쳐? 넌 다시는 여기서 일 못할 줄 알아. 이 바닥이 그렇게 쉬운 줄 알아?

끊임없이 올라오는 메신저 문자가 사정없이 여자를 후려갈긴다. 여자는 황급히 모니터를 강제로 눌러 끈다. 도망치듯 여자는 걷는다. 여자의 곁으로 코모도 도마뱀 한 마리가 다가온다. 하지만 손가락 까딱할 기운도 남아 있지 않다. 해가 저무는 도시, 길어지는 그림자를 끄는 사람들, 그들은 태어난 후 생각이라고는 해본 적 없는 사람들처럼 무표정한 얼굴로 걷는다. 영혼을 잃고 뒷걸음질 치는 그림자가 저들을 끌고 어디로들 가고 있다. 점점 더 짙은 밤이 여자의 목덜미를 감싸며 다가온다. 엷은 호루라기 소리가 귀에 들린다. 여자는 호루라기 소리를 따라 걷는다. 호루라기 소리 사이로 황금빛 사막의 물소리가 청명하다. 누군가 귀에 대고 속삭인다. 명상 센터 선생의 목소리 같기도 하다. 마음의 소리를 듣기 위해서는 사막의 고독이 필요한 거야. 따뜻한 입김이 귓가에 스친다. 눈에 보이는 신기루가 실제로 있는 장소는 얼마나 멀까. 선생이 말한 마음의 소리를 들을 수 있을까.

어느새 낯익은 빌딩 앞이다. 노란 펜스가 아직도 그 자리에 있다. 어둠 속에서 래커가 만들어낸 형체가 어슴푸레 눈에 뜨인다. 검정 롱패딩 여자아이가 빌딩 표지석 앞에 앉아 있다. 하늘색 스니커즈는 더 더러워져 이제는 제 색깔을 알아볼 수도 없다. 여자아이는 노란 펜스 앞에 오랫동안 서서 흰 래커의 윤곽선을 내려다본다. 노란 펜스 안으로 들어가 하얀 윤곽선 안에 다리 하나를 올려놓는다. 그리고 실루엣을 따라 누워 몸을 끼워 맞춘다. 힘이 들어간 어깨가 어느 순간 바닥에 차분히 내려앉는다. 여자아이는 하늘을 정면으로 올려다보다 눈을 감는다. 검정 패딩이 검은 상복처럼 여자아이를 덮고 하얀 얼굴과 발목만 남겨두었다. 여자아이의 눈 안에서 코모도 도마뱀이 혀를 날름거린다. 여자는 허둥대며 주머니 속의 호루라기를 꺼낸다. 삐이익, 삐이이이이이익. 소리가 점점 더 커진다.

여자아이는 날카로운 소리에 놀라 벌떡 일어나, 소리가 나는 쪽으로 고개를 돌린다. 여자는 달려가 여자아이의 손을 휙 낚아챈다. 여자아이의 눈이 여자를 쳐다본다. 누군지 알아봤다는 듯이 피식 웃는다. 여자는 여자아이의 등짝을 후려친다.

무슨 말을 하려고 하지만 아무 말도 나오지 않는다. 여자아이는 여자의 팔을 뿌리치고 빌딩 위를 가리킨다.

저거나 봐.

빌딩 위 광고판에서 하얀색 페르시아 고양이 한 마리가 폭신해 보이는 양탄자 위로 폴짝 뛰어오른다. 사뿐히 흩날리는 하얀 털 위로 '당신의 포근한 내일을 책임집니다' 자막이 흐른다.

아줌마 나 알아?

여자아이의 입에서 나온 입김이 하얗게 흩어진다. 여자는 고개를 젓는다.

하, 아줌마가 나 얼마나 안다고 이래?

덜 여며진 롱패딩 안으로 하얗고 시린 아이의 목이 드러난다. 여자는 아이를 일으켜 상가 앞의 벤치에 앉힌다. 아이는 아무렇지도 않게 다리를 까딱거리며 먼 하늘을 바라본다. 아득히 먼 지평선 끝에서부터 아지랑이처럼 몰려오는 내일이 있다. 눈으로 볼 수도 없고 손으로 잡을 수 없는 내일이 다가오고 있다.

언닌지 아줌만지, 나 알아요?

여자는 대답 대신 알파카 머플러를 아이의 목에 둘러준다. 아이는 거부하지 않고 여자를 향해 피식 웃는다. 다시 파란 밤이 지나가면 여명이 다가올 것이다.

화이트 밸런스

나경은 초대장을 내려다본다. 선배가 보내온 전시회 팸플릿에는 눈에 익은 그림 몇 점이 실려 있다. 선배가 활동하고 있는 '뭉크'의 그룹전이다. 케이블 TV의 문화초대석에서 프리뷰를 보았다. 몇 년 전, 선배의 개인전에 갔다가 그들의 소식을 들었다. 선배는 나경과 사귈 때와는 다르게 몸이 많이 불어 있었다. 얼굴선은 뭉개졌고, 눈코입이 모두 두리뭉실해진 것 외에도 어깨와 허리, 배가 구분되지 않았다. 새치 역시 눈에 띄게 늘어나 있었다. 그 일 이후 나경과 선배는 자연스럽게 멀어졌고, 가끔 일과 관련하여 만나기는 하지만 나경에게 선배의 자리는 이미 사라졌다.

그동안 나경은 학예사 자격증을 따고 공립 미술관에서 기간제 근로자로 경력을 쌓았다. 도심에서 좀 떨어진 곳에 자리한 작은 사립 미술관에서 일하게 된 것이 얼마 전이다. 꿈을 이루었다고 생각했지만, 그 기쁨은 오래가지 않았다. 오히려 한동안 허탈감에 빠져 살았다. 꿈과 현실은 멀었다. 무언가를 이룬다는 것은 그것의 실체를 알기 전까지만 의미 있는 일이었다. 학예사가 되기 위해 전공 외에도 외국의 전문 잡지나 연구 서적을 읽어야 했다. 영포자였던 나경이 영어와 한자 공부까지 병행하며 능력을 키우려고 부단히 노력하던 그때가 어쩌면 더 행복했던 것이 아닌가 생각되기도 한다.

어릴 적 꿈을 펼칠 수 있을 거라고 생각했던 때가 그리워진다. 지금 나경의 모습에는 그때의 반짝이는 열정 같은 것이 빠져 있다. 비 맞은 종이 박스처럼 위태롭게 버티며, 하루를 쳇바퀴 돈다. 그때 선배도 말했다. 그렇게 열정이 있을 때가 가장 좋은 때라고. 열정은 접착제 같다. 서걱거리는 것을 서로 어울리게 하는 마법 같은.

선배의 그룹전 장소는 강남의 도심 한가운데 있는 작은 전시장이다. 지난주 수요일에 있었던 전시 오프닝에 참석하지 않았다. 선배는 서운해했다. 비록 헤어지기는 했지만 인간적으로 나경에게 의지하고 있다는 느낌이 아직도 든다. 선배는 나경이 왜 헤어지자고 했는지 아직도 이해하지 못하는 듯하다. 선배는 휘와 연락이 안 된다고, 같이 오라고 했다. 선배는 그 일을 아직도 모르는 것일까. 늦여름의 그 기억이 나경에게는 너무 선명하다. 휘에게 연락을 해야 하나 망설이는 사이

주말도 지나갔다. 조용히 잘살고 있는 휘에게 폭풍이 되는 건 아닐까 조심스럽다.

가을로 접어드는 도심 거리는 늦여름의 열기로 가득하다. 9월이 왔는데도 더위는 지칠 줄을 모른다. 운전대를 잡은 팔에 열기가 느껴진다. 주차장을 막 벗어나는데 메시지가 들어온다. 인쇄소에서 보낸 도록 초안이다. 드라이브 스루 매장에 커피를 주문한 후 가까운 공원 주차장에 차를 세운다.

파일을 열자 사진과 문서가 하나씩 열리기 시작한다. 다음 달 열릴 S대 동문전의 전시 포스터와 도록 시안이다. 사진을 확인한 나경은 한숨을 쉬고 고개를 젓는다. 몇몇 조각을 제외하면 인상적인 작품이 없어서인지 도록 역시 특별하지 않다. 조각과 설치 작품 몇몇은 개성도 있고, 실험적이다. 의외로 회화는 클래식하다. 전체적인 인상은 아마추어의 그저 그런 작품 같은 느낌을 준다. 내일 잡지에 내보낼 인터뷰도 예정되어 있지만, 기대되지 않는다. 나경은 파일을 관장에게 전송한다. S대가 관장의 모교이기도 해서 더 애착을 보이는 것인지 도록이며 브로슈어에 대한 시안까지 사전 검열이다. 말로만 들었던 사립 미술관의 갑질인지도 모른다. 전시 공간 구획이나 소품 배치는 전적으로 나경에게 맡긴다고 했다. 나경은 그 말을 반만 믿기로 한다.

도록 첫 페이지에 '영원과 하루'라는 전시 제목이 양재샤넬체로 양각되어 있다. 미술 관련 도록에는 잘 쓰지 않는 서체

인데 관장이 고집했다. 공식 문서에도 양재샤넬체를 고집하는 관장의 오글거리는 취향은 어디서나 도드라진다. 손안에서 진동이 시작된다. 관장의 번호가 뜬다.

정 실장, 도록 시안 잘 봤습니다.

관장님 보시기에 어떤지 모르겠습니다.

전체적으로 나쁘지 않습니다. 조금 욕심을 부린다면, 작품 사진과 그 정렬이 너무 밋밋하고 나이브한 것 같습니다. 내 후배들이라서가 아니라 젊은 작가들 키워주고 싶은데 포장이 허술하면 관심 받기 힘들지 않겠습니까? 좀 더 래디컬한 인상으로 관람객을 맞이하면 좋겠습니다. 평범한 것도 어떤 프레임으로 보느냐에 따라서 시각이 달라지지 않겠습니까? 관람의 방향을 좀 더 명확하게 잡아주는 것도 큐레이터가 해야 할 일이라고 생각합니다.

전체적인 도록 디자인이 마음에 들지 않는다는 말씀이십니까?

음, 그것보다 도록의 배열이 너무 베이직합니다. 좀 더 리버럴하게 접근하면 더 세련된 느낌이 될 것 같지 않습니까? 그리고 사진이 인상적이지 않습니다. 바이브가 부족하다고 할까요. 사진을 좀 더 강렬하게 바꾸면 좋겠습니다.

재료의 특성에 따라 사진을 배치했는데 다시 바꿔보겠습니다. 그런데 사진을 강렬하게 바꾸라는 말씀은 무슨 뜻인지요? 작품을 바꾼다는 말씀은 아닐 것 같고.

전시가 임박한데 이제 와서 작품을 바꿀 수는 없고, 뭔가 차별적인 도록이 될 수 있게 분위기를 연출해야 하지 않나 하는 겁니다. 작품을 바꾸지 않으면서 작품을 돋보이게 하는 외적인 방법을 고민해봤으면 합니다. 예를 들면 현상 방법을 달리하든지, 포토샵이나 카메라의 화이트 밸런스를 이용해서……

나경은 자신의 귀를 의심한다. 도록에 실릴 작품 사진은 최대한 실제 색감을 벗어나지 않도록 찍는 것이 관건이다. 자연광이냐 인공광이냐에 따라서도 지면에 노출되는 색깔은 천차만별이다. 까다로운 작가는 자신이 직접 인화할 곳을 찾기도 한다. 이번 거래처는 대체로 평이 좋은 곳이다. 작품 사진을 전문으로 찍는 곳에서 보내온 사진을 변형시키는 일은 자주 있는 일이 아니다.

전시 포스터로서 인상적이지 않다는 약점은 있습니다. 작품 하나하나를 봤을 때는 괜찮은데 모아놓으니 더 구심점이 없어진다고 할까요. 한눈에 들어오는 대표 작품이 없다는 것도 약점입니다. 대표 작품을 바꾼다면 모를까……

무슨 방법이 있을 겁니다. 모든 문제에는 해답이 있지요. 분명 있을 겁니다. 그게 우리가 할 일이지 않습니까? 그럼 사무실에서 봅시다.

전화를 끊자 부재중 전화에 선배의 전화번호가 뜬다. 내일이 전시 마지막 날이니, 선배를 보려면 오늘 저녁에는 다녀와야 한다. 그 사실이 묵직하게 가슴을 내리누른다. 뿌연 먼지가 남산 타워의 몸통을 잘라먹었다. 주차장 입구에 있는 시계탑을 보자 나경의 눈은 과거로 향한다. 시야 안으로 기차역의 시계탑이 아른거린다. 뒤이어 계곡의 물소리와 햇살, 가을의 하늘과 구름, 그 아래를 흘러가던 개울물과 그 개울에 반사되던 빛. 그 빛 때문에 세상이 모두 하얗게 바랜 것처럼 보이던 그때, 그 하루가 떠오른다. 다만 그 빛은 화이트 밸런스의 텅스텐 조명처럼 누런 빛깔로 그것이 오래된 과거의 일임을 상기시키고 있다.

나경은 고개를 흔든다. 기억하고 싶지 않은 하루가, 생각하지 말아야 할 코끼리가 되어 머릿속을 쿵쿵 지나간다. 잊고 싶지만 그냥 지나치지는 못할 거라는 막연한 강박이 있다. 어느 순간 나경의 인생에서 사라져가는 휘. 어쩌면 나경은 휘를 기억하고 싶지 않은 것인지도 모른다. 휘는 아직도 시계탑 아래에서, 마릴린 먼로가 프린트된 홀터넥 셔츠에 카디건을 걸치고 나경을 향해 손을 흔든다. 프릴 달린 휘의 하얀색 롱스커트가 순진하게 펄럭이며 나경의 얼굴을 때린다.

그날 나경과 휘는 함께 시계탑 앞에 서 있었다. 동아리 스케치 여행에 여동생과 함께 오기로 했던 선배는 수트 차림에 백팩을 메고 혼자 나타났다. 여동생은 나경과 같은 나이로 성격이 비슷하여 가끔 셋이 같이 영화를 보기도 했다. 그날은 남자 친구와 콘서트에 간다고 나타나지 않았다. 선배는 나경과 휘의 동아리 2년 선배로 동기들이나 후배들에게 평판이 좋았다. 누구나 고개를 끄덕이고 미소를 짓게 하는 얼굴. 더구나 선배는 술을 끊은 후부터는 마지막까지 술자리에 남아 동기와 후배들을 챙겼다. 믿을 만하고 책임감 강하다고 선배들이 칭찬했다. 그런 면이 나경에게 믿음을 주었을 것이다.

선배를 따라 나경과 휘가 대합실 안으로 들어가자 화구 가방을 든, 단정한 투블럭 헤어에 아르마니풍의 사켓을 입은 남자가 선배를 향해 손을 들었다. 몸 선을 따라 자연스럽게 흘러내리는 춘추용 얇은 블레이저 차림이었다. 그는 복식호흡에 익숙한 사람의 발성이 주는 탄력 있는 저음으로 선배와 같은 뭉크 회원이라고 인사했다. 참가하기로 했던 여자 멤버는 보이지 않았다. 선배가 왜 혼자냐고 묻자 그는 난처한 표정을 지었다. 여자 멤버는 학술 모임 일정이 당겨져 지방에 갔다고 했다.

기차는 가을 햇살을 흠뻑 맞으며 출발했다. 서울을 벗어났을 무렵 옆 좌석에서 들려오는 말에 휘와 나경은 동시에 서로의 얼굴을 바라보았다. 나 알지? 한 번쯤 들어봤을 법한 말인데다 그 말투가 은근하고 다정했다. 둘은 픽 웃음을 터뜨렸다. 나경은 고개를 돌려 그들을 보았다. 코스프레 패들이었다. 잭 스패로우와 블랙 위도우, 세일러문과 아이언맨이 서로 마주 보고 있었다. 코스튬 플레이 사진은 봤지만 실제로 본 것은 처음이었다.

스무 살은 넘었을 법한 성숙한 여자의 얼굴에 세일러문의 양 갈래 머리도 이상하지만, C컵 가슴을 겨우 감춘 타이트한 의상 위에 붙은 손바닥만 한 빨간 리본은 더 어울리지 않았다. 손에 들린 요술 막대는 한 컷의 코믹한 만화 같았다. 모두 진한 화장으로 피부색이 보이지 않았다. 짙은 스모키 화장으로 인해 눈동자의 시선이 어디로 향해 있는지 구분하기 힘들었다. 그 검은 눈을 바라보고 있을 때 나경은 가슴속에서 딱딱한 것이 목구멍을 치고 올라오는 느낌이 들었다. 뜨거움으로 단단히 뭉친 어떤 것이 가슴을 쿵쿵 치면서 뭔가를 요구하고 있었지만 그것이 무엇인지 알 수 없었다. 긁어내지 못하는 피딱지가 목구멍에 걸린 것 같았다. 고개를 돌려 창밖을 보며 크게 숨을 들이쉬자 겨우 울렁거림이 가라앉았다.

선생님! 역에 내려 개찰구를 빠져나왔을 때 라운드 티셔츠를 입은 학생들이 아르마니를 향해 다가왔다. 그의 목소리가 갈라져 나왔다. 당황한 기색이 역력했다.

여긴…… 웬일이니? 과외도 쉬니 모처럼 친구들과 여행 가려고요. 아, 그렇구나. 난 회의가 갑자기 취소돼서…… 그의 목소리 톤이 아까와는 다르게 높아졌다. 새된 소리도 섞여 나왔다. 다음 시간 준비물 잊지 않고 챙겨 가겠습니다. 학생들은 저희들끼리 눈웃음을 교환하다 떠났다. 나경과 휘는 마주 보며 고개를 갸웃했다.

도심을 벗어나 외곽의 한적한 역에 도착하자 빨간색 레인지로버가 나경 일행을 기다리고 있었다. 마르고 키가 큰 남자가 레인지로버에서 내려 선배와 아르마니를 차례로 끌어안았다. 생각지도 않은 멤버의 출현에 나경이 선배에게 속삭였다.

선배, 나한테 미리 말하지 못한 이유라도 있는 거야?

괜찮아. 다 오래된 친구들이니까 불편하지 않게 해줄 거야.

난 괜찮지 않아. 또 지금 내가 말하는 건 그게 아니잖아. 우리 사이의 신뢰 문제야.

왜 또 그러니? 그냥 차가 있음 더 편할 것 같아서 내가 일부러 오라고 했어.

선배는 나경의 눈을 피했다.

느린 말투와 단정한 차림, 절도 있는 행동으로 자신을 소개한 레인지로버 운전자는 기차에서 내린 일행을 태우고 목적지로 향했다. 선배는 차에 타자마자 피곤한 듯 창문에 머리를 기대고 눈을 감았다. 가끔 선배의 고개가 아래로 떨어지다 힘겹게 다시 제자리를 찾았다. 논문 준비로 밤을 샜을 것이다. 차 안은 올 블랙으로 마감되어 있었고, 유화 물감 냄새와 린시드와 테레빈 오일 냄새가 희미하게 배어 있었다. 익숙한 냄새를 맡자 나경의 불안한 마음도 가라앉았다.

목적지에 도착했을 때 눈을 제대로 뜰 수 없을 정도로 강렬한 볕이 내리쪼이고 있었다. 멤버들은 배낭에서 이젤과 캔버스를 꺼내 뿔뿔이 흩어졌다. 널따란 반석이나 풀밭에 접이식

이젤을 펴 캔버스를 올려놓고 오일에 푼 번트시에나로 밑그림을 그렸다. 까치 떼가 단풍이 들기 시작한 산을 넘고 있었고, 물에 비친 단풍이 흔들렸고, 수면에 뜬 단풍잎이 흔들렸다.

해가 지기 전 돌아왔다면 그런대로 가을을 만끽한 낭만적인 스케치 여행이 되었을지도 모른다. 그때 빨리 돌아왔더라면. 나경은 이미 돌이킬 수 없는 과거의 시간에 대해 만약이라는 전제 조건을 단다. 가지 않은 길의 모퉁이를 훔쳐본다. 그 스케치 여행이 없었다면 세상이 지금과 다르게 보였을까. 나경에게는 이렇다 할 불행에 대한 경험이 없다. 소소한 불쾌한 기억들을 불행이라고 부르기는 싫고, 그것들은 단지 일시적으로 지나가는 일이라고 생각한다. 그 일 역시 그중의 하나라고 생각하지만 기억은 오래 남는다. 나경에게 불쾌했던 그 기억이 휘에게는 어떤 의미로 남아 있을까.

시계탑의 긴 시곗바늘은 겨우 한 칸을 이동했다. 사무실로 곧장 가야 할지, 초대장의 전시장에 들러야 할지 아직도 망설인다. 손가락 끝에 동여맨 밴드에서 피가 스며 나온다. 소염 주사를 맞았는데도 아물어가던 상처가 다시 덧나 진물이 흐르기 시작한다. 어제 아침 차 키를 열쇠고리에서 빼내다가 살갗이 벗겨졌다. 상처가 날 때마다 나경은 그날을 떠올린다. 그날의 내상은 피를 흘리는 것으로, 그렇게 딱지가 앉는 것으로 끝나지 않았다. 종이에 손을 베었을 때의 순간적인 전율과

낭패감, 그 작은 상처가 시도 때도 없이 존재감을 드러내며 되살리는 불쾌한 감정이 나경의 인생을 지배하는 것 같다. 어디로든 가야 한다. 시동을 건다.

관장은 기다렸다는 듯 나경을 보자마자 말한다.

—포스터 사진부터 분위기를 바꿔봅시다.

관장의 흰색 드레스 셔츠와 빨강과 파랑 스트라이프가 섞인 보타이가 한눈에 들어온다. 샤넬 넘버5 향수 냄새가 진하다. 나경은 헛구역질이 가볍게 올라온다. 나경은 뒤돌아서서 가볍게 기침을 한다.

—좀 구체적으로 말씀해주시면 더 흡족한 결과물을 낼 수 있을 것 같습니다.

—포스터 메인에 들어갈 작품의 사진과 다른 사진들 모두 조금 색감을 변형시켜볼 생각입니다. 색온도를 조금만 낮추고 전체적인 분위기를 더 차분하고 냉정하게 그리고 진취적이고 리버럴한 인상으로 가려고 합니다. 정 실장, 인쇄소에 물어보니 다른 미술관에서도 흔히들 한다고 해요. 색 밸런스를 텅스텐으로 맞추고 색온도를 조금만 낮추면 매력적인 분위기를 연출할 수 있다고 합니다.

—그럼 관람객의 입장에서는요? 광고에 나온 도록 사진이나 모니터에서 보던 색과 다른 작품을 어떻게 생각할까요? 관람객의 눈을 기만하는 것이 아닐까요? 도록의 디자인을 바꿀 수는 있습니다. 하지만 도록의 작품 사진을 포토샵으로 바

꾸는 것은 곤란합니다. 도록 사진을 전문으로 찍는 일도 엄연히 건드릴 수 없는 영역이며, 실제 작품과 다른 사진은 신뢰도에서 최악의 결과를 가져올 것입니다. 작가들에게 먼저 허락을 받아야 하는 문제도 있습니다.

—요즘은 포토샵도 작품으로 인정하는 분위기지 않습니까? 사진 기술로 작품을 돋보이게 할 수 있다면 마다할 이유가 없지요. 도록의 사진은 관람의 첫인상 아닙니까. 작가에게 허락을 받으면 되지 않겠습니까?

—사진도 아니고 회화 작품에서 화이트 밸런스를 바꾸어 작품 색과 다르게 연출된다면 그것은 그 사람의 작품이라고 할 수 없는 게 아닐까요.

—오늘 업체에 들러 한 번 더 상의해봅시다. 하지만 이번만 내 말대로 해주어요. 아주 조금만 더 포토샵으로 래디컬한 분위기로 간다면 주제와 더 어울릴 겁니다. 내가 뭘 원하는 건지 알지요? 다른 건 걱정 말아요. 그리고 정 실장의 작품 해설은 품위가 있고 클래식해요. 관람객들은 어렵고 난해한 해설을 바라지 않아요. 우리는 관람객의 눈높이를 무시할 수 없어요. 소통의 시대에 친절한 작품을 원하니까요. 내가 거듭 부탁하는 겁니다. 아, 그리고 오늘 제프 쿤스 작품이 최고 경매가로 팔렸다는 소식 들었어요? 역시 대단합니다. 그럼 내일 봅시다.

그가 가벼운 비쥬를 건네고, 주머니 속에서 휴대용 향수를 꺼내 가볍게 한 번 더 뿌린 후 관장실로 사라진다. 비쥬는 그의 습관이다. 오랜 프랑스 생활에서 얻은 것이라고 했다. 스킨십은 관계의 친밀도를 높인다는 면에서 긍정적이라고 한국에 들어와서도 그 습관을 바꾸지 않았다.

창밖으로 그의 차가 떠나는 것이 보인다. 오늘 그의 향수는 누구를 위한 것일까? 미술 관련 업계에서 그는 아내를 지극히 아끼는 사랑꾼 애처가로 유명하다. 병에 걸린 아내를 위한 순애보 스토리는 월간 여성지에 실려 뭇 여성의 부러움과 질투를 한 몸에 받았다. 그의 아내가 선물했다는 코나 아이언 맨 마블 에디션의 자주색 몸체가 나경의 시야에서 사라진다. 나경은 아직도 관장의 정확한 이름을 모른다. 사회적으로 통용되는 이름은 앙리 유다. 그의 성이 유라는 것밖에 아는 것이 없다. 어쩌면 유봉남 같은 소박한 이름일지도 모른다는 생각을 한 적도 있다. 나경은 가끔 단정한 그의 슈트 속에 숨겨진 빨간 내복을 상상한다.

나경은 큐레이터들이 드나드는 미술계 동향 사이트에 로그인 한다. 제프 쿤스의 기사가 일면에 떠 있다. 그의 작품인 「미키 마우스」가 살아 있는 작가의 작품 중에서 최고의 경매가를 기록했다는 소식이다. 은박 풍선처럼 생긴 미키 마우스 옆에서 활짝 웃고 있는 제프 쿤스의 얼굴이 야비한 사기꾼 같다. 어쩌면 그가 증권 브로커로 일한 적이 있어서 그런 생각이 드는지도 모른다. 제프 쿤스는 관장의 말대로, 물리학자에

게 도움을 받아 완성한 평형 시리즈를 포기하고, 친숙하고 사
교적으로 작품 방향을 바꾸었을 때 물질적 부와 성공이 따라
왔다.

갑자기 심장이 불규칙적으로 뛰기 시작한다. 심장으로 들
어가야 할 피가 힘차게 뿜어 나오지 못하고 헛 펌프질을 하는
것 같다. 가슴속이 묵직해지고 딱딱한 것이 명치를 누른다.
목구멍을 치고 올라오는 느낌에 입을 막는다. 심장에서 생긴
덩어리가 입으로 솟구칠 것 같다. 심장이 점점 빨리 뛴다. 그
일 이후 생긴 증상이다. 긴장 상황이나 통제할 수 없는 상황
에서 호흡마저 가빠진다. 심장의 판막 쪽에 이상이 생긴 건
아닌지 검사했다. 초음파로 본 심장은 파닥파닥 가늘게 뛰고
있었고, 무언가에 쫓기듯 불규칙적으로 판막이 움직였다. 하
지만 이상이 있는 건 아니었다.

휘가 지방의 대학 강사로 떠나기 전, 딱 한 번 나경에게 그
날 이야기를 한 적이 있었다. 휘는 자신이 모든 것을 극복했
다고 믿고 싶었고 누군가에게 그것을 증명해 보이고 싶어 했
다. 이제까지의 내 인생은 프롤로그였다는 걸 알았어. 그동안
내가 얼마나 운이 좋았는지 모르고 있었던 거야. 이제부터가
본편인 거지. 내 인생에 펼쳐질 에필로그를 기대해. 난 내 모
든 것을 사랑하거든. 그때는 많이 달라져 있을 거야.

이 말을 하며 휘는 나경의 손을 잡았고, 나경 역시 휘의 손
을 꼭 잡아주었다. 지금 생각하면 휘는 그때 자신이 죽지 않

고 살아 있다는 것을 보여주기 위해 안간힘을 쓰고 있었다. 유튜버로 강연을 하는 휘는 더 바빠졌다는 사실을 핑계로 동문 모임이나 동아리 모임에 더 이상 참석하지 않았다. 어두워져가던 산그늘 속에 앉아 있던 휘가 떠오른다.

해가 붉은 산 뒤로 숨자 산 그림자가 순식간에 몰려와 개울의 반을 덮었다. 멤버들이 한 뼘 남은 양지로 모였다. 서늘한 겨울 한낮 같은 한기만 남았고, 물소리조차 음침하고 처량해졌다. 그 사이로 산은 탐욕스런 이의 붉은 잇몸처럼 처연하면서도 징그럽게 무르익어갔다. 산 그림자에 까닭 없는 불안감이 솟았다. 레인지로버 운전자가 차에서 와인과 치즈를 꺼냈다. 와인 오프너를 빠트렸다는 그의 말에 아르마니가 화구들 속에서 빨간색 빅토리눅스 다용도 칼을 꺼냈다.

역시, 넌 대단하다.

레인지로버가 말했다. 나경은 그를 바라보았다. 그 말은 칭찬이 아닌 빈정거림이었다. 한 잔씩 돌려 마신 와인이 더 한기를 부르는 것 같았다. 근처 식당으로 가자고 누군가 말했을 때 나경은 난감한 표정을 지었다. 벌써 네시가 가까워졌다. 선배가 나경에게 말했다.

나 알지? 책임지고 데려다줄 테니 걱정 마.

갑자기 기차 안에서 본 그 코스프레 패들의 목소리가 겹쳐졌다. 나 알지? 평소의 선배라면 그런 말을 하지 않았을 것이다. 그때까지 선배는 그렇게 진부한 사람이 아니었다. 휘는 빨간색 다용도 칼의 다양한 도구들을 부채처럼 펼쳐 보이며 장난에 열중하고 있었다.

산속의 집을 개조한 식당에서 뜨거운 백숙 국물과 고기로 배를 채우고, 불그레한 얼굴로 이야기에 열을 올렸다. 이야기가 중구난방 이어지다가도 가끔씩 추임새처럼 마당 너머의 산을 바라보았다.

저기 저 산 좀 보십시오. 달아오를 대로 달아올라 불끈하네요.

누군가 말하면 모두 고개를 돌렸다. 진저리치게 붉은 단풍의 절정을 보며 감탄하다 다시 이야기로 빠져들었다. 키치와 미니멀 아트의 영역이 어디까지인가에 대해서 이야기했고, 회화 속에 콜라주된 사진들, 사진 위에 덧칠된 회화를 예로 들며 사진과 회화의 경계에 대해 난상토론을 이어갔다.

나경인 오늘따라 왜 술 안 마시니?

선배는 드라마 속 비열한 주인공처럼 입꼬리를 한쪽으로 올리며 나경을 보았다. 처음 보는 선배의 표정에 나경은 낯설다는 느낌을 가졌다. 선배는 술에 취해 있었다. 휘는 선배가 주는 대로 잔을 들었다. 휘는 말했다.

선배, 오늘 선배 다른 날과 좀 다른 것 같은데 알아요?

휘는 가끔 나경의 페르소나 같은 때가 있다. 그날도 그랬다. 나경이 평소에 하고 싶었지만 참고 있던 말을 휘는 거침

없이 뱉었다. 나경이 갖지 못한 휘의 장점이었다. 전날 시내의 미술관에서 테이트 미술관의 누드 전시회 작품들을 보고 온 아르마니가 분위기를 다시 바꾸었다.

신화 속의 누드는 아름다웠는데, 현대 여자 작가의 누드는 꽤 노골적이고 불편하더군요.

나경 역시 휘와 함께 다녀온 전시였다.

그렇게 볼 수도 있겠네요. 신디 셔면과 루이스 부르주아의 작품은 내가 봐도 꽤 도발적이더군요. 싱의 권력 관계가 전도되고 있다는 느낌이 들 정도로요.

다들 고개를 끄덕였다.

맞아요. 루이스의 작품은 포르노 같았습니다. 나만 그런가요?

저도 그랬어요. 호크니의 동성애 관련한 드로잉은 좀 선정적이기도 하고요.

나경이 말하자, 아르마니가 휘의 잔을 채우며 말했다.

요즘 미술이 어디 미술인가요. 노골적으로 사람들을 유혹하잖아요. 그런데 언제까지 '다나까' 합니까? 너무 진지해지지 말자고요. 우리가 언제부터 이렇게 진지했나요? 예술도 짜고 치는 고스톱인 거 다 알잖아요? 말이 좋아 누드지. 누드와 포르노를 어떻게 구별해요?

순진하게 보였던 그의 목소리에서 불량한 기운이 느껴졌다.

넌 구별이 돼?

아르마니는 옆에 앉은 레인지로버의 어깨를 툭 치며 물었다. 그는 너털웃음을 웃으며 대답했다.

이거 솔직하게 말해도 되나?

당연하지.

난 작품 앞에서 감동이 오면 예술, 수치심을 느끼면 포르노라고 생각해.

하, 말 되네.

다들 고개를 끄덕였다. 휘가 턱으로 아르마니를 가리켰다.

음, 나도 생각해본 적은 없는데 굳이 말하자면 비슷해. 아마도 마음이 반응하면 예술, 몸이 반응하면 포르노라고 해야 하지 않을까?

다들 또 고개를 끄덕였다.

모두 작가의 시선이 아니라 관람자의 시선이네요.

휘가 말했다. 나경이 휘를 가리켰다.

실상은 내가 하면 예술, 남이 하면 포르노지.

휘의 말에 다들 웃었다.

아르마니는 나경에게도 똑같이 질문했다. 대답하지 않았다. 식상한 질문이었다. 예술이라는 이름을 덮어쓴 관음증이 세상엔 널렸다. 사적인 욕망을 충족시키기 위해 성화나 신화 속의 누드를 그렸다는 건 누구나 다 아는 사실이다. 예술로 포장된 누드 역시 포르노와 다르지 않다고 생각하지만 대답하지 않았다.

나경 씨는 내가 기분 나쁜가 봅니다.

아르마니는 손가락으로 자신의 콧등을 쓸며 말했다. 나경은 처음 본 사람에게는 좋은 감정도 싫은 감정도 가지지 않는다고 말했다. 감정이 이분법적으로만 나눠지는 거냐며 레인지로버가 끼어들었다. 아르마니는 술이 약한지 혀가 꼬여 있었다. 세상은 정도의 차이는 있지만 결국 이분법으로 나뉜다고 그는 반박했다.

선과 악, 음과 양, 하늘과 땅, 전사와 악마, 흑과 백, 가벼움과 무거움, 찬성과 반대, 진실과 거짓, 절대와 상대, 물질과 정신, 영원과 찰나, 아니마와 아니무스, 주인과 노예, 믿음과 불신, 그리고 성녀와 창녀…… 아니 악녀.

그는 얼른 자신의 말을 수정했다.

악녀는 선녀의 반대말이야.

레인지로버가 끼어들자, 휘가 그 뒤를 이었다. 휘가 들고 있던 술잔의 술이 튀었다.

누드든 포르노든 중요한 게 도대체 뭐야? 아름다운 것이든 추한 것이든 충격을 주는 게 요즘 미술의 목적이잖아. 파격과 그로테스크. 그림이든 사진이든 그 목적에 충실하면 되는 거잖아요.

멤버들은 모두 맞장구를 치며 박수를 쳤다. 휘는 특유의 사교성으로 그들과 금세 친해졌다. 어디서나 남자들은 휘에게 관심을 보였으므로 그날이 특별하지도 않았다.

비틀거리며 화장실에 다녀오던 레인지로버가 식당 마루에 걸쳐놓은 아르마니의 캔버스에 부딪쳐 쓰러졌다.

이거 너무 키치하지 않아?

그가 캔버스를 이젤에 다시 걸쳐놓으며 말했다.

예술도 트렌드야.

아르마니가 비뚤어진 캔버스를 바로 세우며 대꾸했다.

예술은 사기가 아니야. 난 인정 못해.

레인지로버는 고개를 저었다.

너는 현실을 인정하지 못하는 거야. 네가 그리는 극사실주의는 사진과 변별성을 잃었어. 창의력 부족을 드러내는 거지.

아르마니가 말했다. 레인지로버는 굵은 윤곽선이 있어서, 조금은 모작 같아 보이는 아르마니의 그림을 가리켰다.

그래도 이건 너무 유치하잖아. 이건 키치야. 키치, 키치, 키치. 너처럼. 키치키치키치킬킬킬.

그는 원숭이처럼 킥킥거렸다.

넌 인정 못하겠지만 키치는 키치한 세상을 꼬집는 예술이야. 진실은 없고 껍데기만 있는 세상에 대한 조롱이야.

아르마니가 다시 말했다. 레인지로버는 고개를 끄덕이며 그를 가리켰다.

맞아, 너도 그 조롱의 대상이고. 너의 모든 것이 키치야. 아르마니 향수, 캘빈클라인 팬티, 루이비통 우산, 샤넬 스킨…… 구찌에서 콘돔이 나온다면 넌 틀림없이 그걸 쓸 거야. 그래서 넌 키치야.

아르마니의 짙은 눈썹이 치켜올라가고 주먹이 날아갔다. 레인지로버는 그 주먹을 살짝 피하다 옆으로 넘어졌다. 상이 기우뚱하다 그의 옷에 김치 국물이 튀었다. 휘와 나경은 두 사람을 말렸다. 나경은 선배가 보이지 않는다는 걸 그제야 알았다.

미술관 창밖으로 그림자가 드리운다. 나무로 둘러싸인 주차장으로 가 다시 차를 몰고 나간다. 관장이 직접 작가들에게 전화를 한다고 했다. 그사이 인쇄소에 가 있다 나머지 오더를 처리하라는 뜻이다. 인쇄소와 선배의 그룹전 중 어디를 먼저 갈까 저울질하다 결심한 듯 강북의 인쇄소로 먼저 향한다. 선배의 그룹전에 뭉크 멤버들이 포함되어 있지 않았다면 망설임 없이 갔을 것이다. 그날 선배는 급하게 그를 찾는 부모님의 전화를 받고 나경과 휘를 남겨둔 채 역으로 가는 막차를 탔다. 나경은 선배가 없다는 사실을 믿을 수 없었다. 한마디 말도 없이 사라진 그를 이해하지 못했다.

그날은 주말 저녁이라 나들이 차들이 서울로 진입하기 위해 도로에 줄을 서 있었다. 레인지로버는 한 시간이 넘어서야 역에 겨우 가 닿았다. 기차는 만석이었다. 나경과 휘가 버스를 타고 가겠다고 하자 레인지로버가 둘의 팔을 잡았다. 저거 안 보여요? 주차장이 된 도로를 그가 가리켰다. 간신히 10시

출발의 입석표를 끊었다.

네 명은 역 앞의 카페로 들어갔다. 주인은 넓은 2층 룸으로 안내해주었다. 벽걸이 텔레비전에서 베르사유 궁전과 루브르 박물관이 관광 명소로 소개되고 있었다. 아르마니는 도둑질한 물건들이 자랑스러운 것이냐고 비아냥거리며 채널을 돌렸다. 아이돌의 군무와 함께 시끄러운 전자음이 울려 퍼졌다. 나경은 긴장 탓인지 요의가 자주 찾아왔다. 화장실에 가려고 일어서는 나경 앞으로 아르마니가 다가왔다. 나경씨는 왜 나한테만…… 노랫소리에 묻혀 말소리가 잘 들리지 않았다. 그는 화난 얼굴로 나경을 보고 있었다. 내가 나경씨…… 되는데 어떻게…… 오빠에게도…… 하는 말마다…… 잃을게…… 놈입니다.

나경은 그곳에서 벗어나고 싶었다. 문을 열고 밖으로 나갔다. 도로의 차들은 여전히 멈춰 선 것 같았다. 주차장과 비슷한 풍경이었다. 문득 빨간색 레인지로버를 찾았다. 차는 육중하지만 감각적인 동물처럼 작은 차들 사이에 끼어 있었다. 그때 누군가 그 차에 올라타는 것이 보였다. 차에 뭘 가지러 갔나? 생각하는 사이 레인지로버는 주차장을 떠나고 있었다. 나경이 소리를 지르고 손을 뻗었다. 차는 반대편 차선으로 진입해 일행이 왔던 반대 방향으로 떠나버렸다. 그때, 나 알지? 하던 코스프레 패와 선배가 동시에 떠올랐다. 그리고 다시 가슴이 꽉 막혀왔다. 동시에 메슥거리는 느낌이 들었다. 가슴속에서 뜨거운 것이 치받쳐 스멀스멀 올라오고 있었다. 목구멍을 피가 나도록 긁고 싶었다.

휘와 같이 지금이라도 여기를 벗어나리라 결심하고 나경은 문을 열려다 걸음을 멈추었다. 룸 안에서 익숙한 이름이 호명되고 있었다. 방금 떠난 레인지로버에 대한 이야기 같았다. 욕설이 섞여 있었다. 술에 취해선지 목소리 톤은 점점 더 커졌다. 그리고 휘의 이름이 튀어나왔다. 아르마니가 누군가에게 전화하고 있었다.

그때 생각난다…… 그 이야기는 왜 꺼내?…… 내가 무슨 이야기하려는데 벌써부터 겁을 먹고 그래…… 그러게 말이야…… 닮았어…… 너도 그렇게 생각하지 않아?…… 우리 그때 참 어렸지?…… 넌 그 애를 두 번 죽인 거야…… 변명 같지만 그땐 어쩔 수가 없었어…… 어찌나 운이 없는지…… 정말 불쌍한 애였지…… 피티피티피티 힐힐힐…… 그래도 한때는 나도…… 사랑했…… 정말…… 알아?…… 이기주의자…… 그런데 이름이…… 안 나지?…… 사는 게…… 키치키치키치 힐힐힐.

그리고 휘의 새된 목소리와 아르마니의 비명 소리가 거의 동시에 울렸다. 나경이 문을 거칠게 열었다. 남자 목소리인지 여자 목소리인지 구별되지 않는 가느다란 소리가 동시에 터졌다. 옆방에서 사람들이 뛰어나왔다. 문이 열렸을 때 나경은 눈을 감았다. 그날 나경이 받은 충격은 집으로 오는 내내 멈추지 않았던 가슴의 통증이 말해주고 있었다. 심장은 미친 듯이 뛰었고, 두려움과 분노로 터질 것 같았다. 목구멍을 치고 올라오는 것이 금세 입 밖으로 쏟아질 것 같아 나경은 화장실로 뛰었다.

인쇄소에 도착할 무렵 다시 핸드폰이 울린다. 관장의 전화다. 나경이 전화를 받자마자 호탕하게 웃는다.

—그 도록, 클리어하게 다시 수정해서 내일까지 시안 작업한 것 가지고 인터뷰 장소로 와요.

작가들도 흔쾌히 허락을 했다고 한다. 인쇄소에서는 관장이 원하는 대로 작업이 가능하다고 한다. 관장의 언질이 있었던 모양이다. 흔하지는 않지만 그런 수정 작업이 크게 문제가 되지 않는다는 반응이다.

요즘 진짜와 가짜가 어디 있습니까? 귀에 걸면 귀걸이, 코에 걸면 코걸이지요. 오마주나 패러디라는 이름으로 변형되고 모방되는 작품들도 있는데, 이런 건 아무런 문제가 되지 않습니다.

동문회 전시회를 관람하러 올 사람들은 어떤 모습일까. 나경이 스스로 생각했던 편견 속에서 도무지 진실이란 것이 무슨 의미인지 알 수 없다.

나경은 그들이 보여주는 몇 가지 시안들을 차례로 돌려보다 한 가지를 낙점한다. 관장의 말대로 차가운 톤으로 보정하고, 전체적인 작품의 톤을 하나로 맞추고 샤프니스를 더 높이면서 반사광을 넣어 효과를 주었다. 사방을 로모 처리하여 빛이 중앙으로 모이게 하자 평범하던 그림들이 살아난다. 나경은 원본과 비교하며 나지막이 실소한다. 아직도 가슴이 치받치는 증상은 여전하다. 심장이 파닥파닥 뛰는 증상은 계속되지만 처음처럼 격렬하지는 않다. 이미 몸은 적응을 한 것 같다. 가끔 목구멍이 간지럽다.

강북과 강남을 왔다 갔다 하며 다리를 건널 때마다 강변의 불빛은 점점 화려해진다. 퇴근 시간이 다가오자 차는 속도를 내지 못한다. 교차로나 진입로에서는 차가 꼼짝도 하지 않는다. 그날처럼 꼬리를 물고 늘어진 붉은 미등이 길게 이어진 풍경이 트라우마처럼 심장에 박힌다. 도심의 불빛은 낮의 비루함을 모두 숨기고 있다. 화려한 불빛은 깊은 그림자를 만들고 보여주고 싶지 않은 그림들을 빛으로 휘발시킨다.

전시장 입구가 보이는 이면 도로에 차를 세운다. 나경은 휘의 전화번호를 찾는다. 오래도록 연락하지 않았다. 휘가 전공을 옮기면서부터 연락이 끊기기도 했다. 나경과 휘의 카카오톡 대화창에는 아무것도 없다. 나경 혼자 그 방을 지키고 있다. 휴대폰을 닫고, 멀리서 전시장의 불빛을 바라본다. 강남의 한복판이다. 화려하게 꽃 핀 난이 축하 리본을 달고 입구에 늘어서 있다. 왠지 모든 것이 코스프레 같다. 화려하고 떠들썩해서 사람들이 들끓는 강남이 빨간 리본을 단 코스튬 플레이 배우 같다. 코믹한 만화의 한 장면 같은 요염한 도시를 바라본다. 그 한가운데 뭉크의 전시장이 빛을 뿜으며 서 있다.

케이블 채널에서 본 전시회 프리뷰가 떠오른다. 그들은 각자가 원하는 포즈로 카메라를 보았다. 진지한 표정으로 작품에 대해 인터뷰하는 동영상도 있었다. 그날의 아르마니는 낮은 음색의 신뢰감을 주는, 호감 가는 장년이 되어 있었고, 그 레인지로버는 더 묵직해진 몸집을 가지게 되었다. 눈에 익은 그림이 나경의 시선을 사로잡았다. 액자 속 풍경은 검은 윤곽선 속에서 더 붉고 진하게 불타고 있었다. 그 가을날 그린 아르마니의 그림과 비슷했다.

그 가을은 정말 아름다웠습니다. 우리가 보낸 청춘의 마지막 그림자쯤 되는 작품입니다. 오늘은 그날 함께했던 친구들이 유난히 생각납니다. 이미 인생의 한 시기를 건너며 멀어지기도 했지만 많이 그리울 겁니다.

인터뷰에서 레인지로버가 말했다.

그날 비명을 듣고 나경이 룸 안으로 들어갔을 때 휘는 빨간 빅토리녹스 칼을 두 손으로 모아 쥐고 있었다. 누구의 피인지 모를 붉은 얼룩이 바닥에 점점이 흩어져 있었다. 휘의 흐트러진 머리카락과 붉은 얼룩이 묻은 하얀색 롱스커트가 지저분한 바닥을 쓸었다. 아르마니는 피가 흐르는 손을 모아 쥐고 밖으로 뛰어나갔다.

258

그날 그가 휘를 상대로 무슨 짓을 했는지 아는 사람은 없다. 휘는 그 일에 대해서는 함구했다. 선배는 그 일에 대해 모르는 것처럼 행동했다. 실제로 누구도 그 일에 대해 선배에게 이야기하지 않았을지도 모른다. 그 후 멤버 중 어느 누구도 그 스케치 여행에 대해서 말하지 않았다. 휘는 그 일이 있은 후 미술 동아리를 탈퇴했고, 완전히 미술계를 떠났다. 휘가 느낀 환멸은 어떤 것이었을까. 나중에서야 알게 된 사실이지만 그때 뭉크에는 여자 회원이 없었다. 몇 명 있던 여자 회원이 결혼이나 직장 일로 활동이 부진해지자 더 이상 여자 회원을 받지 않기로 했던 것이다. 선배는 알고 있었을 것이다.

차 안은 진공 상태 같다. 밖의 소음이 들리지 않는다. 길을 가는 사람들은 무언극의 배우들 같다. 길 한복판에서 한 여자가 뛰어가고, 그 뒤를 한 남자가 쫓는다. 둘은 연인인지도 모른다. 도시 한복판에서 술래잡기를 하는 것처럼도 보인다. 세상은 거대한 키치의 코미디 극장 같다.

전시장 입구에서 나경은 걸음을 멈춘다. 하얀 벽면을 배경으로 몇 명의 사람들이 등을 보이고 서 있다. 작품 앞에서 작가의 의도를 헤아리려 애를 쓰는 관람객인지, 자아도취에 빠진 작가인지 알 수 없다. 그림보다 액자가 눈길을 끈다. 클래식한 나뭇잎 무늬가 들어간 은색 액자가 그림보다 더 빛나고 있다. 나경은 화려한 조명이 눈부신 때문인지 눈을 감는다.

그 순간 갑자기 기괴한 감정과 함께 가슴속에서 치받치는 느낌이 목구멍을 치고 올라온다. 나경은 간신히 그 감정을 가라앉힌다. 목구멍을 뚫고 올라오는 어떤 욕망. 그것은 그날 기차 안에서 코스튬 복장을 한 무리들을 보면서 느낀 감정과 같다. 그때 기차 안에서 나경은 그들의 얼굴에 씌워진 화장과 옷을 벗겨보고 싶었다. 가끔 그 욕망은 현실에서 문득문득 솟아오른다. 그때마다 그들을 덮고 있던 옷과 화장을 벗기는 상상을 한다. 그 안의 실체를 확인하고픈, 민낯과 화장기 없는 얼굴을 보고 싶다는 강렬한 욕망이다.

떠들썩한 거리를 떠나 남산 중턱에 차를 세운다. 긴 하루는 영원같이 긴데, 지나간 시간은 하루처럼 짧다. 과거의 어느 하루가 계속 나경의 미래를 지배한다. 나경은 결국 휘에게 연락하지 못했다. 오늘 하루는 또 어느 미래의 첫번째 계단일까. 어쩌면 섬광처럼 지나가는 한순간이 하루일까. 남산 아래 반짝이며 명멸하는 불빛을 본다. 천만 개의 심장이 홀로 제각각 뛰고 있는 것 같다. 선배와 헤어진 후 나경은 더 이상 연애를 하지 못했다. 신뢰하지 못하는 세상에 외로움은 덤으로 왔다. 나경은 유난히 밝은 빛 하나를 응시한다.

관장은 아직 출근하지 않았다. 관장실에는 여자 취향의 향수 냄새가 배어 있다. 책상 위에는 구독 중인 배달 꽃이 아직도 싱싱하다. 병원에 입원해 있는 아내를 보살피느라 늦는 것은 아닐 것이다. 유난히 진했던 그의 향수 냄새가 떠오른다.

관장은 가끔 연인과 함께 명품 숍에 간다. 프랑스 유학 시절을 그리워하며 새로운 에디션이 나왔는지, 기존 것과 무엇이 다른지 꼼꼼히 살피며 명품을 명작처럼 감상한다. 가끔 선물을 해야 할 때는 나경을 대동하여, 나경의 카드로 긁고 현금을 돌려주었다. 이 쿨하고 리버럴한 애티튜드를 관장에게서 배운다. 나경은 휘를 떠올린다. 실상은 내가 하면 예술, 남이 하면 포르노라고 말하던 휘의 말에 나경은 저도 모르게 고개를 끄덕였다.

나경의 핸드폰 알람이 울린다. 도록 사진 수정본이 도착했다. 도록 회사에서 두번째 시안으로 보내온 사진을 열어본다. 작품보다 도록이 더 그럴듯하다. 선명하다 못해 작위적인 느낌이 나기도 한다. 작품이 아니라 작품 사진일 뿐이지만 원작과 다르다는 생각은 떨쳐지지 않는다. 도록과 실제 작품의 미묘한 차이를 관람객들이 알아차릴 수 있을까? 대부분 무관심하게 지나칠지도 모른다. 혹시라도 관람객들이 그 사실을 알아차린다 하더라도, 그럴듯한, 난해한 철학 용어와 개념을 담은 작가의 말과 전시 소개로 그 갭을 커버할 수 있을 것이다.

슬픔의 공동체 : 회복과 재생

김나정(소설가·문학평론가)

1

　김민주 소설 속 인물들은 상처받았다. 그들은 폭력의 희생
자이며 불의의 사고를 당했으며 가까운 사람들을 잃거나 믿
었던 사람들에게 버림받았다. 교통사고, 성폭력, 유기와 결
별, 상실은 내면에 깊은 상처를 남겼다. 트라우마로 남았다.
　심리학에서 트라우마는 '정신적 외상', '(영구적인 정신 장
애를 남기는) 충격'을 뜻한다. 이러한 트라우마는 여느 상처
처럼 시간이 지나도 아물지 않는다. 상처를 준 사건은 지나간
과거에 속하지만 현재 삶에 생생한 그늘을 드리운다. 상처받
은 사람은 그 상처에 사로잡힌 셈이다. 지난 시간에 비끄러매

져 옴짝달싹하지 못한다. 누군가에게 손을 뻗지도, 누군가가
내민 손을 잡지도 못한다. 상처를 반복하고 싶지 않다는 마
음, 상처를 줄 만한 상황을 되풀이하고 싶지 않다는 두려움에
움츠러든다. 감정이 쏟아져 나올 상황을 피한다. 소리 없는
비명을 봉인한 채 멀쩡한 사람을 연기할 따름이다. 사람이 그
리워도 다칠까 봐 다가가질 못하고 왜곡되거나 일시적인 인
간관계에만 머문다. 세상이 무섭고 사람이 두려워 제 속으로
파고든다. 다치지 않기 위해 쓴 가면이나 둘러 입은 깁옷이
덫이 되어 조여든다. 상처받은 사람의 세상은 좁고 답답하다.
홀로 아프고 슬프다.

　그러나 상처에서 놓여나기란 쉽지 않다. 상처는 오래되면
흉터가 되어 그 사람의 일부로 자리 잡는다. 상처의 기억, 그
에 대한 대응 방식은 그 사람의 정체성이 된다. 상처받은 삶
은 그 상처에 휘둘린다. 상처에 주체의 자리를 내준다. 잊으
라는 충고나 잊어보자는 다짐은 상처를 물리치는 주문이 되
지 못한다. 상처에 사로잡힌 사람은 '나'로 살기보다는 상처
로 산다. 과거에 고착되어 현재를 저당 잡히고 미래는 암울하
다. 정체된 삶은 도돌이표만 찍는다.

　"꿈에서 벌레를 보았어. 벌레는 도로 위에 떨어져 있어. 뜨거운
볕에 눈을 뜨기 힘든 여름이었는데 바닥에 애벌레들이 떨어져 있
는 거야. 보도에도, 도로에도. 연둣빛으로 갓 부화한 애벌레가 나

뭇잎에서 떨어져 내리는데 난 꼼짝할 수가 없어. 자동차 지붕 위에 떨어져 있기도 하고, 차가 쌩쌩 지나가는 도로 한복판에 떨어지기도 하는 거야. 그 꼬물거리는 움직임에 난 한 발자국도 움직이지 못했어."(「아주 가는 실 한 가닥」, 122쪽)

여자의 키는 열두 살에서 멈추었다. 여자에게 시간은 정지된 듯하다. 동심원 주위를 맴도는 것처럼 무수히 많은 일들이 지나갔음에도 늘 같은 자리에 머물고 있다. (……) 여자는 엉덩이까지 치렁대던 머리를 열두 살에 자른 후 한 번도 기른 적이 없다.(「당신의 자장가」, 43~44쪽)

그러나 살고 싶다. 상처로 규정되는 정체성에서 해방되고 싶다. 상처를 곱씹는 삶에서 벗어나 새롭게 시작하고 싶다. "어쩔 수 없어. 어쩔 수 없는 일이란 게 뭐지? 네 삶이 변했으면 좋겠어. 내가 바라는 건 그것뿐이야."

이 소설집은 상처를 응시하고, 거기서 벗어나려는 몸부림을 담는다. 어떤 상처를 받았으며 그 상처가 어떤 영향력을 행사하고 있는지를 직시하고, 이를 극복하기 위한 방법을 모색한다. 그리하여 가까스로 다다른, 어떤 빛을 보여준다. 이 소설집은 상처받은 사람들이 벌이는 싸움의 기록이다.

2

상처 입은 사람은 어떻게, 얼마나 아픈가. 상처는 어떻게 삶을 뒤틀어놓았는가.

상처에서 벗어나는 첫번째 단계는 자신이 '상처' 입었다는 사실을 인정하고 직시하는 데서 출발한다.

작품 첫머리에는 막막한 상황에 놓인 인물이 등장한다. 안개와 사막, 길 없음이 이런 상황을 드러낸다. "나시 안개에 휩싸이듯 시야가 막막해진다. 내가 내 발의 주인이 아닌 듯, 누군가 등을 떠미는 대로 밀려간다." "모래바람이 사구를 만들고, 제 발자국을 지우고, 새로운 길을 만들어가는 것을 끝도 없이 응시한다." "여자는 깊은 우물 같은 암흑에 눈을 감는다. 여자의 몸 전체가 사라진다. 균형감마저 잃어버린 여자는 제자리에서 한 발짝도 움직일 수 없다." "J는 길을 막고 있는 붉은 신호등을 바라보며 어디로 가고 있는 걸까 자신에게 묻는다. 다시 녹색등이 켜졌다. 길은 사방으로 나 있지만 어디로 가야 할지 생각나지 않는다. 끝없이 이어진 길과 차들, 빗속에 서 있는 가로수만이 무심히 그녀를 지켜보고 있다."

이런 막막한 상황은 갈 길을 찾지 못한 채 한자리에 머무는 모습으로 표현된다. 시간은 흐르지 않고 갈 곳은 보이지 않는다. 어디로 갈 것인가는 '어떻게 살 것인가'와 맺어진다. 갈 길을 찾지 못하는 사람은 살길이 막막한 사람들이다. 그들은 주저앉은 마음으로 한자리에 서 있다.

상처의 구체적인 양상은 몸의 고통으로 생생하게 드러난다. 마음의 상처는 신체적 반응으로 표출된다. 육체적 고통에 대한 구체적인 표현은 마음이 겪는 고통을 생생하게 드러낸다.

갑자기 심장이 불규칙적으로 뛰기 시작한다. 심장으로 들어가야 할 피가 힘차게 뿜어 나오지 못하고 헛 펌프질을 하는 것 같다. 가슴속이 묵직해지고 딱딱한 것이 명치를 누른다. 목구멍을 치고 올라오는 느낌에 입을 막는다. 심장에서 생긴 덩어리가 입으로 솟구칠 것 같다. 심장이 점점 빨리 뛴다. 그 일 이후 생긴 증상이다. 긴장 상황이나 통제할 수 없는 상황에서 호흡마저 가빠진다. 심장의 판막 쪽에 이상이 생긴 건 아닌지 검사했다. 초음파로 본 심장은 파닥파닥 가늘게 뛰고 있었고, 무언가에 쫓기듯 불규칙적으로 판막이 움직였다. 하지만 이상이 있는 건 아니었다.(「화이트 밸런스」, 246쪽)

언젠가부터 운전을 하면 눈앞으로 강물이 쏟아져 들어왔다. 시야 앞으로 닥친 물은 눈 안으로, 콧속으로, 목구멍으로 밀려들어왔다. 그렇게 들어온 물은 폐를 채우고 위를 채우고 땀구멍을 채웠다. 호흡이 부자연스러워졌고, 가끔 무호흡증이 오기도 했다. 그때마다 손톱자국이 나도록 주먹을 쥐었다.(「너의 목소리」, 12쪽)

소설 속 인물들은 기습적인 통증, 불규칙한 심장 박동, 호흡 곤란 등에 시달린다. 생명의 위협을 느낄 만큼 아프지만 이러한 증세는 '병명'으로 특정화되지 못한다. 이러한 언어화되지 못한 통증은 내면에 분명히 존재하지만 말로 표현되지 못하는 상처의 속성과 맞물린다. '나'는 분명히 아프지만, 언어로 표현되지 못하기에 남들에게 이해받지 못한다. 고통은 철저히 고독하다.

홀로 상처를 떠안은 사람은 자신을 보호할 자구책을 찾는다. 소설집에 등장하는 여러 인물들은 다양한 방어기제로 자신을 가리며 타인과 세상을 차단한다. 「당신의 자장가」에서 '여자'는 세상에서 가장 무서운 얼굴을 한 가면으로 제 얼굴을 가린다. 「아주 가는 실 한 가닥」에서 유리 공예가인 여자는 "어떤 충격에도 부서지지 않을, 단단하고 튼튼하게 보호해줄 갑옷"을 만들 듯 유리를 불에 달군다. 인간관계도 굴절시키고 삶의 방식도 왜곡한다. 「너의 목소리」의 '나'는 인간을 믿지 못한다. "이 저자도 믿을 수 없는 사람인가? 사람은 역시 믿을 수 없다. 그가 그랬던 것처럼." 「당신의 자장가」의 여자는 마초에 폭력적인 남자들하고만 사귄다. 폭력의 희생자였던 여자에게 아이러니하게도 "강한 것은 공포이자 곧 거부할 수 없는 매력"이었으며 가학과 복종으로 점철된 연애는 오래가지 못했다. 남자들은 "넌 나를 사랑하는 게 아냐. 아마 넌 평생 누구도 사랑하지 못할 거야"라며 떠난다. 「세상의 모든 고백」의 네오에게는 "낭만적 첫사랑 같은 건 기억에 없다." 부모, 양부모들, 여자에게 거듭 버림받았던 그는 인간관계에 연연하지 않는다. 트라우마는 공포, 두려움, 충격의 '감정'들과 연관되어 있고 그런 감정을 되풀이하고 싶지 않다는 마음에 감정을 차단시켜버리는 것이다. 「끝과 시작」에서 여자는 가짜 연인, 가짜 결혼식 하객 등 역할극을 하며 살아간다. 사람들과는 임시로, 거짓 관계만을 맺는다.

> 여자는 여자를 모르는 사람들을 만나는 게 싫지 않았다. 여자에 대해 아무것도 모르는 사람들이 오히려 편할 때도 있었다. 여자의 성격이나 여자의 가족이나 여자의 직장이나 여자의 습관을 모르는 사람들을 만나며 그때그때 상대에게 필요한 사람이 되었다.(「끝과 시작」, 211쪽)

상처는 삶을 왜곡하고 타인과 관계를 맺는 것을 가로막는다. 그들은 예민하고 타인을 경계하며, 사회적 고립을 택한다.

이러한 고통의 기록과 왜곡된 삶의 양상은 인물이 '변화'를 추구하는 바탕이 된다. 과거에 벌어진 일들이 얼마나 집요하게 현재에 영향을 미치는지 보여주기 때문이다. 자신이 얼마나 아프고 자기 삶이 얼마나 망가졌는지를 바라보아야만 변화가 가능한 것이다. 사실, 상처를 직시하는 일은 곤혹스럽다. 김민주 소설은 상처의 진술, 피해 양상을 기록하는 데 그치지 않고, 자신의 상처 때문에 가해자로 돌변하게 된다는 슬픈 진실까지 나아간다. 다친 짐승이 자신을 보호하려고 발톱을 휘둘러 가까이 다가오는 사람들을 상처 입힌다. 「아주 가는 실한 가닥」에서 '나'는 자신을 보호해준 여자가 자기 대신 입양아들을 돌보자 질투심을 느낀다. 「세상의 모든 고백」에서 '나'는 상처로 왜곡된 마음 때문에 자신에게 다가온 나오키를 밀어내고 결정적인 순간에 그녀에게 손을 내밀지 못했다.

상처 입은 사람들은 남을 믿지 못한다. 자신이 아프기에 타인에 대한 배려나 자신을 돌아볼 수 있는 여유가 없다. 자신의 상처를 직시하는 과정은, 내가 타인에게 준 상처를 더듬는 일이기도 하다. 내가 준 상처로 인한 죄책감까지 떠안는 것이다. "나는 그녀를 외면했다. 나는 이미 한 번 깨진 적이 있었고, 깨진 마음은 날카로운 뼈가 되어 가까운 누군가를 또 찌르고 말았다." 이런 고통스러운 직시는 타인에게 상처를 주지 않기 위해서는, 자신의 상처에서 벗어나야 한다는 아픈 깨달음을 준다.

아픔에 대해 말하는 것은 그 자체로 의미가 있다. 속에만 있던 상처를 끄집어내면 그것의 모습이 생생하게 보이게 된다. 내가 얼마나 아픈지, 어떻게 아픈지를 알아야만 치료는 시작된다. 보이지 않는 통증의 언어화는 상처를 드러내준다. 고통스럽지만 모호했던 것들에 형체를 주고, 말해지지 못하는 것에게 언어를 줌으로써 고통은 비로소 모습을 갖춘다. 기록으로 인해 상처는 객관화된다. 거리를 두고 자신의 상처를 바라보게 된다.

또한 자신의 언어로 상처를 서사화함으로써 자신을 휘두르던 상처로부터 '주도권'을 되찾아올 수 있다. 형체는 없지만 생생한 고통을 언어화함으로써 자기 식대로 질서화하면 그 상처는 비로소 '나'의 것이 된다. 글쓰기가 상처를 딛고 회복의 바탕을 마련해준다는 것은 이런 까닭에서이다.

현상에 대한 기록은 자연스럽게 상처의 원인으로 거슬러 올라간다. 김민주 소설의 인물들은 자신을 뒤틀어놓은 사건에 대해 담담하게 진술한다. 교통사고, 상실, 배신, 폭행 등의 사건들이 짧게 제시된다. 교통사고와 같은 불의의 사건은 삶의 불안전함을 보여준다. 가까이 지내던 사람들을 잃은 상실감도 삶의 의미를 산산조각 낸다. 삽시간에 망가지는 삶, 가까운 사람을 잃은 경험은, 그럼에도 불구하고 살아야 할 이유는 무엇일까, 라는 근원적인 질문을 던진다.

외부에서 가해진 '폭력'은 인간에 대한 신뢰를 무너뜨린다. 상처받은 사람의 고통에 대한 기록은 자연스럽게 폭력을 비판하는 기능을 수행한다. 「화이트 밸런스」는 이러한 폭력의 기원을 파고들어간다. 폭력의 근저에 자리 잡은 위선과 자기 합리화의 메커니즘을 밝히는 데까지 나아간다.

트라우마의 원서사를 사건 보고하듯 서술한다는 점도 돋보인다. 감정을 분출시켜 해소하는 데 머물지 않는다. 트라우마적 사건에 대한 차분한 서술은 사건의 원인이나 의미에 대해 거리를 두고 바라보게 한다. 더불어 감정을 절제한 서술 방식은 소리 없이 우는 사람의 뒷모습처럼, 되레 슬픔을 도드라지게 만든다.

3

상처를 안고 어떻게 살아가야 할 것인가? 상처의 양상과 원인에 대한 서술에 이어 슬픔을 극복할 여러 방안들이 등장한다.

표현되지 못한 애도는 어떤 식으로든 몸 밖으로 나와 제가 하고 싶은 것을 하고 제가 가고 싶은 데로 간다. 나나가 벨리댄스를 음악도 없는 어둠 속에서 추는 것도, 얀이 앰프도 연결해놓지 않은 기타를 치는 것도, 발가벗은 루디가 빈 캔버스 위에 몸을 굴리는 것도 모두 비슷한 이유일 것이다.(「세상의 모든 고백」, 96쪽)

상처받은 사람들은 몸부림친다. "세상의 모든 타락에는 그럴만한 이유들이 있어. 세상에서 환영받지 못하는 것들이 살아남는 방법 중 하나가 불량이 되거나 타락하는 거거든. 매콤 쌉싸름한 욕도 좋아. 찰진 욕이 때로는 세상을 견디게 하거든." 타인과 연결된 '가느다란 실 한 가닥'을 놓치지 않으려 하며, 자신과 비슷한 처지에 놓인 사람들에게 귀를 기울인다. 타인과 거리를 좁히려고 애쓴다. 「부에나비스타 탱고클럽」의 여자는 타인과 밀착하고 음악에 몸을 맡긴다.

주디스 허먼(Judith Herman)은 트라우마 치유 난계를 '안전', '기억과 애도', 그리고 '연결의 복구'라는 세 단계로 구분한다. 피해자의 안전을 확보하는 일이 최우선이다. 그다음으로 기억과 애도를 통해 상처와 대면한다. 이 단계에서 중요한 것은 사건을 언어화해서 표현하는 것이다. 진실을 말할 때 회복의 힘이 생긴다.

치유의 마지막 단계는 '연결의 복구'로, 인물은 고립을 깨고 자기 밖으로 손을 내민다. 다른 사람과 연대하고 사회로 복귀하는 단계이다. 김민주 소설에는 화자와 비슷한 슬픔을 지닌 인물들이 등장한다.

「너의 목소리」의 여자는 버스 안에서 무례한 노파를 만난다. 처음엔 불쾌감을 주던 노파는 나에게 "자.네.어.데.가"라고 묻는다. 노파는 여자 속의 무언가를 발견하고 말을 건 것이다. 여자와 노파는 함께 길을 가며 애도의 과정을 치러낸다. 교통사고로 남자 친구를 잃은 '나'와 사고로 아들을 잃은 노파는 닮은꼴이다. "복 없는 것들은 모두 죽어야 혀"라는 노파의 말은 기실 '나'가 하고 싶은 말이었을 터이다. 노파는 '곡비'처럼 자신의 슬픔으로 내 슬픔을 울어준다. 공명하는 사람들은 슬픔의 공동체로 맺어진다. 자신과 비슷한 일을 겪은 사람을 만나고, 공명하며 위로를 받는다. 「당신의 자장가」에서 폭행을 당한 '나'와 동생을 잃은 '윤'도 상처로 묶인다. 이러한 슬픔의 공동체는 사람들과 다시 연결되는 계기를 만들어준다. 이 슬픔이 자기 혼자만의 것이 아니라는 걸 발견하는 순간, 타인은 더 이상 낯선 사람에 머물지 않는다. 「웨이테이 하안」의 화자는 상처를 겪고도 살아남은 '탐 할머니'에게서 살아갈 힘을 얻게 된다.

인간의 의지와 관계없이 흘러가는 시간은 복원과 재생의 제의를 충분히 담고 있었다. 탐 할머니는 평생 자식을 남편처럼 의지하며 홀로 가족을 일구어냈다. 한 알의 씨앗이 평원을 이루듯. 탐의 오른쪽에는 딸과 딸이 낳은 아이들과 그 아이들의 아이가 차례로 잘 자란 나무처럼 듬직하게 서 있었다. 혼란스러운 마음 가운데 알 수 없는 안도감이 들었다. 살아 있으니 누릴 수 있는 보답이었다. 나는 그들에게서 작은 웃음을 보았고, 그들의 긴 미래를 보았다. (「웨이 테이 하안」, 159~160쪽)

상처는 슬픔과 고통을 준다. 하지만 슬픔은 다른 슬픔을 알아보는 눈을 길러준다. 타인의 울음에 귀를 열어준다. "누군가의 고통이 내 안에 들어왔기 때문이지. 내 마음은 작기만

한데 그보다 더 큰 마음이 들어오면 흘러넘쳐. 그게 눈물이라지?"「당신의 자장가」의 '여자'는 상처받은 침팬지 순이를 끌어안고 "이제 내가 네 엄마가 되어줄게. 내가 널 지켜줄게"라고 다독여준다. 슬퍼하는 사람은 다른 슬픔에 손을 내밀어준다.

여자는 대답 대신 알파카 머플러를 아이의 목에 둘러준다. 아이는 거부하지 않고 여자를 향해 피식 웃는다. 다시 파란 밤이 지나가면 여명이 다가올 것이다.(「끝과 시작」, 229쪽)

소설은 간신히 발견한 '빛', 가까스로 떼어놓은 첫걸음으로 마무리된다. 슬픔에서 놓여난 첫걸음으로 시간은 다시 흐르기 시작한다. 빛은 과거를 달리 비춰준다. 그동안 보이지 않던 것들이 눈에 들어온다. 상처뿐이었던 과거에서 희망의 흔적을 밝혀준다.

네오는 머릿속에 떠오르는 이름들을 불러본다. 미카, 사라, 쥬디, 나타샤, 마리, 애니카, 나오키. 그들은 네오에게만은 싯다르타와 다르지 않다. 낯선 나라에서 어떻게 소통해야 할지 모를 때, 감옥에서 이십 년 만에 나온 죄수처럼 세상을 더듬을 때, 그의 손을 처음 잡아준 것은 옆집 소녀 미카였다. 7학년 시절 짝사랑했던 친구 대니얼의 누나, 사라. 또 그의 성정을 깨워준 나타샤. 그리고 욕조에서 모욕당함으로써 또 다른 수치스런 세상도 알게 해준 초록 지붕 집의 마녀와 F컵 가슴으로 안아준 9학년 담임 쥬디, 대학 시절의 여자 친구였던 치어리더 마리, 졸업 파티의 프롬 퀸이었던 애니카까지…… 세상의 모든 여인들은 네오의 교과서요, 백과사전의 한 페이지들이다. 그들의 눈빛, 그들의 손짓, 그들이 한 말, 그것들이 네오 안에서 발효하여 네오의 비늘을 만들고, 네오의 가죽을 만들고, 네오의 날개를 키우고, 네오의 심장을 튼튼하게 했다. 또 세상 파도에 네오의 마음이 오조 오억 개로 쪼개져도, 오조 오억 오천만 개의 빛만큼 밝게 나오키가 네오를 비추고 있을 것이다.(「세상의 모든 고백」, 105쪽)

상처의 치유는, 아픈 과거를 재해석하여 의미를 부여하는 단계에 이른다. 슬픔은 다른 슬픔에게 손을 내밀고, 고통을 다 겪어낸 울음은 타인의 슬픔을 어루만지는 노래가 된다. 상처는 힘이 세다.

어머니는 노래를 부를 때마다 이마를 찌푸렸어. 지금 생각해보니 아픈 걸 참기 위해 노래를 불렀던 거야. (……) 그때 알았어. 자장가를 부르는 사람도 위로가 된다는 걸. 어느새 마음이 가라앉고 있었지. 잘 마른 성냥처럼, 누군가에게 부딪치기만 하면 활활 타오를 것 같던 몸뚱이가 한순간이지만 부드러운 솜뭉치처럼 변하는 게 느껴졌어.(「당신의 자장가」, 53~55쪽)

응어리를 품은 사람은 자꾸 아프다. 지워버렸다고 믿었던 상처는 거듭 쓰라리다. 하여 다친 사람들은 제 둘레에 벽을 쌓는다. 울음을 삼켜주는 벽, 나를 숨겨주는 벽, 아무도 침범하지 못하는 벽으로 자신을 보호한다. 그러나 그 벽은 '나' 이외에 모든 것을 차단한다. 너머는 보이지 않는다. 답답한 나머지, 춤추고 연애하고 가짜 관계라도 맺는다. 누군가에게 기대고 절망하고, 닳은 것들에게 마음을 쏟는다. 울고 노래하고 불로 유리를 녹인다. 김민주 소설 속 인물들은 자기 밖으로 나가려고 몸부림친다. 그들은 부딪혀서 번번이 튕겨 나온다. 벽은 쉽사리 무너지지 않는다. 희망은 거듭 무너진다.

그러나 몸부림으로 벽의 존재가 생생하게 전해진다. 벽이 있다는 걸 더 이상은 외면하지 못하게 된다. 인물들은 자신을 막는 벽을 단단히 응시한다. 벽의 연원을 헤아리며, 벽을 쌓아올린 마음을 바라본다. 파묻어두었던 얼굴이 드러난다. 고통으로 일그러진 마음이 모습을 드러낸다. 벽 쪽으로 한 발짝 다가선다. 벽 속의 얼굴을 어루만지면 한줄기 빛이 스며든다. 그 순간, 벽은 거울이 된다.

김민주의 언어는 단단하다. 고통에 처한 인물의 상황을 담담하게 보여주고, 인물의 내면을 파헤쳐 들어간다. 고통의 연원을 끈질기게 추적하며, 인물이 외면한 진실을 기어코 들이민다. 함께 울어주지 않지만, 고통의 곁을 떠날 줄 모른다. 몸부림치는 인물들을 끝까지 바라봐준다. 어둠 속의 한줄기 빛,

가까스로 내딛은 한 발짝을 놓치지 않는다. 고통의 옆자리를 묵묵히 지켜주는 김민주의 소설은, 하여 따뜻하다.

K는 사물과 꼭 맞는 문장을 만들어내고, 문장과 하나가 될 때 살아 있다고 느낀다. 머릿속에서 단어들이 춤을 추고, 단어들이 집을 지을 때 잘살고 있다고 생각한다. 어린 시절, 오빠의 가방 속에 든 소설들, 음악들, 아버지가 불러주신 노래들이 K의 몸에서 쑥쑥 자라 나무가 되었다.

시간이 지나면서 어둠 속에서 뱉어내는 목소리를 듣기 시작했을 때 비로소 세상이 K에게로 다가왔다. 소설의 인물 안으로 들어가기 위해 보이지 않는 문 앞에 서 있을 때의 막막함을 기억한다. 타인의 인생 한 단면을 들여다보고 대신 살아보게 된다는 점에서 소설은 서툴게 빙의된 연극배우의 초연 같기도 하다. 가로막힌 문 앞에서 서성이며 그 문이 열리기를 기다리는 시간은 계속될 것이다.

세상에서 K가 아는 것이라고는 극히 일부다. K가 모르는 것들이 소설을 쓰게 하는 힘이다. 그래서 K에게 소설은 아고다 크리스토프의 '문맹'에 비견된다. K는 글을 쓰면서 자신이 서 있는 좌표를 확인한다. 그제야 제대로 숨을 쉬고, 눈을 뜨고, 귀를 열고, 세상을 본다. 수없이 뻗은 길 한가운데에서 방황하는 시간들, 허공을 향해 문을 두드리는 시간들이 K를 살게 하고 독자들을 살게 했으면 좋겠다.

오랜 길을 가는 동안 동고동락했던 가족들과 그중에서도 가장 큰 힘이 되어준 민과 욱에게 고마움을 전한다. 모비딕의 문, 서, 김과 문우들, 또 작가로서의 길을 열어준 여러 선생님들께 깊은 애정의 인사를 전하며, 세상 어딘가에 있을 소설의 주인공들에게도 감사의 인사를 드린다. 이 작품집은 오빠에게 바치는 고해성사로 의미 있다. 이 책이 나오기까지 매력적인 헤테로토피아가 되어준 예버딩의 가문비나무 숲과 옥계 바다가 그리울 것이다.

2020년 9월
김민주

화이트 밸런스

© 김민주

1판 1쇄 발행 │ 2020년 9월 25일

지은이 │ 김민주
펴낸이 │ 정홍수
편집 │ 김현숙 임고운
펴낸곳 │ (주)도서출판 강
출판등록 │ 2000년 8월 9일(제2000-185호)

주소 │ 서울시 마포구 동교로 17안길 21(우 04002)
전화 │ 02-325-9566
팩시밀리 │ 02-325-8486
전자우편 │ gangpub@hanmail.net

값 14,000원
ISBN 978-89-8218-263-1   03810

이 도서의 국립중앙도서관 출판예정도서목록(CIP)은 서지정보유통지원시스템 홈페이지 (http://seoji.nl.go.kr)와 국가자료종합목록시스템(http://www.nl.go.kr/kolisnet)에서 이용하실 수 있습니다. (CIP제어번호 : CIP2020038808)

* 이 책의 일부는 2019년 한국문화예술위원회에서 제공한 집필실 '예버덩 문학의 집'과 2020 년도 강원 작가의 방(Gangwon Story House) 사업을 통해 집필되었습니다.
* 이 도서는 한국출판문화산업진흥원의 '2020년 출판콘텐츠 창작 지원 사업'의 일환으로 국 민체육진흥기금을 지원받아 제작되었습니다.
* 잘못 만들어진 책은 구입처에서 교환해드립니다.